재구
성

재구성

민병훈 소설집

민음사

차례

1부

장화를 신고 걸었다

비는 오지 않았지만 연꽃 사이를 헤치며

————

못질 소리가 뚝 그친다. 동이 트는 새벽, 나는 그가 왜 못질을 하는지 알 수 없다. 정오쯤에 이유를 알았을까. 기억 속에서, 나는 모로 누운 채다. 의문과 의심을 번갈아 떠올리며. 이불의 한 귀퉁이를 입에 문다. 그러면 잠이 온다. 잠에 들고, 다시 못질 소리가 들린다. 들리지 않는다. 다시 이불을 문다. 이불은 계속 축축해지고, 축축해진 이불에서 무슨 냄새가 난다.

기억을 조금 거슬러 올라가면, 그의 친구가 내게 손짓하고 있다. 종종 보던 얼굴이다. 새끼손가락 두 마디가 없는 왼손에 무언가를 들고 있다. 내게 건네주곤 거실을 지나 그의 방으로 들어간다. 한동안 나오지 않는다. 나는 건네받은 무언가를 식탁에 올려 둔다. 방은 조용하다. 방은 흩날린다. 지금의 나는, 둘이 어떤 얘길 나눴는지 궁금하지만 좋은 징조는 아니다. 지금 떠오르는 그의 방은 공중에서 서로 다른 형태로 부유하는 꽃잎들 같다. 사라져라. 그는 언젠가 말했다. 무엇을? 누구? 한여름 후덥지근한 바람이 집 안에 가득하다. 트럼펫과 악보를 챙기려다 관둔다. 골목에서 자주 연습했다. 그럴 때면 창문을 열고 그가 더 멀리 가라고 소리쳤다. 운동장에선 불지 않았다. 입 모양을 만들어 본다. 관악부 하계 연습을 빠졌다. 집에 아무도 없어서라고 부원들에게 얘기했다. 숨을 불어 보고 음을 상상한다. 침대에 눕는다. 잠에 들자 누군가 집을 나선다. 혼자 남은 그는 이제 플라스틱 통 뚜껑을 열 것이다. 입으로 가져가 마실 것이다. 그러곤 의식을 잃을 때까지 내 이름을 부를 것이다. 폐가 서서히 굳어 가며. 나는 아마 정오쯤에 깨어난다. 그의 방 앞으로 달려가지만 문이 열리지 않는다.

벌레들이 달려드는 밤, 오토바이를 타고 동네를 돌았다. 그의 오토바이를 타면 자주 넘어졌다. 그는 한쪽 다리를 절기 시작하면서 더 이상 오토바이를 타지 않았다. 한번 떠올리기 시작하면 기억은 나선형으로 몰려든다. 기억하지 마라. 그림자가 지나갔다. 계속 엎어지면서 무엇을 떠올리는 중인가. 다시 방을 생각한다. 신발을 벗고 그의 방문을 노크하지만 그는 없다. 그와 관련된 모든 것이 사라진 뒤다. 방바닥은 담뱃불에 그을렸고 벽지는 누렇다. 모든 건 그의 죽음 때문이다. 가능한 말인가. 장마철 물이 불어난 개천에서 함께 낚시를 할 때 그는 말했다. 한눈팔면 떠내려가. 낚싯대를 드리운 교각 바로 아래까지 물이 찰랑거렸다. 앞을 다투듯 물살에 떠내려가는 것들이 보였다. 스티로폼 박스, 돼지의 엉덩이, 세발자전거, 뿌리가 드러난 나무. 두 팔을 높이 쳐든 내가 보이기도 했다. 그의 팔을 꽉 붙잡았다. 그는 옅게 웃었다. 그는 표정이 적었고, 지금 떠오르는 그의 표정은 대부분 무표정이다. 거울을 봐도 잘 기억나지 않는다.

다시 못질 소리가 그친 집, 침대 주위를 떠올린다. 잘게 썬 호박을 담은 바구니와 천장에 매단 야생초, 천천히 돌아가는 선풍기, 그리고 목발이 하나 있다. 목발은 군청 직원이 선물이라고 가져왔다. 여름이 막 시작되고 있었다. 등록이 되면 돈이 나옵니다. 나는 그 말만 듣고 그의 표정은 보지 않았다. 직원이 가져온 음료수를 냉장고에 넣었다. 갑작스럽게 장애가 와도 가능해요. 그는 다리를 절게 된 이유에 대해 설명하지 않았다. 사실 설명할 것도 없었다. 그들은 머리를 맞대고 오랜 시간 대화를 주고받는다. 그동안 나는 어디에 있었는지 떠올린다. 마당에 있다. 마당에서 호스를 잡고 있다. 아닐 수도, 다른 날의 내가 갑자기 끼어든 걸 수도. 그들의 대화를 엿듣고 싶다. 그렇다면 그의 죽음을 좀 더 구체적으로 떠올릴 수 있을 것이다. 하지만 나는 호스로 물질이나 하는 중이다. 호스의 끝을 손가락으로 눌러 물줄기가 두 갈래로 흩어지도록, 마당의 면적에 집중하며. 대화를 마친 그에게 칭찬을 받았던가. 군청 직원의 바지 밑단에 물을 뿌렸던가. 마당에 물을 뿌리면 시원한 기분이 들었다. 그가 나를 부른다.

문득 정신을 차렸을 때, 나는 분장실 의자에 앉아 거울을 바라보고 있었다. 네 차례라고. 커튼을 젖힌 수가 짜증 밴 목소리로 나를 부른다. 커튼 너머로는 무대와 연결되는 통로가 있다. 수의 말처럼 내 차례가 온 것 같다. 외투가 마음에 들지 않는다. 외투는 돌고 돈다. 사회자가 입기도, 서빙하는 웨이터가 입기도. 전에 일했던 연주자는 의상을 챙겨서 왔다던데 나는 그마저도 하기 싫다. 누군가 분장실에 토를 했는지 시큼한 냄새가 난다. 익숙하다. 의자가 세 개였는데 하나는 댄서가 발로 차서 박살이 났다. 네 차례라니까. 이런저런 생각이 멈추지 않는다. 수에게 고개를 까닥 숙이고 의자에서 일어난다. 그러다 트럼펫을 바닥에 떨어뜨린다. 수는 한숨을 쉰다. 익숙하다. 수에게는 자주 미안하다. 내게 일을 많이 주는데 항상 불만에 차 있는 것 같다. 나는 미안해하고 수는 화를 낸다. 우리는 이 관계를 의도적으로 만들었다. 수를 지나쳐 통로로 향한다. 푸른빛이 통로를 옅게 비춘다. 뒤따라오던 수가 내 등에 손을 올린다. 오늘은 더 적어. 통로 밖, 무대 밖, 건물 밖을 상상한다. 네온사인에 갇힌 거리, 사람들은 빛에 미끄러지고 모두가 넘어지는 기분이 든다. 계단에 오르기 전 마우스피스를 물고 입 모양을 만들어 본다. 침이 고여 바닥에 뱉는다. 무대 조명에 눈이 부시다. 항상 실눈을 뜨고 무대에 오른다. 손님들은 취해 있거나, 취해 가면서, 나를 바라보거나, 잔을 바라보면서, 연주를 기다리거나, 연주가 끝나길 바란다. 밴드들은 악보를 접고 나를 흘깃 본다. 가끔은 저들이 무대처럼 보인다. 연주가 시작되기도 전에 무대 아래에서 춤부터 추는 이들, 템포를 버리고 싶다. 트럼펫을 든다. 연주를 시작하고, 나는 다시 기억을 떠올린다. 습관적으로 밸브를 누르면서. 손가락이 기억을 불러오듯이, 저들의 야유 속으로 걸어 들어가듯이.

까맣고 두꺼운 노루의 눈. 한번 마주치면 여름밤을 내내 서성이는. 뒷집에 혼자 사는 아저씨가 노루 고기를 먹고는 며칠 뒤 절벽에서 떨어졌다. 다리가 부러져 한동안 일어나지 못했는데, 심부름으로 먹을거리를 가져다 주면 울고 있었다. 노루를 어깨에 짊어지고 산을 내려오던 모습. 다들 수군거렸다. 토끼를 잡으려던 올무에 왜 노루가 잡혔을까. 그는 혀를 끌끌 찰 뿐 대답해 주지는 않았다. 다만, 아마 그때부터인 것 같다고, 새벽에 가끔 대문 밖으로 향하는 나를 본 것이. 우리는 창고에서 사료를 뒤섞으며 말을 주고받는다. 그가 데려온 금계(金

鷄)와 은계(銀鷄)를 바라보면서. 금계는 털이 금색이고 은계는 은색이다. 중국 꿩이라고 그가 설명한다. 알도 낳나요. 그는 처음 키워 봐서 모른다고 말한다. 이날의 대화만은 선명하다. 몇 년이 지나 동물원에서 꿩들을 봤을 때, 나는 알부터 찾았다. 동행이 내게 뭘 하느냐고 물었고, 나는 알의 색깔이 궁금하다고 대답했다. 다시 창고에서, 중국 꿩이라는 새들을 구경하며, 꿩 먹고 알 먹고, 이 말이 떠올라 킥킥대고는, 머쓱해진다. 새들을 잡아먹진 않겠지만, 왠지 모르게 그것들이 닭처럼 느껴지고, 창고 구석에서 사료를 쪼는 닭들이 나를 원망하는 것 같다. 그 시절 마당과 창고는 그가 키우던 것들로 넘쳤는데 마당엔 개와 토끼가 뛰어다녔고, 창고 천장에선 구관조와 앵무새가 하루 종일 울었다. 상추가 무릎까지 자랐고, 호박은 누가 자꾸 훔쳐 갔다. 집에 가면 내가 할 일은 먹이를 주고, 똥을 치우고, 물을 뿌리고, 다시 먹이를 주고, 알을 확인하고, 제초제를 꺼내 두거나, 쥐를 쫓아내고, 다시 물을 뿌리고, 그를 기다리는 일의 반복이었다. 그가 늦으면 데려가라는 전화를 받고, 취한 그를 찾아 터벅터벅, 어둠이 깔리기 시작한 내리막길을 걸어, 자주 가던 식당으로, 걸어가며 개천을 바라보고, 침을 뱉어 보고, 물고기들이 모이는 모습을 기다리지만, 입만 텁텁해진 채로 골목을 걸었다. 몸을 가누지 못하는 그를 부축하며 언젠간 업어 볼 수도 있지 않을까 기대했는데, 못질 소리를 들은 날, 그날 처음으로 업어 보고는 생각을 후회했다. 그는 내가 새로 사다 놓은 제초제를 마셨다.

생각을 후회. 생각과 후회. 생각, 후회. 단어들을 겹치며 무대에서 내려온다. 수가 날 노려보고 있다. 길 건너 케밥 가게 알지. 고개를 끄덕인다. 라틴계 점원들은 매번 친절하다. 거기 접시 닦는 점원이 연주해도 너보단 듣기 좋을 거야. 나는 어깨를 으쓱하고 악기를 가방에 넣는다. 안쪽에 와인색 융이 깔린 가방은 수의 애인이 직접 만들어 선물해 줬다. 죽은 지 3년이 지났고 간혹 유품 같다. 내가 연주하는 트럼펫 소리를 들으면 저 너머가 그립다고 했는데 정확히 어딘지는 말해 주지 않았다. 수는 돌려서 욕을 한 거라고 장례식 날 묘지 앞에서 말했다. 가방을 챙겼지만 가고 싶은 곳이 없다. 진짜 씨발 정신이 어디 있는 거야. 수에게는 자주 미안하다. 분장실을 나서는 내 등에 대고 소리를 지르지만 아침이면 다시 나를 데리러 올 것이다. 매번 그랬다. 나는 수의 아침이 궁금하지 않다.

그들은 골목이 내뱉는 호흡처럼 걷는다. 술병을 손에 쥐고, 혹은 누군가의 팔, 어깨, 과거에 기댄 채. 골목마다 색이 너무 많다. 골목을 빠져나와 회전목마가 돌아가는 광장으로 걸어간다. 열 마리의 말. 머리를 바짝 민 기수들. 초록색 원판이 피아노 반주에 맞춰 서서히 움직인다. 가방을 쓰레기통에 처넣을까 잠깐 고민한다. 회전목마 주인과 함께 담배를 태운다. 갈수록 손님이 많아, 얼른 접고 싶어, 쟤네 머리에 염색 스프레이 뿌릴 수 있을까, 한 마리 타고 갈래? 다음에는 수와 같이 오겠다고 대답한다. 광장 중앙으로 빅밴드 단원들이 지나간다. 어디서 봤더라. 익숙한 기분이 스멀거린다. 어떤 마디가 떠올라 흥얼거리며 광장을 벗어난다. 굵은 선율과 과거의 시간들. 그들은 내가 내뱉는 호흡을 듣는다. 내가 말하는 것처럼 들릴 때가 좋은 연주라고 수는 말했다. 무슨 말을 하라는 건지. 뒤를 돌아보지만 수는 없다. 대신하수구로 몰려가는 쥐 떼가 보인다. 너 때문에 죽은 거야. 그럴지도 모르지. 수가 다른 도시에 다녀올 동안 수의 집을 봐준 적이 있다. 수가 키우던 기니피그와 함께. 쥐야 돼지야? 관심 끄고 가만히 두면 된다고 수는 말했다. 정말 가만히 뒀다. 하루가 지나고, 집에 돌아온 수는 나를 본체만체 기니피그를 불렀는데, 어쩐 일인지 벌러덩 누운 자세로 움직이지 않는, 쥐인지 돼지인지 모를 자신의 친구를 보고는, 거품이랄까, 그런 비슷한 액체를 입에서 흘리며 비명을 질렀다. 나는 정말 아무 짓도 안 했고, 관심을 뒀다간 수에게 혼이 날 것 같아, 기니피그가 사는 집은 얼씬도 하지 않았다. 하물며 수가 떠나기 전에 주고 간 먹이와 물도 그대로 뒀고, 그대로인 것을 확인한 수는, 어떻게든 내게서 잘못을 찾기 위해 추궁을 하기 시작했다. 경위서를 작성하는 심정으로, 하나하나 말해 주기 시작했지만, 내가 한 일이라곤 침대에 누워 있거나, 화장실에 가거나, 악보를 정리한 일밖에 없어서 더 말해 줄 것도 없었다. 기니피그를 화단에 묻을 때까지 수는 그렁그렁한 눈으로 나를 째려봤고, 그 뒤 술에 취하면 가끔 나를 기니피그와 같은 이름으로 불렀다. 무슨 이름이었는지 지금은 기억나지 않지만, 너무 듣기 싫은 나머지, 찍찍, 꿀꿀이라고 대답했다.

하수구로 달려가는 쥐 떼를 보고 이런 기억을 떠올리는 건 역시 좋은 징조가 아니다. 차가 없는 도로, 낯선 건물들, 속도를 잃은 말투, 계절이 사라진 나무, 단서, 기억의 연관, 기억의 상관. 한번 떠올리기 시작하면 기억은…… 강물 위로 불빛들이 떠내려간다.

여름이 계속될 줄 알았지. 정화조 차가 다녀가면 화장실에 가지 않았다. 밑바닥에서 뭐가 나왔대. 그게 우리 집은 아닐 텐데. 페트병을 머리맡에 두고 잠들면 새벽에 북소리가 들려. 아침에 물어보면 그도 들었다고 했다. 누구는 잠결에 페트병을 입에 물었고. 학교에 가지 말까. 계속 갈라지는 목소리, 밤마다 자라던 털들을 만지면 손이 따가웠다. 타이어에 공기가 빠진 자전거로 최대한 멀리 가 봤어. 뒤에 앉은 친구가 전봇대에 머릴 박았지. 다시 북소리. 현관에 우두커니 서 있는 나를 그가 붙잡는다. 가지 마라. 밖에서 누가 불렀어요. 그러니까 가지 마. 영문을 몰랐지만 나는 계속 잠결인 채로. 새벽

녘 가로등 밑에 앉아 오토바이를 기다렸다. 동이 틀 때까지. 대문을 활짝 열어 놓고. 그는 오지 않아. 못질 소리가 뚝 그친다. 못질 소리가 뚝 그친다. 못질 소리가 간격도 없이 탕, 탕.

못과 달력. 그의 방에 걸려 있던 액자. 액자에는 그와 그의 형을 찍은 사진이 있다. 그는 청재킷 안에 체크 넥타이를 맸다. 그의 형은 회색 폴라티를 입고 그의 어깨에 손을 올린 채다. 둘 다 귀를 가린 장발에 눈썹이 짙다. 나는 눈썹이 가늘다. 그의 형은 원양어선에 처음 오른 날 화재로 죽었다. 내게 그 말을 전할 때, 자신도 배에 타려고 했으나 꿈에 누군가 나와 자신을 말렸다고 했다. 그의 형은 배와 함께 가라앉았고 그는 다른 배를 탔다. 그때 죽었어야 하는데. 죽음이 밀린 상태로 살았다고 그는 말했는데 아무래도 억지스럽다. 비관도, 형에 대한 그리움도 아닌 버릇. 못과 달력. 달력을 기억하기 싫다. 아직은. 미루고 싶다. 어차피 기억에 휘둘리는 삶이라면. 순서라도 부정할 수 있지 않을까. 가능한 말인가. 기억 뒤의 기억, 기억 다음의 기억이 있을 뿐이다. 조급해하지 마라. 기억이 없는 상태. 기억이 기다리지 않는 상태. 기억의 실마리를 전부 차단한 채 살 수 있을까. 가슴에 손을 얹고 생각해 보자. 기억이 나를 괴롭히는지. 누구의? 무엇의? 추측하지 마라. 그는 나중에 액자를 장롱 안에 처박아 둔다. 그러곤 액자를 걸어 두기 위해 박아 둔 못에 달력을 건다. 못 뒤의 달력. 못 다음의 달력. 달력이 순서를 기다리고 있다. 그는 방문에 못질을 하기 전 달력 뒷면을 펼친다. 이것은 나의 기억이 아니다. 나는 뒷면에 뭔가를 적는 그를 본 적이 없다. 하지만 그는 적었고 나는 적힌 것들을 읽었다. 그의 처지에서 그의 기억을 빌리는 중이다. 상상하는 중이다. 등을 구부린 상태로 혹은 책상에 달력을 올려놓고, 그는 적는다. 친구가 오기 전이거나 후에. 나는 후라고 판단한다. 나는 입에 이불을 물고 잠을 설친다. 그동안 그는 할 말을 적고 다시 달력을 걸어 둔다. 내가 잠에서 깨 방문을 두드리거나 그를 부른다면, 적는 일을 관둘까, 아니면 결심을 거둘까. 그는 정오쯤에 나를 부른다. 잠에 취한 채로 침대에서 일어난다. 문이 열리지 않는다. 문이 열리지 않는 일은 이상한 일이다. 의심과 의문을 번갈아 떠올리며 한동안 서 있다. 점점 희미해지는 그의 목소리를 들으며, 문 앞에서, 아까 들었던 못질 소리를 기억한다.

공터에는 절대 가지 말라고 했다. 동네 사람들 모두 그 말을 할 때면 비슷한 표정을 지었다. 가 보라는 소리처럼 들렸고, 몇몇이 모였다. 수도 그중 하나였다. 누가 데려왔는지는 알 수 없었다. 친구들은 마치 수가 보이지 않는 것처럼 인사도 제대로 하지 않고 자기들끼리 출발했다. 나는 수에게 내 뒤만 잘 따라오면 된다고 말했다. 우리는 일렬로 서서 숲으로 향했다. 길이 없어질 때쯤 누군가 저 연꽃밭을 지나면 된다고 말했다. 전해 듣기로 공터 중앙은 나무가 없어 허공이 뻥 뚫렸다고 했는데, 빽빽하게 자리한 나무들을 보니 그런 곳은 나오지 않을 것만 같았다. 숲이 계속 이어졌다. 누군가 해가 지고 있어, 말했고, 우리는 계속 걸었다. 어둠이 점점 숲에 들어찼지만 아랑곳하지 않았다. 밤이 되고, 처음 듣는 소리들이 여기저기서 들려왔다. 동물이 우는 소리 같기도, 나뭇가지가 꺾이는 소리 같기도 한 소리들이, 숲 전체가 우리를 몰아내기라도 할 것처럼, 웅성웅성 풍부해지며, 자꾸 오던 길을 돌아보게 만들었는데, 뒤를 돌아도 보이는 건 온통 검은 풍경뿐이었다. 무릎이 가시에 쓸리고, 얼굴에 거미줄이 묻었지만, 어쩐 일인지 따갑거나 아프지 않았는데, 그렇게 계속 걷다 보니 어느 순간 나무들과 소리들이 사라지고, 텅 빈 공터가, 마치 갑자기 생겨난 것처럼, 눈앞에 펼쳐졌고, 희미한 달빛으로 비춰지는 그곳이, 도무지 믿을 수가 없어서 친구들을 찾았는데, 내가 걸음이 빨랐던 건지 혹은 그들이 길을 잃은 건지, 아무도 보이지 않았다. 수의 발소리마저 들리지 않았고, 그들을 기다릴 겸 그루터기에 앉아 밤하늘을 바라보다가 순간 뚝, 하고 뭔가가 끊어졌다.

그는 내가 잠에 든 사람처럼 보였다고 말했다. 혼자서 여긴 왜 온 거냐고 물었지만 한동안 일어나지 않아 아침이 올 때까지 같이 앉아 있었다는데, 나는 영문을 몰랐다. 친구들은요? 그는 얼른 집에나 가자고 말하며 나를 일으켰다. 다리에 힘이 풀려 그에게 업혔다. 돌아가는 길에는 연꽃밭이 보이지 않았다. 숲을 거의 빠져나갈 때쯤 그는 나를 세워 놓고 물었다. 무슨 꿈을 꾼 거냐. 나는 꿈이 아니라고 대답했다. 발을 봐. 장화를 신고 있었다. 자다 깨서 나가길래 화장실에 가는 줄 알았지. 대문 여는 소리를 듣고 뒤를 쫓았다고 했다. 그는 나를 불렀을까. 왜 중간에 깨우지 않았을까. 힘도 셌으면서 왜 끌고 가지 않았을까. 나중에 이런 질문들을 수에게 하자 수는 너 지금도 가끔 그런 것 같아, 라고 대답했다. 나 같아도 조용히 따라갔을 거야. 왜? 다음 대답은 들리지 않았다. 그와 함께 집으로 돌아가 침대에 누웠다. 이마저도 꿈인지 아닌지 헷갈렸다. 코를 꼬집었다. 문 앞에 서서 잠깐 동안 나를 바라보던 그는, 문에 못이라도 박아야 하나, 홀리듯 말을 하곤 자기 방으로 들어갔다. 망치를 든 그를 상상하며 잠에 들었다. 다음 날은 학교에 가지 않았다.

수, 너는 나를 바라본다. 소파에 머리를 삐딱하게 기댄 채, 잠깐씩 환해지는 스테이지와, 테이블을 마주하고 앉아 있는 사람들 사이의 주름, 주름들을 쏘아보며 나와, 너의 눈빛이 반사되는, 천장에 매달린 미러볼이 점점 몸을 키워 가며 소파를 가리자 너는, 나 알지, 말하고, 술을 섞으며, 다시, 나 알잖아, 무대에는 팔 하나 없는 사내가 물통을 입으로 든다. 네 무대가 끝나길 기다렸어, 내가 부른 거야, 카바레를 발음하듯이, 술을 받아 마시며, 나는 주황색으로 밀려나고, 미러볼이 멈추자, 너의 일행들은 일제히 나를 바라보고, 연주에 대해서 말을 꺼내면 침을 뱉을 생각으로, 하나하나 눈 마주치자, 수, 너는 욕하듯이 웃는다. 무대에는 이제 파란 깃털로 몸을 장식한 댄서들이 안무를 처음 선보이는데, 나는 그들의 연습실에서 공연을 구경하다 쫓겨난 적이 있다. 좋지도 않고 나쁘지도 않아, 이런 걸 누가 보겠어, 솔직하게 말했을 뿐인데, 나는 왜 네게 하소연을 하는 중인지 모르지만, 다시 술을 섞고, 저것 봐, 깃털이 이리로 날아오잖아, 이런 건 좆같다고 발음하듯이, 술을 들이켜며, 다른 데로 가자, 여길 뜨게 해 준다는 말인지도 모르고, 너의 얼굴을 바라보는데, 갑자기 한여름 후덥지근한 바람이 밀려오는 것 같다. 기억나지 않은 척, 셔츠 단추를 하나 더 열고, 그때 이후로 처음이네, 역시 그 말이 나올 줄 알았지만, 넋을 잃다가, 누가 나를 지금 노려보는 것 같아, 술을 허공에 뿌린다. 술잔은 내 이마를 향해 던지고, 바닥으로 떨어진 술잔이 데굴데굴 다른 테이블로 굴러가는 것을 보며, 너는 이번에 배를 잡고 웃고, 테이블을 발로 차자, 일행들이 내게 몸을 던진다. 저 무대를 말려야지, 너는 테이블 위에 올라가, 이거 알아? 구령대에서 자주 했는데, 팔다리를 마구잡이로 휘젓는 이상한, 율동을 한다. 나는 그간 네가 궁금하지 않았지만, 너는 내 소식이 들리길 바랐다고, 우리는 자리에서 일어나 음악이 나오지 않는 곳으로, 음악을 포함한 다른 소리들이 들리지 않는 곳으로, 향하고, 조수석에 앉아 입술에 흐르는 피를 닦으며, 창밖을 바라보자, 너와 내가, 노란 모자를 쓰고 사진사를 바라보고 있는데, 손을 잡았다고 친구들에게 놀림을 당하고, 너는 졸업식을 하다 말고 뛰어가고, 수야, 어디 가는 거야, 차가 멈춘 곳은 너의 집, 아까 뿌린 술이 머리에 묻었는지, 긴 머리카락에서 아직도 술 냄새가 난다. 거실에 나란히 앉아 쉴 새 없이, 짧은 침묵이 생기면 무슨 일이라도 생길 것처럼, 대화를 하며, 주로 네가 말하고, 나는 듣고, 너의 말들은, 조급하면서 두서가 없다. 딱히 하는 일은 없지만 아는 사람이 많아, 물 마실래, 포스터를 봤어, 다른 조명을 살걸, 오랜만에 연주를 들었네, 그만둔 줄 알았는데, 워크웨어 숍에 갈까, 이사를 갈 줄 몰랐어, 내일 같이 사원을 걷자, 수, 너는 침도 삼키지 않고 밤새 말할 기세로 점점 내게 가까워지고, 나는 쏟아지는 너의 말들 속을 헤매다 잠에 든다.

강물을 바라보며 한동안 앉아 있었다. 지겹다고 말하고 싶은데 들어 줄 사람이 없었다. 젖은 머리를 털면서 강둑으로 향하는 사람을 봤다. 일이 없는 날에는 자전거를 끌고 케밥 가게에 갔다. 사장인 아도니스는 내가 갈 때마다 주방에서 나와 어떤 이야기라도 해 보라고 부추겼다. 생일에는 내가 직접 연주도 해 줬다. 그러자 술

많은 콧수염을 벌렁거리며 조금 울었던 것 같다. 테이블과 의자를 뒤로 뺀 홀에는 직원들과 가족들이 둘러앉았고 누군가 퍼커션으로 연주를 도왔다. 워터키로 침을 빼낼 때는 아들이 달려와 구경했다. 밤무대보다는 훨씬 쉽게 연주했다. 그들은 자주 부탁했지만 들어주지 않았다. 다시 강물을 바라보다 자리에서 일어났다. 벤치에 누워 있던 남자가 일어나 나를 흘겨봤다. 신문이 잔디 위로 떨어졌는데 알아볼 수 없는 글자들로 빼곡했고 서둘러 걸었다. 쇼바 낮은 오토바이가 경적을 울렸다. 조금 무섭게 들렸고 보폭이 넓어졌다. 옆이 뜯어진 검은 봉지, 야구방망이, 도로로 도망가는 고양이를 봤다. 수가 먼저 이곳에 와 있었고 6개월 뒤쯤 짐을 쌌다. 수는 레이밴 선글라스를 셔츠 단추에 낀 채 포드를 몰고 공항으로 왔다. 에이전트 로고가 박힌 명함을 건넸지만 받지 않았다. 당분간은 감 좀 잡자고. 그게 2년이 넘었다. 여기 왜 왔더라. 가물가물한 상태로 골목을 돌았다. 다른 연주자의 얼굴이 담긴 전단지가 반쯤 찢어진 상태로 벽에 붙어 있었다. 아는 얼굴은 아니었고 아예 떼서 허공에 던졌다. 집 앞에 서서 열쇠를 찾았는데 분장실에 두고 왔다는 사실이 떠올랐다. 가방을 바닥에 내려 두고 벽에 기대앉았다.

그는 벽에 기대앉아 뭔가를 게워 내고 있다. 기억이 뚜렷해지는 순간, 나는 문지방을 밟고 서서 그를 바라본다. 이불 옆에는 파란 플라스틱 통이 데굴데굴 구르고, 하얗고, 점점 보라색 빛으로 변해 가는 액체를, 바닥에 토하는 그에게, 그건 도대체 뭐냐고 묻고 싶지만, 아무 생각이 들지 않는다. 나는 움직이지 않고, 좀 더 빨리 움직이지 못하는 나를 예감한다. 하지만 후에, 의사는 내가 빨랐거나 늦었거나 이미 늦었다고 말했고, 장면을 빨리 앞으로 넘겨, 대문 앞에 모인 동네 사람들을 떠올린다. 그들은 나와 응급차에 실리는 그를 번갈아 보며 혼란스러워한다. 누구도 다가오지 않는다. 수작이라는 말, 나는 겁을 먹었나. 아니다. 아무도 집에 들어가지 못하게 대문을 닫고, 창고에 있는 동물들을 걱정한다. 일주일 뒤 집으로 돌아갔을 때, 반은 죽었고 반은 풀어졌다. 창고 밖으로 나서지 않는 것들은 그대로 됐다. 밤만 되면 울음소리가 섞였고, 누구를 찾는 것 같았고, 잠에 들기 쉽지 않았고, 자고 일어나면 손에 뭔가를 쥐고 있었다. 나무토막이나 쇠꼬챙이 같은 것들. 영문을 몰랐지만 나는 계속 잠결인 소년. 다시, 이제 토를 하는 그에게 다가간다. 그의 눈을 본다. 피가 들어찼다. 그의 장화만큼이나 빨간 눈이다. 그만. 기억을 지연시키는 방법은 기억을 나사처럼 돌리는 일이다. 점점 더 깊숙이, 파헤치는 것의 반복, 반복하면 뒤집힌다. 그러자 그와 함께 수박을 깨는 모습이 떠오른다. 손으로는 깰 수 없어요. 그는 할 수 있다고 말한다. 그러곤 당수를 내려치지만 어림도 없다. 나는 웃는다. 그는 손을 부여잡고 아파

한다. 그는 병원에서 가슴께를 붙잡고 아파했다. 주방에서 칼을 가져와 수박을 반으로 가른다. 마당에 토끼들이 뛰놀고 있다. 그는 응급실 바닥에 초록색 똥을 눴다. 간호사들에게 나가라고 소리쳤다. 반으로 가른 수박을 다시 반으로 가른다. 계속 가르고 갈라서 먹기 좋게 자르면 그는 내게 먼저 권한다. 먹지 않는다. 의사는 내게 서명을 시켰다. 원인에 파라콰트라고 적혀 있었다. 친척들이 몰려와 내 머리를 수박 가르듯 때렸다. 수박은 겨울에 먹어야 맛있는데. 그는 웃는다. 그는 울었다. 그를 더 고통스럽게 만든 것 같았는데, 그의 말처럼 죽음을 미루기 위해? 그들의 결정을 따랐다. 의사는 내장들이 서서히 굳어 가다가 마지막에 폐가 굳을 거라고 했다. 차라리 방에 그대로 뒀다면…… 더 파헤쳐야 한다. 나사의 대가리가 안 보일 때까지. 그가 없는 집, 그가 없는 창고, 그가 타던 오토바이 그리고 트럼펫. 누가 버렸더라고. 그는 입 모양을 만들어 본다. 밭은기침을 뱉으며. 한동안 해 보다가 내게 들이민다. 해 볼래? 해 보지 않는다. 그는 겸연쩍어하고 악기에서 쓰레기 냄새가 난다. 한동안 방에 박혀 숨을 불어 보고, 책을 읽고, 오일과 천으로 닦는다. 한동안 문지방이 닳도록 내 방을 오갔다.

　그가 처음으로 내게 자신의 장애에 대해 말했을 때, 그건 고칠 수 있는 종류의 것이라고 들었다. 하지만 그는 고치지 않고 오히려 악화시키는 것처럼 보였다. 인정하면 피곤할 뿐이다. 그 무렵을 이런 식으로 살았다. 내뱉어진 시선처럼. 떠올리면 허공이다. 자주 떠올리던 상상 속에서 그는 혼자만의 동물원을 관리하는 성실한 사육사다. 나는 그의 환상 앞에서 엎드린다. 곧 곰에게 맞을 것처럼. 그는 곰을 타이른다. 어루만지고 먹이를 준다. 코를 쓰다듬는다. 곰은 앞발로 그를 갈기갈기 찢고 돌처럼 굳은 내장들을 뜯어 먹는다. 그는 즐거워 보인다. 나는 로봇이 그려진 장화를 신고 도망간다. 다리를 절면서도 그는 일을 나갔다. 등록을 하면 돈이 나온다는데. 할 수 있는 일이 별로 없지만, 오토바이에 공구들을 싣고, 동이 트기 직전에 나가, 일이 없으면 오전에, 일이 있으면 저녁에, 두 경우 모두 술에 취한 채로, 돌아오고, 오토바이는 알 만한 곳에 세워져 있다. 그때마다 키를 챙겨 집으로 오토바이를 몰았다.

계속 지나친다. 기억들을 더디게 지나치면서 망망한 미래의 한가운데로. 나는 골격만 남은 집의 창틀에 앉아 바람을 맞고 있다. 바람이 없는 곳에서 바람에 날리는 앞머리를 매만지고 있다. 누군가 집에 살 요량으로 공사를 시작했는지 벽지와 장판이 전부 벗겨져 있다. 문도 없다. 집은 회색으로 머문다. 이 방과 저 방을 오가도 내가 쫓고 있는 것이 무엇인지 모르겠지만, 언제까지고 쫓아가야만 할 것 같다. 나는 빙빙 돈다. 나는 빙빙 도는 나를 바라본다. 여기서 뭔가를 불어넣으면 저기서 소리

가 난다. 여기는 바람, 여기는 숨, 여기는 기억. 저기는
침이 떨어진다. 저기는 내 발치에 있다. 저기서 연주를
듣는 사람들이 있다. 저기로 음이 빠져나간다. 꿈이 빠
져나가고, 꿈이 빠져나간 자리에는 갑작스럽게 잠에 깬
내가 있다. 어리둥절한 표정으로 서 있는 내가. 꿈에서
어딘가를 걷고 있었는데. 물이 불어난 교각 위에서 비
를 맞고 있다. 이불을 덮고 싶다. 개천에 떠내려가는 내
가 보인다. 나를 집으로 데려가던 그가 오지 않는다. 나
는 찌를 실감한다. 모든 게 추 아래로 내려앉았다. 부유
하던 그의 방들. 부유하던 나의 잠. 몽유병을 기록하듯
이, 이어지는 곡들. 어쩐 일인지 모두가 테이블 위에 엎
어져 있다. 나는 그들을 깨운다. 신청곡은 언제든지 말
씀하세요. 제겐 선택권이 없으니까요. 진심은 아닙니다.
나를 끌어 내리세요. 아래로, 어느 쪽이든 아래로. 악기
로 뺨을 친 뒤 달아나고 싶네요. 피로 물든 악기에선 어
떤 속도가 들립니다. 아버지는 목수였습니다. 이 말이
하고 싶었는데 별 뜻은 아니에요. 숨이 가빠지면 눈이
시리고 의식이 달아납니다. 꼭 동네를 배회하던, 팽팽했
던 밤들처럼 말이에요. 홀연히 밝아지는 저 조명처럼 앞
으로도 신호를 보낼게요. 이곳에는 대기실이 없습니다.
근데 왜 쥐새끼가 가랑이 사이를 지나는 걸까요. 나는
골목이 훌륭하다고 생각합니다. 모두가 곡면처럼 펼쳐
져 있으니까요. 당신은 아무것도 듣지 못합니다. 꽃처럼
활짝 핀 벨을 통해 나가는 소리는 나와 관련이 없습니

다. 당신이 트럼펫을 연주하세요. 그럼 내가 호흡하겠습니다. 무대 위로 올라오세요. 내 손을 뿌리치지 마세요. 앉아서 무대 아래를 보세요. 기억을 불어 봅시다. 들립니까? 들리세요? 아무도 깨어나지 않는다. 이들은 꿈을 꾸는 중인가. 아까부터 주위를 둘러봤는데 수가 보이지 않는다. 함께 운동장에 누워 있던 적이 있다. 유성이 예보된 날이었고 돗자리를 챙겨 운동장에 깔았는데 밤하늘은 까맣기만 했다. 팔을 머리에 기댄 채로 잠에 들었다가, 활활 타오르며 낙하 중인, 물탱크만큼이나 커다란 운석을 꿈에서 보고는 화들짝 일어났고, 수는 내 얼굴을 쓰다듬었다. 구름이 점점 많아져 하늘은 계속 까매졌고 아침까지 운동장에 누워 있었다. 얼마 뒤 동네를 떠났던 것 같다. 수는 나를 기다리고 있을까. 나는 수가 죽기를 바라지 않는다.

그때 무슨 소리를 들었는데, 수는 귀걸이를 만지작거리며 말한다. 아니, 아마 너는 못 들었을 거야, 가스통 터지는 소리랑 비슷하다고, 아도니스가 말했나, 나는 들었어, 그 소리가 내 머릿속 깊숙한 곳에, 자리를 잡아서, 지금도 가끔 펑, 혹은 팡, 너도 있었잖아, 나는 한마디밖에 안 했어, 생선이 너무 탔다고, 이 연기를 다 어떻게 할 거냐고, 그 사람이 베란다로 가길래, 창문을 열고, 환기를 시키는 줄 알았지, 뛰어내리는 건 못 봤다니까, 생선 살을 헤집느라, 네가 넋 나간 사람처럼 베란다

를 봤지, 둘이 꽤 친해져서 좋았는데, 애인을 누구한테
보여 준 건 처음이라, 3초, 3초 만에 푹 꺼진 거지, 푹 꺼
진 자리가, 가끔 내려다보면, 반대편까지 파헤쳐져서,
나를 끌어당겼는데, 그 말을 하니까, 네가 창문을 못 열
게 뭘 박아 놨잖아, 못이지? 너는 무슨 말을 했어? 대답
하지 않는다. 12층이었는데도, 목청이 좋은 건지, 비명
이 길어졌지, 몰려든 사람들 사이로 네가 보인 것까지만
기억이 나고, 나야? 그럼 내가 죽인 거야? 나는 수가 입
을 좀 다물면 좋겠다고 생각한다. 생선이나 구워 주면
좋겠다고 생각한다. 너도 무슨 대화를 나눴을 거 아니
야, 수는 나를 돌아본다. 혼잣말의 끝은 매번 같은 질문
이다. 우리는 새로운 일거리를 찾기 위해 만났지만 낮부
터 술을 좀 마셨고, 창밖으로 보이는 공단 굴뚝들이 연
기를 뿜고 있다. 이 집에 더는 못 있겠어, 너도 그래서 이
사를 간 건가, 그냥 돌아갈까, 아니면 사장이 소개해 준
거기 갈래? 나는 고개를 가로젓는다. 우린 더 망할 것도
없는데, 뭐 어때, 햄버거 가게면 애들 파티가 많을 거야,
폭죽은 내가 터트리면 되니까. 수가 화를 낼까 조마조마
하다. 실력도 없으면서, 무슨 자존심인지, 정신은 딴 데
있으면서, 희망을 바라지 말자고, 계속 물러나, 어디 계
속 물러나 보자, 머릿속으로 돌아가는, 별일 아니야, 또
무슨 잠꼬대를 하려고 눈을 감는 거야, 일어나, 일어나
서 아무거나 연주해 봐, 이번엔 지겹다고 안 할게, 장례
식에서도 연주 안 했잖아, 수는 샐러드가 담긴 접시를

내게 던진다. 나는 생수통을 던진다. 몇 개씩 더 던지고, 지쳐서, 잠꼬대를 핑계로 욕이라도 하고 싶지만, 수를 바라본다. 수에게는 자주 미안하다. 남았다는 건, 앞으로 기억에 시달리는 일만 남은 거라고, 기억에 시달리고 시달려서, 어떤 기억은 또렷해지고, 어떤 기억은 희미해지는, 기억하기 싫은 순간만 기억나고, 기억하고 싶은 것들은 자꾸만 멀어지는, 이 기억을 믿어도 되는지, 의심과 의문을 번갈아 떠올리며, 기억에 휘둘릴 거라고, 이말을 했을 때부터 내게 화를 많이 낸다. 나는 자리에서 일어나 주방으로 간다. 냉장고를 열어 생선을 꺼낸다. 수가 등 뒤에서 나가라고 소리친다.

밤나무가 잘려 나간 자리에 오줌을 갈겼다. 갈색으로 변한 밤송이들이 도처에 깔려 있었는데 속이 텅 비어 보였다. 사당 앞에서, 내년에는 아무도 물에 빠져 죽지 않게 해 달라고 빌었다. 도깨비불을 쫓아 숲으로 달려간 친구가 돌아오지 않았다. 푸른 새 같았다는데 혼자 본 건 아니라고 했다. 금계나 은계가 아닐까 기대했다. 산에서 바위가 굴러떨어졌지만 아무도 다치지 않았다. 산불 조심의 계절이라고 적힌 전단지가 전봇대마다 붙었다. 관악부를 그만뒀다. 대신 집에서 혼자 연습했다. 시간에 맞춰 등교했고 마음 내킬 때 집으로 돌아왔다. 그의 물건들을 다 정리했다고 생각했는데 신발장만은 그대로였다. 창문턱 아래 놓인 신발장에 새똥이 묻어 있었다. 손잡이를 당기자 갈색 가죽 랜드로버 단화가 보였고, 새것 같았다. 내 발에는 맞지 않았다. 장화는 발에 꼭 맞았다. 밑창에 진흙이 굳은 작업화 몇 켤레를 버렸다. 바람이 선선했다. 숲에 가 보기로 했다. 공터에. 가면 누군가 기다리고 있을 것 같았다. 뒷집에 사는 아저씨가 손을 흔들었다. 다리가 나은 건지 삐딱하게 서 있었다. 멀리서 보면 한쪽 다리로만 서 있는 것 같았다. 올무를 피하면서 숲으로 깊숙이 들어갔다. 이끼 위에 개구리가 배를 보이고 누웠다. 노루 뛰어가는 소리를 듣긴 했는데 쳐다보지 않았다. 해는 언제까지나 이어질 것 같았고, 나는 계속 헤맸다. 길이 아닌 곳이 없었다. 숲이 노란색으로 변해 갔다. 장화가 찢어질 것 같았다. 감촉이 싫지는 않았다. 자동차 경적 소리. 전에 본 연꽃밭이 보였다. 숲이 중단된 자리에 연꽃이 가득했다. 다시 경적 소리가 들린다. 저길 지나면 공터까지는 금방인데, 계속 멀어진다. 물러나는 것처럼, 경적 소리가 들리고, 눈을 뜨자, 다시 외국이다. 나는 베란다 창문에 손을 올리고 있다. 수가 헐떡이며 뒤에서 내 등을 친다. 어딜 가냐고 묻는다. 다시 소파에 가서 자라고. 어딘가로 가고 있었는데, 수는 거긴 아니지 않느냐고 한다. 뛰어내릴 거면 자기 없을 때 하라고 말한다. 창밖으로 차들이 점점 많아진다. 나 잤어? 여긴 언제 왔어? 비자는 얼마나 남았어? 내가 직접 비행기를 탔어? 그럼 숲은? 집은? 발이 따가운데? 밤송이를 밟은 거 같은데? 장화 못

봤어? 수는 내 손을 잡는다. 나는 입술을 삐죽 내민다. 갑자기 서운한 마음이 든다. 네가 오라고 했잖아? 여기라고 다를 게 없는데? 창문에서 툭툭 소리가 나더니 비가 쏟아지기 시작한다.

수의 집에서 악기 가방을 챙겨 광장으로 향한다. 빗줄기가 따갑다. 바늘로 머리를, 얼굴을, 몸을 찌르는 것 같다. 강 주위엔 수위가 높아졌는지 사람들이 보이지 않는다. 금세 비가 멎고 하늘이 갠다. 회전목마 주인이 나를 부른다. 드디어 손님이 줄었어, 정리하고 핫도그나 팔아야지, 쟤네 좀 봐 봐, 꼭 저렇게 티를 내, 머리를 민 사람들이 팔짱을 끼고 두리번댄다. 회전목마에 미친 인간들인가 봐, 거의 매일 타러 온다니까, 회전목마 머리에서 빗물이 뚝뚝 떨어진다. 멀리서 여러 악기 소리가 들린다. 광장 한가운데에 빅밴드가 자리를 잡고 있다. 주인에게 인사하자 왠지 이번이 마지막일 것 같다고 대답한다. 나는 또 올 거라고 거짓말을 한다. 비를 피했던 사람들이 하나둘 모여 빅밴드 주위를 반원으로 감싼다. 그들은 연주를 시작하기 위해 숨을 고른다. 눈빛들을 교차시키며 고개를 끄덕일 때, 가방에서 트럼펫을 꺼내 그들의 뒤로 간다. 아무도 나를 막지 않는다. 연주가 시작되고, 나는 힘껏 숨을 불어넣는다. 내 곡과 그들의 곡이 교차된다. 스윙? 블루스? 나는 되는대로 연주한다. 드러머가 내게 다가온다. 한동안 나를 구경하다가 내 팔에 손을 올린다. 손을 뿌리친다. 연주를 방해받지 않은

날이 없다. 두어 명 더 온다. 나는 그들의 자리로 달려가
의자에 앉는다. 웃음소리가 들린다. 주위가 환한 낮이
라 어색하다. 사력을 다해 마우스피스에서 입을 떼지 않
는다. 이가 나갈 것 같다. 사람들이 더 크게 웃는다. 나
는 끌려간다. 강물 위로 유람선이 지나간다. 폭죽이 터
지지만 여기까지 들리지 않는다. 내팽겨지다시피 골목
으로 쫓겨난다. 엉덩이를 털고 일어나 내가 일하는 곳으
로 간다. 골목을 돌고 돌아도 어쩐 일인지 찾기가 어렵
다. 사람들이 우르르 광장 쪽을 향해 달려간다. 어깨가
부딪치고 가방이 떨어진다. 아도니스가 케밥 가게 셔터
를 내리고 있다. 다시 비가 쏟아진다. 다시 방으로 돌아
가고 싶다.

　못질 소리가 뚝 그친다. 동시에 나는 침대에서 일어
나 그의 방 앞으로 가고, 그를 부른다. 문을 열지 않자,
손잡이를 돌리는데, 문은 열리지 않고, 나는 문 앞에서
무슨 말을 한다. 무슨 말을 할진 모르겠지만, 그의 결단
을 누그러뜨리기 위한 말들을, 지금껏 내내 상상했던 말
들을, 천천히, 그가 달력 뒷면에 마지막 말들을 적어 놓
았듯이, 한 자씩 또박또박, 마치 문에 새길 것처럼, 아주
천천히, 그를 설득하고, 종용하고, 울고, 소리치고, 지
난 일을 상기시킨다거나, 미래에 다가올 일을 설명한다
거나, 예를 들어, 외국으로 한 번쯤은 가 보고 싶다던 그
의 바람을, 내가 약속한다거나, 그런 말들을, 몇 시간이

고 말할 것이다. 그는 물고기가 아니고, 노루도 아니지만, 미끼나 올무처럼, 어떤 말들로 붙잡히길 바라며, 그게 통하지 않는다면, 다시, 못질 소리가 그치자마자, 다짜고짜 있는 힘껏 문에 몸을 던져, 문을 부순다거나, 아니면, 창문턱에 숨어, 몰래 방으로 들어가는 상상을, 이 또한 가능하지 않다면, 집에 찾아와 그와 마지막으로 대화를 나눈, 그의 친구에게, 그의 낌새를 미리 알아차려 달라고, 오랜 친구라면서 할 줄 아는 거라곤 검은 봉지에 뭔가를 사 오는 게 전부냐고, 미리 대문 앞에 마중을 나가, 말해 주고, 이 역시 안 된다면, 창고에 있는 못과 망치를 전부 버리고, 그라목손이라 적힌 제초제도 버리고, 방도 버리고, 집도 버리고, 계속해서 돌이킬 수 없는 가능성들을, 상상들을, 복기한다. 내게 도착하지 못한 것들을 떠올린다. 군청에서 돈이 나오면 산다던 새 오토바이, 금계와 은계의 새끼들, 정화조 차가 다녀간 화장실 바닥, 수와 애인의 결혼식, 악기를 내려놓은 나, 여름철 활짝 핀 연꽃들. 들린다, 숲에서 나를 찾는 소리가. 그림자가 시야를 빠져나간다. 점점 사라지는 기억들을 붙들어 놓기 위해, 할 수 있는 일은, 아무리 생각해도, 없다. 이 기억과, 저 기억 사이를 헤치며, 헤매며, 헤집으며, 걷는 것 말고는. 나는 공터에 앉아 있었다. 비는 오지 않았지만 장화를 신은 채로.

재구성

공원 벤치에 앉아 비가 내리길 기다리고 있었다. 비가 내린다면, 비가 내린다는 사실을, 비가 내리지 않는 곳에 있을 누군가에게 전할 수 있지 않을까 생각하며. 놀이터와 보드파크에서 북적이던 소리는 아득해지면서 잠이 온다고 느꼈지만 어떤 기억은 하늘을 가리는 나뭇가지들 사이처럼 옅은 줄기로 희미했고 누군가가 누군가를 애타게 찾으며 잔디로 무성한 언덕을 향해 달려갔다. 비가 내리지 않았다. 언제부터 이 자리에 앉아 있었는지, 한 시간 전인지, 반나절 전인지, 어제인지, 해가 바뀌었는지, 시간을 확인하려다가, 시간이 무의미해지는 순간에 대해 떠올렸지만 순간이라기보다 공간으로 파악되는 현실감이 비현실적으로 공원에서 사람들을 몰아낸다고 생각했다. 한적해진 공원 언덕 너머로 해가 저

물고 있었다. 빗방울이 떨어지는 것처럼 뚜둑뚜둑 소리가 들려와 바라보니 지팡이를 든 할아버지가 솔방울을 밟으며 다가왔고 버스 정류장이 어딘지 물었지만 모른다고 대답했다. 이 동네가 처음이라고 말을 덧붙이려 했지만 이미 자리를 벗어나고 있었다. 약속한 시간과 장소에서 누군가와 만나기로 했는데 잊은 건 아닌지 염려스러웠고 이대로 약속을 잊은 채 나타나지 않아도 괜찮을 것만 같았다.

공원 벤치에 앉아 누군가를 기다리고 있었다. 하늘이 흐려져 금방이라도 비가 내릴 것 같았는데, 공원 밖으로 달려가는 아이들에게서 그런 기미를 느꼈다고 혹은 바람에 흔들리기 시작한 잔디와 표지판과 농구 골대에서 폭우를 예감했다고 나중에 떠올릴 수도 있겠지만 당장은 비나 우박이나 눈이나 옥수수나 뭐라도 내리면 좋을 것 같았다. 왜 옥수수가 떠올랐는지 생각해 보니 누군가와 기차로 어딘가를 향하며 차창 밖으로 봤던 옥수수밭에 대한 대화 때문이었고, 옥수수밭을 지키는 누군가는 옥수수를 좋아하는 누군가보다 옥수수를 많이 먹지는 않을 거라는 하나 마나 한 대화를, 마치 옥수수에 관한 전문가들처럼 종착지에 도착할 때까지 나눈 이유에서였다. 왜 그곳에 갔는지, 왜 함께 갔는지, 그때의 여행을 마지막으로 더 이상 만나지 않아 구체적으로 떠오르진 않았다. 옥수수밭에서 누군가를 기다리는 상상을 했다. 키만 한 옥수수에 둘러싸여 관념으로 이어질 감각을 상상했다. 가까운 곳에서 개가 짖었다. 목줄이 위태롭게 팽팽해졌다. 자리를 옮기려고 주위를 둘러봤지만 마땅한 곳이 보이지 않았다. 탁구대가 설치된 공터와 맥주 파는 트럭 중에 고민하는 사이 개는 혀로 주둥이를 핥으며 멀어지고 목줄을 잡은 사람이 가볍게 목례했다. 비가 내리지 않았다. 로이흐트포이어 비니 모자를 쓴 학생들이 불안한 듯 흘깃거렸고 그들의 손에 들린 검은 봉지에서 물이 뚝뚝 떨어졌다. 그들의 걸음과 흙바닥에 동그란 파문으로 형성되는 번짐이 입막음처럼 들리지 않았는데 그들의 계획에서 신경 써야 할 우연을 하나하나 묻고 싶었지만, 주황색 비니를 쓴 자가 가까이 다가와 주머니에서 워크맨을 꺼내 높게 들었고, 이어폰이 빠지며 들려온 음악에 잠깐 눈감았다. 눈을 뜨자 여전히 공원이었고, 벤치에 앉아 있었고, 누군가는 아직 오지 않았다. 누군가의 이름에 대해 생각했지만 너무 많다고 느껴졌다. 구남, 현, 제이슨, 미영, 와타나베, 람, 바다리, 미진, 수, 모리아……. 비가 내리고 있었다. 가방으로 머리를 가려 봤지만 소용없었다. 인조가죽으로 만든 가방은 빗물을 머금을수록 계속 무거워졌고 마치 벌을 서는 것 같았다. 벤치에서 일어나 뛰면서 맥주 트럭이 있던 곳을 바라보자 우의를 뒤집어쓴 사람들이 하늘을 바라보며 몸을 흔들었고, 그들의 움직임과 입김이 지긋지긋한 낙관이라고 큰 소리로 욕을 하며 달렸지만 아무도 듣지 못했는지 조용했다. 비슷한 욕을 어떤 자리에서 했는데 기억하기 싫어 더 빨리 달렸다. 공중전화 박스, 쓰레기통 옆에 엎드린 개와 개를 바라보는 노인, 안장 없는 자전거, 차이니즈 레스토랑, 유모차, 거위를 지나쳤다. 거위라니 잘못 본 게 아닐까 다시 고개를 들어 바라봤는데 하얗고 몸집이 큰 거위가 뒤뚱거리며 횡단보도에서 신호를 기다리고 있었고, 나란히 선 사람들은 누구도 어색해하지 않아 유행 지난 판화를 보는 건가, 거위가 등장하는 꿈인 건가, 싶었고 거위라고 말하면 사라질 것 같아 모른 체하며 서점 앞에서 비를 피했다. 언젠가 인적이 드문 교외 사거리를 지나다 소나기가 내렸는데 비를 피할 겸 커다란 나무 아래로 몸을 피하자 어디서 나타났는지 전속력으로 달려온 누군가와 함께 애길 나눈 적이 있었다. 그는 코트에 묻은 빗방울을 털며 비가 너무 많이 내린다고 말했고 나는 왜 이곳 사람들은 우산을 쓰지 않느냐고 물었다. 너도 마찬가지잖아, 그는 말을 하는 대신 황당한 표정을 지었다. 일정한 간격으로 하나둘 사람들이 자리를 비집고 들어왔다. 천둥까지 치자 이럴 땐 넓은 곳으로 가야 한다며 그는 소리쳤고 모두들 일사분란하게 자리를 벗어났다.

　문 닫은 서점 앞에서 비가 그치길 기다리고 있었다. 기다리고 싶지 않았다. 뭔가를 기대하는 기분이 들었다. 초월을 한다면 누가 먼저일까, 자주 얘기했지만 서로를 벗어나지 못했다. 쇼윈도에 비친 턱을 보며 수염을 만지작거리던 남자가 서점 가판대에 진열된 신간들을 하나하나 욕하는 사이 흐리고 옅은 책표지가 보이기나 한 건지 묻고 싶었지만 남자는 기분을 종류처럼 설명하면서 전철역을 바라보고 그 뒤로 피켓을 든 사람들이 지나갔다. 구호 때문인지 귀가 먹먹해 물속이라고 생각했다. 누군가는 어림없는 소리라고 했겠지, 반쯤 찢긴 우의가 바람에 날렸다. 파란 버스가 경적을 울리며 달렸다. 빗줄기가 옅어진다고 느꼈다. 카페 밖 테이블과 의자를 물끄러미 바라보던 점원은 고심하는 표정으로 서 있다가 사라지고, 행렬이 지나간 도로가 매일 반복되는 출근인지 퇴근인지 모를 북적이는 광장의 소음처럼 무겁게 골목으로 확장되면서 쓸쓸하다고 느껴지게끔 가로등 불빛들을 흔든다고 생각했다. 다시 공원에 가 볼까 서점을 벗어나며 발길을 돌렸지만 누군가 기다린다면 좀 더 기다리게 만들고 싶었다. 마침 다리 근처에서 플루트 소리가 들려와 연주를 기대하며 빨리 걸었는데 오디오에서 나오는 소리였다. 오디오 앞에 드러누운 사람은 바구니나 모자도 보이지 않았고 사람들이 바닥에 두고 간 동전을 동전 자체를 처음 보는 사람처럼 하나하나 살펴보고 있었다. 합창단 단원이었던 친구의 남편이 불현듯 떠올랐는데, 공연이 있는 날이면 그녀는 항상 검은 실크로 된 원피스를 말끔하게 차려입고 남편을 가장 가까이서 볼 수 있는 좌석에 앉아 있었다. 클러치 백을 무릎 위에 가지런히 둔 채 연주단 뒤쪽 좌석에 앉아 공연의 시작을 기다리면, 합창단 중 한 명이었던 남편을 마치 거실에서 보던 것처럼 그런 거리감으로 실감할 수 있었다. 가끔 옆자리에 앉은 사람에게 말을 걸었지만 누구도 남편을 분간할 수 없었고 공연이 끝난 후 텅 빈 무대에서 남편과 대화를 나누는 게 좋았는데 어느 날엔가 공연이 시작했음에도 남편은 등장하지 않았고, 그녀는 남편을 기다렸고, 연주는 한없이 지속될 것 같아 겁이 났지만 기다렸지, 기다리고, 기다리면서 앞으로도 계속, 기다릴 것 같은 예감이 들었다고 말했다. 지휘자를 마주 보는 자리였고 공연 내내 그의 손짓과 오페라의 목소리를 지켜워하며.

강가 벤치에 앉아 밤이 오길 기다리고 있었다. 유람선에 탄 사람들이 손을 흔들며 들뜬 표정으로 사방을 바라봤고 누구 하나 강물로 뛰어든다면 그 장면을 이곳에 대한 순간으로 훗날 연속시키고 싶다고 생각했다. 유람선들은 계속 지나쳤지만 돌아오지 않았다. 그 누구에 대한 기억도 떠올리고 싶지 않았다. 옆에 누군가 앉아 있다면 자세를 고쳐 앉고 궁전을 지날 때 봤던 결혼식에 대해서 말할 수 있을 텐데 ─ 그들은 분수대를 포위하듯 모여 하늘을 쳐다봤어요. 기러기가 낮게 날며 신랑을 향해 똥을 흘렸고 그는 예상했다는 듯이 뒷걸음으로 피했는데 그만 구두 앞코에 떨어졌죠. 모두 웃었지만 사진 기사는 저주를 했어요. 카메라에 눈을 가져다 대면 자꾸 악령이 보인다고, 그게 오늘은 아닐 거예요. 신부의 아버지는 민머리에서 흐르는 땀을 닦으며 말했죠.

파란 장갑은 군데군데가 곰팡이 핀 것처럼 얼룩지고 들러리 중 기술박물관에서 검표하는 신랑의 친구가 분수대를 살피며 이제 시간이 얼마 남지 않았다고 포즈를 취했어요. 그러자 물줄기가 폭파하듯 위를 향했고 모두가 물에 젖은 채로 와자지껄 떠들었어요. 신부는 궁전에서 시가지로 흐르는 강물이 메말라 가듯이 불안한 아침에 대해 떠올렸고, 신부의 조카는 궁전 앞 주차장이 황무지였을 시절을 미리 간직했어요. 유람선은 어디서 오는 걸까요. 출발을 하기는 하는 걸까요. 밤이 되자 술에 취한 사람들이 갑자기 솟아난 것처럼 강가 주변을 배회하고 잭콕 캔이 발 앞으로 굴러와 조금 놀랐지만 내색하진 않았어요. 그리고 이제, 누군가를 구체적으로 떠올려야 했어요. 그인지 그녀인지, 가깝거나 멀거나 형, 누나, 언니, 동생, 선배, 선생 혹은 함께한 기억이 많거나, 짧거나, 함께 웃었거나 울었거나, 친구, 친구의 친구, 친구 이전의 친구인지도 모를 누군가를. 그러나 그러고 싶지 않았어요. 그 누군가에 대해 떠올리는 일을, 어떻게든, 갖은 방법으로, 계속 지연시키고 싶었어요.

하객들은 술을 돌려 마시며 표정을 숨겼고 긴장감이 여실한 노래를 불렀다. 나는 그들이 젖어 가고 있다고 생각했다. 신랑은 누구인가. 신부는 누구인가. 하객들은 또 누구며 조카라고 칭얼대는 아이는 누구인가.

누구.

옥상에서 봤던 사람은 누구.

집주인이 옥상에는 가지 말라고 했는데, 우리는 옥상에 있는 장독대들이 수상하다고, 시체가 있거나 혹은 집주인이 불법으로 뭔가를 재배하는 건 아닐까, 나르코스 이 동네 버전이라고 돗자리에 누우며 떠들었다. 옥상에 누군가 있었다. 그림자가 계속 흔들렸지만 우리는 알면서도 신경 쓰지 않았다. 말을 걸거나, 의식하면, 옥상에 다시는 올라오지 않을 것 같았다. 옥수수밭에 대한 이야기를 하면서 내일 당장 시장에서 옥수수를 사자고 말했다. 우리는 각자에게 중요하거나 중요하지 않은 시기를 보내며 같이 살았고 거실에 놓인 커다란 소파에 나란히 앉아 대부분의 시간을 술과 중국 요리, 치킨, 게임, 골목에서 만난 고양이, 체념, 구직, 여행 계획, 비난, 비탄, 설치하지도 않을 에어컨 시세, 위선, IKEA, 인스타그램, 베스파를 처분하는 방법에 대해 얘기하는 것으로 보냈다. 월세를 내는 날이 되면 그제야 한 달이 지났다는 걸 알았고, 시간은 등 뒤에서 요란하게 나뒹굴며 쫓아오는 실수 같았다. 동이 틀 무렵까지 옥상에 누워 있었고 서로의 표정과 몸과 자세를 비추는 파란 빛이 붉어지기 전에 각자의 방으로 돌아갔다. 까마귀들이 장독대 주위를 돌며 하루 종일 울었다.

강가 주변으로 사람들이 몰릴 때쯤 자리에서 일어났다. 무리 지은 러너들이 다리 위에 도착해 환호성을 질렀고 그들의 허리에서 빛나는 랜턴 속도에 따라 눈이 따끔거렸다. 이러다 밤을 새지 않을까, 숙소까지의 거리를 가늠하다가 관뒀다. 전동 킥보드에 올라타려는 터키인들과 눈이 마주쳤지만 이제 아무렇지 않았다. 오히려 내 쪽이 수상해 보일 수도 있겠다는 기대감이 들었고 휠라 운동화에만 잠깐 시선이 갔다. 벽에 붙은 포스터를 보며 걷다 보니 클럽으로 가는 길이었고, 저녁 6시부터 이틀간 진행될 올해 마지막 여름을 기념하겠다는 파티 문구가 이곳과는 어울리지도 않게 적절해서 줄지은 사람들 중 한 명에게 티켓 박스를 물어보자 위아래를 훑으며 자기 뒤에 서라고 했다. 건물에서 들려오는 사운드는 벤 클락을 떠오르게 했고, 설마 싶어 홈페이지에서 타임테이블을 보려는데 엑스 박스로 표시되는 이미지가 줄을 선 의지마저 심드렁하게 만들었다. 나는 자주, 거의 모든 일에 심드렁했고, 의연한 것도 그렇다고 초연한 것도 아닌 상태로 대부분의 일을 지나치거나 해결했으며 딱히 좋지도 싫지도, 기쁘지도 슬프지도, 놀랍지도 않고 속으로는 그렇구나, 그러려니, 그러거나 말거나, 그럴 수밖에 정도로 생각했다. 이런 상태를 걱정한 누군가가 곧 죽을 거냐고 물었다. 아니다. 나는 오랜 시간을 살고 싶었고 왠진 모르지만 정말 그럴 것 같았다. 오래 살다 보니 별일이 다 있네, 라는 말을 오래오래 살면서 많은 일에 대해 그렇게 말하고 싶었다. 바로 뒤에 선 일행이 새로 새길 타투에 대해서 나누는 대화를 들으며 대열과 멀어졌다. 전철역 옆 케밥과 샐러드를 파는 가게에서 맥주를 고르기만 하고 사진 않았다. 망사 나시 입은 남자들이 수군댔다. 구글 맵으로 트램 정류장을 확인하다 몇 번이나 길을 잘못 들었다.

공원에서 만나기로 한 사람도 어쩌면 길을 잘못 든 게 아닐까, 다른 공원으로 갔거나 잠에 들어 내릴 역을 지나친 게 아닐까, 이곳에 오래 살았지만 매번 전철을 잘못 타는 걸 수도, 처음 와 본 곳이라 거의 모든 길을 헤맬 수도 있다고, 가정하면 조금도 나아지지 않지만 공원과 멀어지며 추측했다. 이렇게 걷다가 누군가 알은체를 하며 왜 기다리지 않았냐고, 한참을 찾았다고, 말을 걸어오면, 베트남 식당이 줄지은 거리로 줄행랑을 치며 나를 꿈에서 본 것처럼 착각하게 만들고 싶었는데, 골목마다 배수구로 목욕물 흘려보내는 소리와 마트 전단지 말고는 아무 기척도 느낄 수 없었다. 다시 내리는 빗줄기는 익숙한 리듬으로 선명해지면서, 쓰레기통에 버려진 우의를 뒤적거리다 다리 아래 박스로 구획된 영역을 훔쳐보며 이곳에 오기로 결정한 순간이 언제였는지, 아무런 계획도 일정도 없는 나날과 지난 일에서 멀어지고 싶은 날들 중 나는 왜 소외되지 않는지, 차가 밀고 간 비둘기 같은 얼룩에서 눈 돌리며 오래 서 있었다. 쓰레기를 수거하는 트럭이 지척에 와도 아무 냄새도 맡을 수 없었고 잠시 다른 곳에 다녀온 감각으로 다가온 노숙자를 바라보니 생김새가 닮은 건 아니었지만 아는 사람의 얼굴이 스쳤다.

그는 나와 고등학교 시절을 함께 보낸 동급생으로 다

른 친구를 칼로 위협한 적이 있다. 이른 시간 등교하자 교실이 소란스러웠는데 칼을 든 채 쉴 새 없이 욕을 뱉고 있었다. 나는 그에게 찌를 의지가 없다는 걸 어떤 이유에서인지 알고 있었다. 네다섯 명의 동급생들이 둘러싸고 있었지만 아무도 움직이지 않았고 가까이 다가가 칼을 달라고 말하자 쉽게 건네줬다. 위협을 당한 친구는 그제야 사정없이 그를 두들겨 패기 시작했다. 누구도 말리지 않았다. 얼마 뒤 외국으로 전학을 갔다는 소식이 들렸고 그 후론 생각나지 않았는데, 어째서 그곳과는 아무런 상관 없는 이곳에서, 그것도 노숙자의 중얼거리는 입술을 보면서 그가 떠오른 건지 알 수 없었다. 그와는 여럿이서 함께 목욕탕을 가거나 점심시간에 시내로 나가 햄버거를 사 먹었다. 그게 전부다. 칼의 모양만은 선명하다. 칼날이 톱날처럼 울퉁불퉁한 과도였다. 나는 그를 기다리지 않았다. 비둘기가 떼로 날아들어 귀가 멍멍했다. 전철과 트램이 위아래로 교차되며 땅을 울렸다. 계속해서 공원과는 반대 방향으로 걸었다.

공원 벤치에 앉아 너를 기다리고 있다. 오지 않을 것이다. 잊을 만하면 깜빡이는 가로등이 꺼져 가듯 점멸하고 있다. 우산에서 흘러내린 빗물로 바지와 속옷이 젖었다. 아무도 없을 줄 알았던 공원이 사람들로 북적인다. 공원 밖에도 대열이 일렁거린다. 가방이 젖어 가고 있다. 책이 젖어 가고 있다. 너를 뭐라고 부르면 좋은가. 적당한 호칭이 있는가. 너라고 불러도 되는가. 나는 존칭을 거의 쓰지 않는다. 그렇다고 예의가 없는 건 아니다. 호칭이 지겹다. 그럼 칭호를 붙여 볼까. 호와 칭은 어떻게 만들어진 단어인가. 호호와 칭칭은 웃음소리와 붕대를 떠오르게 한다. 허튼수작이다. 이런 말장난이나 하면서 너를 기다리려는 게 아니다. 이런 생각의 흐름으로만 앉아서 며칠을 보낼 수 있다. 며칠을 보낼 순 없다. 공원이 젖어 가고 있다. 사람들이 젖어 가고 있다. 벗어나야 한다. 벗어날 수 있을 거라고 착각했다. 반대다. 너를 떠올리는 것만으로도 온통 너에게 속한 기분이다.

공원으로 들어오는 길목을 낮부터 목이 빠져라 쳐다보고 있다. 목이 빠져 데굴데굴 굴러가 사람들의 발에 치이는 모습이 떠오른다. 물웅덩이가 곳곳에 생겨나고 있다. 잔디와 언덕이 물에 잠기고 있다. 흙탕물에 휩쓸려 가는 공원을 나무 꼭대기에 올라 바라보고 싶다. 너는 오지 않을 것이다. 너는 수영을 잘하지만 수영장에 가면 선베드에 누워 있기만 했다. 알려 달라고 말하면 잠든 척을 했다. 우리는 단 한 번도 바다에 가 본 적이 없다. 바다에 가는 상상만 했다. 발등을 적시는 물살과 흩어지는 물거품과 밤바다에 대해 대화했다. 함께 엎드려 바다가 나오는 영화를 봤다. 바다는 추상적일 때 좋은 거라고 우리는 입을 모아 말했다. 바다가 보이는 민박에 혼자 보름을 머물렀을 때, 바다는 사실적일수록 좋았다고 알려 주고 싶었지만 그러진 못했다. 너는 오지 않을 것이다. 나는 한 시간 뒤에 공항으로 가야 한다. 공항버스를 타는 정류장은 공원 근처에 있고 좌석에 앉아 출발하기 직전까지 공원을 볼 수 있을 것이다. 폭죽 터지는 소리가 들린다. 자세히 보니 폭죽이 아니다. 연기가 자욱하다. 사람들이 연기 속에서 춤을 춘다. 춤을 추는 것처럼 보인다. 연기는 연기. 춤은 춤. 공원은 공원. 공원의 벤치 위에 내가 앉아 있다. 저들 눈에 나는 보이지 않는 것만 같다. 가방이 계속 젖어 가고 있다. 책을 꺼내자마자 페이지들이 바닥으로 떨어진다. 페이지는 물에 젖어 떨어진 페이지. 오십오 분. 관광 안내 책이 젖어 가고 있다. 페이지들이 떨어지고 있다. 바다에 대한 안내가 적혀 있다. B시에 바다는 없다. 연기가 걷히고 뭔가에 지친 사람들이 보인다. 혹시 저기 숨어 나를 보고 있는 게 아닐까. 벤치에서 일어나길 기다리는 게 아닐까. 누구의 기다림이 먼저인가. 누구의 기억이 먼저인가. 나는 여전히 벤치에 앉아 흥건해진 엉덩이를 뒤척인다.

공원 벤치에 앉아 비가 그치길 기다리고 있다. 우산이 요란하게 흔들린다. 찢어진 건지 빗물이 샌다. 미술관 로고가 크게 박혀 있었는데 바뀐 듯하다. 차라리 접는 게 나을 것 같아 고민하는데, 갑자기 눈이 부시다. 불빛들이 다가온다. 손전등을 든 사람들이 다가온다. 아직 밤도 아닌데, 육안으로 분간이 가능한데, 손을 들어 눈을 가리자 내가 마치 잘못을 저지르고 공원에 숨어

든 사람 같다. 잘못이라면, 나의 잘못과 너의 잘못. 누군 가가 저지른 잘못 때문에 모여든 사람들. 화가 난 사람 들. 여기서 뭐 하는 중이냐고 묻는다. 앉아 있다고 답한 다. 잠시 정적이 흐르는 동안 우산에 반사된 불빛이 그 들의 신발을 비춘다. 자기들끼리 몇 마디 주고받고 사라 진다. 42분. 숙소로 돌아가 캐리어를 챙겨야 한다. 우산 을 벤치 위에 올려 두고 뛰기 시작한다. 맥주 파는 트럭 을 지나쳐 호텔로 들어간다. 로비에서 옷을 털고 엘리베 이터를 잡는 동안 안내 데스크에 있던 직원이 다가와 이 제 갈 거냐고 묻는다. 곧 다시 올 거라고 거짓말을 한다.

4층에 내려 문을 열고 들어가 책상 앞에 앉는다. 도 무지 용도를 알 수 없는 하얀 그릇이 책상의 절반을 차 지하고 있다. 다른 곳에 올려놔도 밖에 나갔다 오면 제 자리에 있다. 냉장고에 있는 음료들을 마시지 않았다. TV 아래 놓인 과자들도 먹지 않았다. 하얀 그릇에 쓰 레기들을 잔뜩 넣어 두고 싶다. 하리보와 프링글스, 밀 카 봉지를 뜯어 쓰레기를 만들고 싶다. 포스트잇을 뜯고 펜을 든다. B시에 관한 쓸데없는 말만 늘어놓는다. 자 전거가 너무 많다고, 타이어들이 전부 터졌으면 좋겠다 고, 마스코트가 왜 곰이냐고, 다들 왜 항상 취해 있느냐 고, 다시는 오지 않을 거라고, 띄어쓰기도 하지 않고 빼 곡하게 쓴다. 이곳에 대한 기억을, 이 포스트잇 한 장으 로, 전부 소진할 거라고, 그래서 네 앞으로 이걸 쓰는 거 라고. 기차를 타고 어느 나라의 국경을 넘으며, 너는, 저

기 옥수수밭 보이지, 창밖엔 드넓은 평원만 펼쳐져 있었
는데, 옥수수밭에 대한 이야기를 꺼냈고, 가 본 적도 없
으면서, 내가 하는 말은 듣지도 않으면서, 어쩔 수 없이
맞장구를 치다가, 항상 이런 식이라고, 허공에 던져진
곁눈질 같다고, 옥수수 때문에 다투고, 옥수수 때문에
말을 잃고, 누가 누구를 감을 건지, 기차가 종착역에 다
다랐을 때, 나는 눈을 감는 속도와 비슷하게 지나간 지
금의 한 장면을, 미래일 수도 있는 기억을 예감했다. 35
분. 나는 언제부턴가 정작 중요한 일에 대해서는 떠올리
지 못하고, 빙빙 도는, 일종의 기억 상실 혹은 기억을 거
부하는 증상을 겪고 있는데, 의사가 말하길, 선생님께
서는 끼니를 제때 챙기셔야 합니다, 올바른 수면 습관을
가지셔야 합니다, 술을 줄이고 담배도 줄이셔야 합니다.
술은 하지 않는다고 말하자, 잘하셨습니다, 안정적인 심
신을 유지하기 위해 노력해야 합니다, 규칙을 가지셔야
합니다 등을 강조했고 정말 아무 짝에도 쓸모없었다. 기
억은 없어요, 기억을 가져오는 계기만 있어요, 이렇게
말하면 내게 피곤해 보인다고 대답했다.

피곤하다. 피곤하지 않은 일이 없다. 진료비를 계산할
때면 데스크에 있는 사탕을 부러 한 움큼씩 챙겼다. 너
에 대한 이야기를, 결정적인 사건이랄지, 주고받은 대화,
어떤 시공간에 대해 말해야 했지만 매번 실패했다. 다른
이야기들만 호시탐탐 기회를 보다 끼어들었다. 너를 기
다린다곤 하지만, 누구라도 가능한 이야기가 아닐까, 그

럴 리가, 어떤 단서를 찾을지도 모른다, 그렇게 생각했지만, 피곤하고, 내 일이 아닌 것처럼 느껴졌다. 기억이 육박하는 순간이 있다. 너를 직접 만나면 그럴 것이다. 밀려들 것이다. 말려들어 갈 것이다. 떠밀리다 이곳까지 왔을 것이다. 기대감이 든다. 오랫동안 생각해 온 일이다. 교란한다. 고집한다. 나가자. 나는 말끔하게 정리된 침대를 바라본다. 구김 없는 시트와 이불을 바라본다. 스탠드는 노랗고 둥글다. 나가야 한다. 옷장 옆에 캐리어가 있다. 손잡이에 보조 가방이 매달려 있다. 하얀 그릇을 넣고 싶다. 체크인할 때 맡긴 보증금에서 그릇값을 제하고 싶다. 포스트잇들을 주머니에 욱여넣고 자리에서 일어난다.

여전히 비가 내리고 있다. 시동을 건 공항버스 옆에서 기사가 담배를 태우고 있다. 걱정스러운 눈빛으로 공원을 바라보고 있다. 개가 짖는다. 목줄을 잡은 사람과 기사 둘 다 놀란 표정이다. 나는 그들을 지나쳐 짐칸에 캐리어를 넣어 두고 다시 공원으로 간다. 벤치에 뒀던 우산이 보이지 않는다. 우산이 날아간다. 우산은 네가 받아 온 것이다. 이것은 우산에 대한 기억이다. 너를 떠올릴수록 너와 멀어지는 것 같다. 너는 멀어지면 인정하자고 말했다. 인정이라는 말을 그럴 때 쓰는 거냐고 물었지만 대답하지 않았다. 인과의 문제도, 누구의 문제도 아니라고 말했다. 함께 살던 집 옥상에 있는 장독대를 열어 본 적이 있다. 옥상에는 절대 가지 말라는 집

주인의 당부가 우리의 등을 떠밀었다. 뚜껑을 열자, 물이 있었다. 손가락으로 찍어 입에 가져갔지만 아무 맛도 나지 않았다. 물속에 뭔가가 있을지도 몰랐지만, 뚜껑을 닫았다. 단수를 대비한 것 같다고, 너는 언젠가 집에 혼자 있을 때 물이 끊겨 난감했던 일에 대해 말했다. 온몸에 거품을 묻힌 채 내가 오길 기다렸다고 말했다. 또 어떤 대화를 나눴던 것 같은데, 매번 이런 식이다. 14분. 우산은 이제 공중을 향해 날아간다. 사람들이 소리를 지른다. 우산 때문에 소리를 지른다고 착각할 정도로 우산을 향해 뛰어간다. 문득 내가 갈 곳이 궁금하다. 공항에 도착해 캐리어를 맡기고 세관을 통과할 것이다. 면세점을 기웃거리다 아무것도 사지 않고 흡연실을 찾을 것이다. 신문이나 잡지를 챙겨 가방에 넣을 것이다. 잠깐 눈을 붙이면 어딘가에 도착할 것이다. 어딘가에 간다고 생각하지 않는다. 어딘가에 도착한다고 생각하지 않는다. 돌멩이가 가로등으로 날아간다. 전구를 겨냥한 것 같지만 바닥을 데굴데굴 구른다. 돌멩이가 날아온 곳을 바라보지만 누군지 알 길이 없다. 나는 더 이상 공원을 바라보지 않는다. 다만 우산이 떨어진 곳에는……

소파에 반쯤 몸을 기대 있었지, 언제 잠에 들었는지 분명하진 않지만 입고 있던 맥코트가 깔끔하게 접혀 있었고 신발도 가지런했으며 비에 젖은 흔적이라곤 찾아볼 수 없었지, 발코니 너머로 수많은 발걸음들, 자연사 박물관 옥상 난간에 걸친 첫날 같은 햇빛, 공항버스가 곧 출발한다는 기사의 외침, 공사장 인부는 자전거에서 내리며 옷을 벗고, 시립 수영장 오전반 학생들, 그들의 티셔츠에 새겨진 범고래가 서서히 멀어질 때쯤 벨 소리가 들려와 잠에서 깼다. 어젯밤 누가 카운터에 쪽지를 남겼다는데 궁금하진 않았고, 객실을 나서자마자 복도에 줄 서 있는 직원들과 인사했지, 엘리베이터에서 레몬 향이 심하게 났고, 로비 구석에 쌓인 박스들이 때맞춰 쓰러졌지, 땜질하던 사람이 인두기를 식힐 겸 창문을 열 때 마침 눈이 마주쳐 살갑게 인사하려다 관뒀고, 그레코가 일하는 레스토랑에 들렀지만 휴업이었다. 그레코는 주문을 받을 때마다 항상 윙크를 했는데 반쯤 닫힌 파란 눈동자를 바라보고 있으면 언젠가 분명 그에게 반할 것 같았지, 팁을 매번 많이 두고 가서 눈치를 챈 건 아닐까, 대학 도서관으로 향하는 길목으로 들어서며, 사거리 동상 앞에 앉아 샌드위치를 꺼내 먹을 동안 자꾸 낯설었다.

자동차와 사람들이 보이지 않았지, 이 넓은 도로에, 광장으로 가는 8차선 도로에, 나만 덩그러니 앉아 샌드위치를 먹고 있었지, 신기한 일이지, 신기하지 않은 일이지, 자전거를 타려고 했지만 그마저도 전산적인 오류가 났고, 내가 말했지, 우리는 어떤 이야기들을 그만 듣고 싶어 할 거라고. 그게 누가 됐든, 무엇이 됐든, 좋든 싫든, 의미가 있든 없든, 꽉꽉 채워지다 못해 풍선처럼 팡,

하고 터질 순간이 올 거라고, 내가 말했지, 내가 아니어도 누군가 말했겠지, 도서관마저 문을 닫은 게 아닐까 걱정하면서 걸었다. 고양이 한 마리가 가까이 다가와 엉덩이를 다리에 비비더니 배를 보이며 누웠고, 홀쭉한 그림자가 보도블록에 길어지는 동안, 어두워졌지. 휠체어가 저절로 굴러오면서 종소리가 들렸고, 시침과 초침이 같은 곳을 가리키는 시계탑에서 인형들이 원을 그리며 춤을 췄고, 고양이는 벌떡 일어나 그곳으로 향할 것처럼 도로를 뛰어갔지, 문득 어깨에 메고 있던 에코백을 던지고 싶었다. 알고 지내는 사람 중에 말의 뒷다리에 차인 사람이 있는데, 그는 다행히 크게 다치진 않았지, 말 주인이 말하길, 들고 있던 에코백이 문제라고, 그게 말의 심기를 건드린 거라고, 그 말은 다시, 그의 심기를 건드렸고, 말 주인과 싸웠고, 관광지에서 말에게 차여 드러누운 채 말 주인과 싸운 일이 흔하지는 않으니까, 모두 박장대소를 했는데, 그는 이제 다시는 B시에 가지 않을 거라고, 말만 들어도 진절머리가 난다고 했지. 에코백 안에는 비츠바이닥터드레 헤드폰과 여권, 반쯤 찢어진 몰스킨, 생수통, 펜, 세븐스타가 들어 있었지, 그리고 다시 비가 내렸어, 아직 젖지 않았지, 먹구름은 먼 곳에서부터 밀려오고 있었다.

도시가 사라진다고 말할 수 있을까, 도시와 도시에 속한 시간과 공간, 순간과 영원, 평면과 다면, 차원과 점, 무차원과 단위, 무수한 기억들과 다시 기억에 속한 사람들, 도서관 앞 벤치에 앉아 이런 얘기를 오래 나눴지. 갑작스럽게 불어온 바람을 맞으며 머리가 헝클어지는 줄도 모르고 다리 아래 모여 앉았던 테이블, 공사 중인 로비, 유리창에 묻은 지문들, 우리는 국제학생증을 만지작거렸지, 도서관 출입 카드를 만지작거렸어. 저녁에서 밤으로 바뀌는 파란 대기를 배경으로 항공기의 야간 등이 보였다가 사라졌다.

우리는 공원 벤치에 앉아 기다렸지, 자주, 말이 없어지고, 말이 없어진 자리에, 말이 생겨날 기미를, 말이 아닌 뭔가를, 발견해서 말해 주길, 누군가가 대신 말해 주길, 대신 이 자리에 앉아 있으면, 우리에게 우리에 대한 이야기를 해 주길. 공원 옆 쓰레기장에 캐리어를 버린 적이 있어, 나이키 윈드브레이커도 함께 버렸는데, 여행을 갈 때마다 챙긴 옷이었지, 아울렛에서 사고 꽤 오래 입었어, 처음 캐리어를 두고 온 곳은 쓰레기장이 아닌 모래 적재함이 자리한 곳이었고, 적재함 옆에 뒀다가 한 시간 뒤에 다시 가서 끌고 나왔지, 그런 시답잖은 소리만 늘어놨고, 정작 중요한 이야기는 하지 않으면서, 빙빙 돌고 돌아, 언제까지고 빙빙 도는 이야기를, 할 수 있을 것만 같았지. 중요한 건 캐리어도, 나이키도, 적재함도 아닌 걸 알고 있지만, 빙빙 돌고 돌아, 애초에 중요한 게 뭐였는지, 중요하지 않은 건 무엇인지, 농구 골대에 모인 학생들이 비를 피해 나무 아래로 달아나면서 천둥소리에 맞춰 일제히 제자리에서 뛰었다. 번개를 피하는 건 중요하지, 누군가가 말했고, 천둥과 번개 사이의 시간차에 대해서, 천둥이 먼저고 번개가 이후다, 번개가 먼저고 천둥이 이후다, 기상학, 지구학, 물리학, 철학, 성리학, 성리학이 천둥 번개랑 무슨 상관이야, 누군가가 다시 말했고, 학생들은 다른 나무 아래로 달아나고 있었어. 공원을 걸었지. 텅 빈 공원을. 흔적들로 뒤덮인 공원, 발자국에 밟힌 잔디, 조각난 피켓, 야광봉, 마스크, 모두 주워 쓰레기통에 넣으며 사람들이 몰려간 곳은 어디일까 떠올렸지. 비가 세차게 내리기 시작했다. 비. 비. 비. 우리는 장마철이면 맨발로 도로를 걸었지. 신발을 손에 쥐고 하수구로 흘러가는 물살을 따라, 발등에서 찰랑거리는 빗물을 느끼며, 낙엽이나 휴지 같은 것들이 발에 달라붙어도 집까지 걸었지, 우산을 들고 네가 기다렸던가, 전철역 개찰구 근처 서점에서 내가 기다렸던가. 하늘이 주황색으로 물들었다.

　도서관에 도착했지만 역시 사람들은 보이지 않았다. 문 잠긴 현관에서 그림자를 언뜻 본 것 같았는데 착각이라 단정했지. 나와 도시, 공원, 누군가, 너, 당신, 동급생, 옥수수, 오페라 단원, 클럽 전단지, 자연사 박물관, 모두 착각 같았다. 다시 요약해야 한다. 의사의 말이다. 기억을 회복해야 한다. 다른 의사의 말이다. 자주 메모했다. 포스트잇과 노트를 낭비했다. 의사는 결정적인 게 없다고 말했어. 포스트잇과 노트와 시간을 낭비했다. 글씨가 예뻐졌다. 굳은살이 몇 번이나 벗겨졌지. 더

낭비하라고 말했다. 더 빼내야 한다고 말했다. 도서관
을 지나 공연장이 있는 건물 앞에 서서 게시판에 붙은
지휘자의 이름을 한없이 바라보자 공연 실황을 녹화한
영상과 그의 손짓, 관객들의 박수 소리, 코트를 맡아 주
던 노인이 자연스럽게 예정된 순서처럼 떠오르고, 노인
에게 코트를 맡기며 오늘 공연을 본 적이 있느냐고 묻자
공연장에서 매일 희미하게 흘러나오는 선율을 기억해
꿈에서 완성시킨다고, 줄을 선 사람들이 박수쳐서 미리
대사를 준비한 건가 싶었다. 다른 건물로 이어지는 테라
스에 모인 사람들이 손에 각자 마실 것을 들고 하늘을
바라보며 대화를 나눌 때, 반쯤 먹다 남긴 샌드위치가
떠올랐고 코트를 다시 찾을까 하다가 관뒀다.

　샌드위치 냄새, 국경일을 맞아 함께 음식을 챙겨 동
네 하천으로 간 일, 농구 골대 옆에 자리한 공터에 돗자
리를 펴고 앉아 자전거 탄 사람들을 구경한 일, 취사는
안 된다고 지나가던 사람이 소리친 일, 갑자기 내리는
비를 피해 짐을 챙겨 풀숲으로 도망친 일, 집으로 가는
길에 네가 말하길, 이사를 가자, 돈을 모아 집주인이 없
는 집을 구하자, 수중에 있는 돈을 확인하려는 건지 주
머니를 뒤지고, 벗어나자, 더 이상 술에 취해 서로를 부
르지 말고, 부를 수 없는 곳으로 가자, 이 시기를 기억
하지 말자, 저 소파를 내다 버리자, 잠깐 어지러워 게시
판에 등을 기대고 앉아 두 손으로 머리를 감쌌다. 눈을
감고 초를 셀까 하다가 잠에 들 것 같아 눈을 감는 대

신 뜬 채로 진정했다. 사람들이 쏟아졌다. 도로에 차들이 가득했다. 신호 대기 중인 트럭 조수석에 앉은 사람이 창밖으로 담배꽁초를 튕겼고 포물선이 떨어진 곳에 눌어붙은 동그란 얼룩, 얼룩을 밟고 횡단보도 건너편으로 걷는 여학생들, 멀리서 바라본 그들의 플랫 슈즈는 맨발처럼 보였고, 간판 없는 편집 숍 현수막이 돌풍으로 위태롭게 흔들려 내가 있는 곳으로 날아올 것 같아 자리에서 일어났다. 두 블록 너머에서부터 들려오는 응급차의 사이렌 소리를 박자로 생각하며 세 블록까지 걸어갔다. 익숙한 길이었다. 맨션 4층에서 이불을 털던 아주머니가 손이 미끄러져 들고 있던 것을 놓치자 양탄자처럼 날아가던 이불은 바나나 파는 수레를 덮고, 요가 학원 아래 카페에서 요가 매트를 팔던 점원이 달려 나와 입을 막고 웃었다. 너무 많은 쇼윈도가 원색으로 저녁을 반사했다.

공원을 향해 걷고 있었다. 문득 의아한 것은, 내가 어느 공원으로 가고 있는지에 대해 알지 못한다는 사실인데, 공원만 해도 수십 군데가 넘는 이곳에서 길을 잃은 것도, 길을 잃지 않은 것도 아닌 상태로 한동안 자리에 서서 움직이지 못했다. 표지판에 적힌 공원을 가리키는 화살표와 기호는 무수한 사거리와 삼거리, 골목, 다리마다 사람들을 안내했고, 중앙 공원, 보드 파크, 근린 공원, 궁전을 감싸는 정원, 국립 미술관 뒤의 공원, 기술박물관 옆의 공원, 호텔에서 500미터 정도 떨어진 공

원, 고등학교와 근접한 공원, 기념 공원, 공원으로 가장
한 교회 놀이터, 공원묘지, 도립 공원, 아무 이름 없는
공원들, 어떤 공원이어도 상관없을 것 같았다. 누가 기
다려도, 누굴 기다려도, 오지 않거나, 가지 않거나, 못
알아본다거나, 모른 체한다거나, 몰라도 짐짓 아는 척
을 한다거나, 무엇이든 가능한 것처럼. 공원에서 보기로
한 데에는, 이유가 있겠지, 공원에서 마지막으로 만났
을까, 처음으로 만났을까, 아니면 중요한 순간을 보냈을
까, 사실 공원이 아니어도 괜찮지 않을까, 이것들에 대
한 대답을 듣기 위해서일까, 다른 이유가 더 있을 것 같
은데, 역시 가 보는 수밖에 없다고, 만나는 수밖에, 기
다리는 수밖에.

다시, 공원을 향해 걷고 있었다. 사람들이 몰려가고
있었다. 모두 피곤한 것처럼 보였다. 지쳐 가고 있었다.
그렇게 느꼈다. 그들의 표정과 뒷모습과 침묵과 시선에
서. 풀 사이를 걸었다. 풀 사이에 난 길을 걸었다. 빗물
에 젖은 풀에서 향긋한 냄새가 났다. 향긋하다고 공원
전체가 재촉했다. 물이 말라 가고 있었다. 물웅덩이에
비친 사위가 눈에 확연할 정도로 좁아지고 있었다. 유
모차를 끄는 부모가 목례하며 지나갔다. 유모차는 텅
비어 있었다. 우산이 날아와 어깨에 부딪혔다. 곧바로
개가 달려와 우산을 낚아챘다. 멀리 벤치가 보였다. 점
처럼 작아 보였다. 비는 내리지 않았다. 상상으로 이어
질 관념을 생각했다. 기억으로 이어질 다른 기억을 생각

했다. 합치, 조립, 자유 연상, 꿈, 행동, 형성에 대해 생각했다. 의사의 말이었지만 아무짝에도 쓸모없었다. 그라피티가 잔뜩 그려진 오두막에 자전거를 세우던 사람이 아는 체를 했다. 고개를 돌렸다. 능선처럼 조성된 구릉 꼭대기에서 아이들이 서로를 쫓고 있었다. 비가 내리지 않았다는 사실을 이제 전할 수 있지 않을까 생각했다. 언제부터 여기에 있었는지, 한 시간 전인지, 반나절 전인지, 어제인지, 해가 바뀌었는지 시간을 확인해 보고, 시간이 무의미해지는 순간에 대해 떠올리지 않았다. 순간이라기보다 공간으로 파악되는 현실감이 비현실적으로 공원에서 사람들을 몰아낸다고 생각하지 않았다. 누군가의 이름에 대해 생각했지만 너무 적다고 느껴졌다. 훗날 비나 우박이나 눈이나 거위나 뭐라도 내리면 좋을 것 같았다. 거위와 나란히 앉아 누군가를 기다리는 상상을 했다. 유람선들이 경적 소리를 울리며 지나갔지만 돌아오는 모습은 볼 수 없었다. 이런 생각의 흐름으로만 이곳에서 며칠을 보냈다. 하늘에서 뭔가가 내리고 있었다. 그 무언가를, 잔디밭 한가운데에 도착한 그것을, 사람들이 모여 구경하고 있었다. 둥그렇게 둘러싸고 목이 빠져라 쳐다보고 있었다. 다가가지 않았다. 더 빨리 걸었다. 비명 소리가 들렸다. 벤치가 점점 가까워졌다. 희미하게 보였지만, 누군가 벤치에 앉아 있었다. 다가갔다. 나뭇가지를 밟으며. 뚝뚝거리는 소리가 빗소리처럼 맴돌았다.

원
인

너는 옷을 태운다. 밤의 해변에서, 불에 그을린 종아리가 파도에 씻길 때까지, 뛰고, 바닷물을 마시고, 도망치듯, 바다에 뛰어들었다가, 수평선이 지퍼처럼 열리자, 지금이, 계절이 바뀌는 순간이라고, 창문 하나 없는 호텔을 상상해 보라고, 소리치지만, 아무도 대답하지 않고, 옥상에서 솟구친 미래가, 널 울게 만들 때, 너는 고동 소리를 듣는다.

1999년 3월 24일.

풀이 무성한 운동장. 녹색 빗금 사이를 헤치는 연속적인 감각들. 너는 아득하게 흐려지는 정문 너머의 오르막길. 오르막길 끝의 하얀 집. 너는 동급생들보다 먼저 교실 창문을 열었고 칠판에 번진 흔적을 바라보며 책상 앞에 앉아 있다. 너는 빗속을 거닐듯 얼마 남지 않은 기억 속에서 애가 타지만, 네게는 공포가 없고, 공포에게 네가 있으며, 오르막길 끝의 하얀 집. 하얀 집 너머 길 끊긴 산속. 너는 길을 잃고, 긴긴 밤과 새벽을 그곳에 앉아, 사람들이 찾는 줄도 모르고, 온갖 미신과 소문에서 벗어나려 노력했지만, 절벽을 타고 다니는 파란 동물과, 키가 나무만큼 큰 양복쟁이에 대한 목격담이 생생하게 떠오르고, 빈집에서 들려오는 대화 소리와, 둑방을 달리는 우비 입은 아이가 스치듯 떠오른다. 너는 눈을 감거나 떠도 같은 장면인 지속 속에서 너의 어떤 모습들을 떨어트린다. 너는 아침이 되자 제 발로 산에서 걸어 나온다. 안심과 탄식과 비명과 희망. 너는 예감에 질린 얼굴로 운동장에 쓰러진다.

너는 아비치의 멜로디가 느슨하다는 이유로 그의 음악을 싫어했지만 사망 뉴스를 접한 날에는 마이애미가 그를 죽인 거라며 욕을 하고 말끝마다 턴테이블에 침을 뱉었다. 가드는 취한 너를 말릴까 하다가 열에 들뜬 스테이지가 새하얗게 너를 가리켜서 움직이지 않은 채 가만히 무전에만 귀를 기울였다. 그가 무덤에 들어갈 때까지 같은 트랙만 틀 것 같았고 지시를 받은 바텐더가 술을 가져다주며 귓속말로 무슨 말을 했는데 너는 되묻는 대신 천장을 가리켰다. 문을 열고 나와, 파라솔 아래 모인 사람들에게, 턱이 뻐근하면 아지랑이는 집에 가서 보라고, 그건 엔진이라기보다 엉킨 베이스 소리에 가깝다고 말하며, 그들을 지나쳤다. 쿵, 누가 떨어지지 않았어? 높은 곳은 안 된다니까, 쿵쿵, 튜브를 허리에 두르고 달려간 사람이 아까 걔야? 내가 오줌을 눴는데, 저기봐, 내 입자들이 무서워진다, 박스를 뜯어 만든 타임테이블 안내판에는 누구의 이름도 적히지 않았다. 테라스 구석에서 칵테일을 팔던 너의 친구는 해머백을 열어 검은 액체를 꺼내는데 너는 모른 체하고, 부스에 두고 온 USB가 떠올랐지만 돌아가진 않았다. 지하로 내려가자 기둥에 기댄 정비공들이 형광봉 대신 스패너를 흔들고 있었다. 붉은 레이저에 비친 금속성이 벽에 무늬를 만들었고 프로젝터에 자신을 반사하던 누군가가 쫓겨나며 시티팝을 부탁했지만 틀어 주진 않았다. 저 새끼는 이제 막 무덤에서 나온 것 같네, 킥킥대는 바텐더들이 관능적으로 보였고, 병자처럼 느껴졌고, 테크노, 프랭키 너클스, 다시 테크노, 그런 구분의 박자가 지겨웠다. 누구도 다르지 않고, 누구도 장르가 아니라고, 말하지 않았다.

오키나와에서 기다렸습니다. 오키나와 해변의 모래가 아직 신발 밑창에 묻어 있습니다. Blue Poem이라 적힌 간판을 지나서 온다고 들었습니다. 국왕 컵 준결승전을 라디오로 들으며 축구공 같은 오리온 전등을 던지라고 말했습니다.

어디서 주웠죠?

기내 화장실에서.

추라우미 수족관이 폭발하는 상상을 했습니다. 구글 사이트에 좆밥이라고 검색했더니 아는 사람의 이름이 나왔습니다. 입버릇 같은 말입니다. 온갖 방법을 동원했습니다. 기억을 찾기 위한 방법을. 구간을 되돌릴 시도를. 나사를 빼는 일을. 내가 물었습니다. 나는 오는 중입니까. 온다면 어디를 경유하는 중입니까. 전망대가 부러졌습니까. 딸깍, 소리가 났습니까. 야자수에 매달린 시간을 들여다봤습니다. 침엽수에 포위당했습니다. 무서운 건 동이 트는 능선뿐이었습니다. 능선을 뚫고 고래들이 쏟아질 것 같았습니다. 저건 벼입니다. 흔들리는 낙하산입니다. 왜 아무도 오지 않는지 궁금했습니다. 길을 잃고 주저앉은 건 나입니다. 머리를 상투처럼 묶은 술집 사장은 주문을 받고 루어를 보여 줬습니다. 문신과 스테이크를 자랑했습니다. 해변으로 자리를 옮겨 서핑 보드를 장작 삼아 불을 지폈습니다. 불이, 작용으로 들어왔습니다. 스즈키 스페이시아가 도로에서 경적 소리를 냈지만 몸은 차가워졌습니다. 오키나와에서 기다렸습니다. 호치민에서 기다렸습니다. 바라나시에서 기다렸습니다. 손가락을 입에 넣어 물거품 같은 것들을 게워 냈습니다. 물거품. 술집 사장은 불 위를 뛰어다녔습니다. 해변이 밀려오고 있었습니다.

1999년 3월 23일.

구조대장은 구조대원들을 좌우로 정렬시킨다. 일일이 장비를 점검하며 지시 사항을 전달한다. 의료 키트. 없어. 손전등. 저 뒤에. 목표 지점은 산이 아니다. 여기, 지도에는 산으로 표기되어 있는데요. ▶. 이것도. 구조대장은 등고선을 가리킨다. 지금 장난칠 때가 아닌데요. 구조대원들은 로프로 서로의 몸을 연결한다. 다리를 건넌다. 다리는 유연하게 흔들린다. 흔들리는데요. 원래 다리도 없었는데요. 구조대장은 멧돼지를 본다. 이어 엽총 소리가 들리고 엎드려! 구조대원들은 엎드리지 않고 다리를 벗어난다. 산길. 산등성이. 산장. 산새. 산짐승. 산을 구성하는 것들. 우뚝 솟은 송전탑. 구조대장은 기호를 찾고 싶다. 바닥이 쩍쩍 갈라진 헬기장에 도착한다. 나무처럼 꽂힌 프로펠러. 녹슨 동체에 이끼가 자라고 있다. 수거했다고 들었는데요. 짐을 풀고 야영을 준비한다. 구조대원들은 서서 잔다. 밤이 오지도 않았는데.

너는 몸에 솟아나는 돌기들을 바라봤다. 이웃집에 살던 할머니가 느닷없이 방문했고 방에 누워 있던 너를 발견했다. 홍역에 걸려 죽을 고비를 넘겼지만 사람들은 신내림을 받았을지도 모른다는 말을 했다. 너는 아무도 듣지 못하는 소리를 새벽마다 듣고는 아침 식사 자리에서 가족에게 말했다. 개구리를 잡아 학교 담 너머로 던졌다. 테니스를 가르치던 선생은 뒤에서 널 안은 채 까

칠한 턱수염으로 정수리를 자꾸 찔렀다. 옥상에 누워
비를 맞았다. 친구들이 전학을 갈 때마다 포옹하는 것
이 싫었다. 씨름을 할 때면 전력으로 상대했다. 씨름장
바깥으로 밀려나 넘어진 친구의 표정을 보는 게 좋았다.
화산 폭발 실험을 하지 않았다. 돌기를 혀로 핥았다. 너
는 방학이 되면 하루 종일 특촬물을 보고 밤마다 땀을
흘렸다. 하천에서 물놀이를 하던 친구에게 돌을 던졌다.
거대한 개구리를 자주 상상했다. 고르라면 바이오맨의
일원이 되고 싶었다. 언젠가 외국의 피규어 숍을 지나다
그 사실을 떠올렸다. 네가 어딜 가든 아무도 너를 말리
지 않았다. 상여를 보관하는 집에서 자고 나면 수국을
찾아다녔다. 너는 인과라는 말을 벽보 떼듯 떼고 싶었
다. 먹지도 않을 과자를 훔쳐 마루 밑에 숨겼다. 간첩 신
고 안내 벽보를 챙겨 옷장에 차곡차곡 쌓아 뒀다.

　사이키, 눈부셔, HOUSE, 아, Drum And Bass, 말하
고, 참고 있던 신비감을, 오늘이라고, 착각되면서, 트랙
이 교차하는 음역대의 감상, 볼이 붉어진 댄서가 다가
와, 네온사인을 정면으로 바라보지 말라고, 휩쓸리는
지금, 약지에서 용기가 오기를, 피 번진 입술, 카메라가
초점 흔들며 너를 찍고, 배경과 순간, 스피커 작아지면
서, 작년엔 이렇게 놀지 않았는데, 사람도 적었지, 말하
네. 마시네. 제발 옷 좀 벗지 마, 삼키란 말이야, 데드마
우스가 웃고 있어, 여긴 UMF를 지나, 울트라맨과 괴수

는 광장을 향해, 스텝을 밟듯 기억과 멀어지는, 모두 감지에 능한 사람들처럼, 대책 없는 감성으로, 가능한 방식, 방식의 가능성, 어깨를 더 움직이면, 추락하는 기분이 들어, 웃네. Jungle, 궤도를 벗어난 파인 아트.

너는 손잡이를 잡으며 생각한다. 이들은 혹시 범법자가 아닐까. 문을 열자마자 나를 제압하고 내 눈과 입을 막으면 어쩌지. 너는 주위를 둘러본다. 벽에 건 촛대에서 초가 타들어 가고 있다. 밤이고, 커튼이 위태롭게 흔들린다. 범법자가 아니라면 이 시간에, 이 산 가장자리에, 이 산장에 올 리가 없지. 너는 속옷만 입은 채다.

다시 모포 속으로 들어가기 위해 몸을 돌리다가, 혹시 길을 잃은 건 아닐까, 조난자가 많은 시기지, 내가 모른 척하면 밖에 있는 저들은 어쩌지, 춥겠다, 결국 이러지도 저러지도 못한 상태로 엉덩이만 벅벅 긁어 대고 있다. 그러다,

문 좀 열어 주세요.

노크 소리가 점점 빨라지고, 너는 황급히 문을 연다. 고개가 뒤로 젖혀질 만큼 매서운 바람이 안으로 파고든다. 너는 곁눈질을 한다. 재채기를 하며 들어오는 여자가 먼저 보이고, 이어서 키가 작은, 정수리가 기껏해야 자기 허리에나 닿을 법한 난쟁이가 성큼성큼 걸음을 옮기며 산장 안으로 들어오고 있다. 너는 난쟁이의 걸음걸이를 보고 웃음이 새어 나오지만, 옷을 입지 않았다는

사실을 깨닫고 황급히 커튼에 몸을 숨긴다. 머리만 내민 채로 여자를 바라보는데 여자는 화로에 다가가 언 몸을 녹이는 것 같다.

　방 있습니까.

　너는 고개를 내려 난쟁이를 바라본다.

　식사도.

　난쟁이는 조금도 어색해하지 않는다. 어쨌든 이들은 산을 통과했다. 산을 사선으로 가로질러 오셨겠군요. 대답은 들리지 않는다. 난쟁이가 화로 쪽으로 갔기 때문이다. 너는 서둘러 옷을 챙겨 입곤 주방으로 가며 혼잣말을 한다. 난쟁이라는 말은 이상하군, 난쟁이가 아니라 아이가 아닐까, 아이라고 하기엔 얼굴에 주름이 많던데, 그럼 난쟁이지, 혹시 혼잣말이 들린 건 아닐까 거실을 슬쩍 바라보는데, 둘은 대화에 열중하느라 너에게는 관심이 없다. 프라이팬에 기름을 두르고 소시지를 굽는다. 산에는 둥그런 공터가 있고 하늘이 휑하니 뚫려 있다. 너는 검게 탄 소시지를 씹으며 주방을 빠져나온다.

　전부 거기에 있다니까. 산에.

　여자가 소리친다. 난쟁이는 뒤로 돌아 너를 바라본다. 커튼이 다시 흔들린다. 너는 아무것도 모른다는 표정을 짓고 싶지만 실패하고 어깨를 으쓱한다. 난쟁이는 다가와 방 열쇠를 달라고 말한다. 아침에 산으로 갈 심산이야. 너는 생각한다. 결국 이들의 정체에 대해선 아무것도 알아내지 못했다. 둘은 계단을 쿵쿵 밟으며 방으로 향한다.

너는 방에 돌아와 곧바로 편지를 쓴다. 너에게. 잠든 너에게.

단지 꿈같은 것들.

309 Aerospace Maintenance and Regeneration Group. 이런 당연한 게토에 너는 갈 수 없다.

기억이라고 생각했던 꿈들.

방아쇠를 당기는 소리였습니다. 딸깍. 웃기지 않습니까. 듣고 싶은 곡은 알아서 들으면 되는 일입니다. 시끄러운 와중에도 그 소리가 들렸습니다. 총은 아니었습니다. 그는 소화기를 난사했습니다. 마음대로 되는 일하나도 없다고 난동을 부렸습니다. 그는 에어셔틀 소속 기장이었습니다. 선베드에 누워 있던 보안관 출신의 윌셔가 재빠르게 대응하지 않았다면 모니터용 스피커와함께 분말을 뒤집어썼을 겁니다. 그는 다른 세대의 사람이었고 회한에 젖은 표정으로 곡을 신청했지만, 틀었다간 다시는 일거리를 구할 수 없을 정도로 세월이 지난 곡이었습니다. 그런 건 알아서 추억으로 남기면 됩니다. 이 바닥이 그렇습니다. 감 떨어진 선곡을 하는 순간 꼽에 모인 인간들의 놀림거리가 됩니다. 시대감이 왜 여

기서 나옵니까. 그가 잘못한 일이라곤 하필 내 플레이
타임이었다는 것뿐입니다. 전날 착륙을 거칠게 해서 다
른 기장에게 혼났다는 것뿐입니다. 어쩐지 스테이지가
한산해 보이긴 했습니다. 어떤 사람들은 스모그로 착각
한 것 같았습니다. 비명인지 환호인지 모를 소리들이 들
려오고, 스테이지 가운데에 서서 사방으로 호스를 겨냥
하는 그가 퍽 흥겨워 보였습니다. 수영장으로 몸을 던졌
지만 얼마 지나지 않아 끌려 나갔습니다. 물에 흠뻑 젖
은 모습으로 삿대질을 했는데 미래를 축복해 주는 것
같았습니다. VJ는 전광판 뒤에 숨어 한동안 나오지 않
았습니다. 회색 배경의 화면이 반복되고 그 안에서 누군
가 러닝 머신을 뛰듯 달리고 있었습니다. 운동장이 되어
가는 화면 안에서.

1999년 3월 23일.
어둠으로 꽉 찬 골목은 낮을 반사하는 강가처럼 하염
없이 넋을 놓게 만들었고, 그들은 골목을 벗어나 다른
사람들과 떨어져 발자국을 쫓아갔고, 손목에 줄을 감
아 대문과 연결한 아이들을 다시 집으로 돌려보내느라
시간을 허비했다. 시간이 지체되는 것에 묘한 설렘을 느
끼며, 아침이 오면 모두 편한 잠에 들기를 바랐지만, 가
시덤불로 뒤덮인 길을 지날 때, 하필 그곳에서 지그재
그로 찍힌 발자국을 발견했다. 왜 이곳에 발자국이 있
는지, 이곳에서 반대편까지는 사람이 드나든 시절이 없

는데, 하지만 발자국은 너무 명확해서 아닌 척 돌아갈 수 없었고, 그들 중 조경 도구를 챙기러 간 누군가가 덤불로 돌아오는 골목에서 비슷한 사람을 봤다고 말했지만 아무도 신경 쓰지 않았다. 덤불을 통과하는 사이 옷이 찢어지고 팔에서 피가 흘렀지만 여의치 않았고, 모두 덤불을 통과하자마자 곧바로 이어지는 발자국을 발견했는데, 그들은 의문을 갖는 대신 마치 수색을 자주 경험한 사람들처럼 대형을 넓게 벌렸다. 발자국을 계속 쫓아갔다간 돌이킬 수 없는 풍경을 마주칠 것 같아 점점 걸음이 느려졌고 선두에 선 자가 말하길, 사실 우리는 전부 같은 예감을 하는 게 아닐까요, 어제는 불 꺼진 수도원을 지나는데 건물 창가에서 누군가 제게 손짓하고 있었어요, 한 달 전에는 안개 자욱한 운동장에서 꼬마를 쫓다가 내가 누굴 따라가고 있는 건지 무섭기도 했고요, 장마가 오면 한두 명씩 물 아래로 가라앉아 나타나질 않거든요, 그러니까 제 말은 구렁이를 봤다는 뜻이에요, 제 허벅지만 한 구렁이가 큰 원을 그리며 빙빙 돌았고 그 아이는 지금쯤 오로지 자신뿐이겠죠, 왜 산에 들어갔을까요, 자신을 찌르면서 살아왔던 걸까요, 누가 데려다 놓은 건 아니겠죠, 이대로 계속 걸어가면 발자국이 사라지고 오르막길 끝에 하얀 집이 나올 거예요, 그곳에 상여가 있던가요, 가야금 소리를 들으며 야구 시합을 구경해 본 적 있나요, 그 속도와 결과를 새벽 내내 기다려 본 적이 있나요, 자꾸 소리에 민감해지지 마세요, 기도합시다. 그들은 발자국이 나 있는 방향으로, 산을 향해 걸었다.

　너는 309로 시작되는 구역의 이름을 외우지 않았다. 항공기의 무덤이라는 곳에 가 보지 않았다. CD를 모으지 않았다. CD를 팔아 CD를 사지 않았다. 뉴델리 공항에서 입국 심사를 받지 않았다. 갠지스강 근처 계단에서 맥주를 마시다 어깨에 앉은 박쥐를 보고 놀라지 않았다. 서리가 내린 논에서 앨범을 태우지 않았다. 이게 다 누구냐고 물어보지 않았다. 너를 알아보지 않았다. 만화 주제가를 부르며 썰매를 타지 않았다. 신태풍 형과 싸우지 않았다. 이름이 태풍이 뭐냐고 놀리지 않았다. 전학을 가지 않았다. 기억상실증에 대해 들어 보지 않았다. 대관람차와 미러볼이 찍힌 사진을 모으지 않았다. 클럽 사장의 심부름으로 술집 전단지를 돌리지 않았다. 물 축제에서 음악을 틀다 감전당하는 상상을 하지 않았다. 어떤 것에든 취하지 않았다. 괴롭지 않았다. 해외 공연 일정이 잡히면 화장실에서 토하지 않았다. 너덜덜한 여권을 재발급받지 않았다. 꿈에 난쟁이가 나타날 때마다 얼굴을 그려 두지 않았다. 짙은 눈썹과 여우 같은 귀와 손가락보다 긴 손톱을 기억하지 않았다. 구조되지 않았다. 주파수를 미국 라디오 방송으로 맞추고 열에 들뜬 표정으로 춤추지 않았으며 체념하지 않았다. 굿을 할 때 졸지 않았다. 멧돼지 머리에 칼을 꽂지 않았다. 그 무엇도 돌아오지 않았다. 트랙이 섞이는 지점에서 고개를 까닥거리지 않았다. 기억이 섞이는 순간마다 의심하지 않았다. 왜 산에 가라고 하는 건지 되묻지 않았다.

형은 가 봐, 한다. 같게, 대답한다. 라면 봉지를 뜯어 끓여 먹거나, 그냥 먹거나, 집으로 찾아가면 형은 방구석에 놓인 라면 박스부터 연다. 베개 옆에는 설탕이 담긴 통이 있고 그건 형만 퍼먹는 거라 달라고 한 적은 없다. 먹으면 태풍이 형처럼 학교에 나가지 않아도 될 것 같은 기분이 든다. 분해된 로봇들이 여기저기 펼쳐져 있다. 천장에는 허물 벗은 뱀이 모빌처럼 흔들린다. 너는 고개를 까닥까닥 움직인다. 형도 가 본 거야? 자주. 주먹바위까지? 거길 지나서 깊숙이. 말벌집이 있어. 돌아서 가야 돼. 그거 먹어 봤는데 내 병이 낫진 않더라. 신발을 빌려 달라 말하고 싶지만 말하지 않는다. 오늘은 덜 익혀서 먹을래? 과자 같잖아. 이불을 끌어다 다리를 덮는다. 과자 먹고 싶다. 형은 안 돼. 먹으면 병원 가야 돼. 너는 괜히 섭섭해진다. 나한테만 알려 주는 거지? 아무도 안 가 봤지? 물이 끓기도 전에 라면 냄새가 난다. 다음에 올 땐 비디오테이프 좀 가져와. 우리 집에 온다곤 하지 말고. 형에게선 항상 라면 냄새가 난다. 창문을 닫았는데 뱀이 계속 흔들린다. 저녁에는 푹 익혀서 먹자. 너는 겨우 기억한다. 기억 속에서 너를 등진 형과 대화하는 중이다. 형은 열네 살에 죽었잖아. 또, 가 봐, 한다. 갈게, 대답한다. 형은 숟가락으로 라면을 먹는 다. 숟가락으로 설탕도 먹는다. 숟가락 말고는 사용하지 않는다. 너는 당연히 젓가락을 쓴다. 하나씩만 있다. 냄 비도 그릇도. 학교에서 우유를 갖다주면 형은 토를 한 다. 너는 비디오테이프만 가져온다. 가면 진짜 볼 수 있 어? 형은 고개를 가로젓는다. 나는 못 봤어, 뭘 보고 싶 은데?

뭘 보고 싶은 건데. 너는 동료의 질문에 인상을 쓰면 서 일어난다. 하루 종일 직선 도로만 달리는 버스 차창 너머로 사막이 이어진다. 다음 공연장까지는 이틀을 가 야 한다. 사막엔 환각이 있거나 환각으로 오해되는 기억 이 있거나 신기루를 확인할 수 있겠지. 동료는 그런 건 다른 도움을 받아도 볼 수 있다고 말한다. 여기 사는 애 들이 괜히 맛이 갔겠어. 다른 동료가 말한다. 동료들이 웃으며 동시에 차창을 연다. 너는 운전사에게 잠깐 차를 세워 달라고 부탁한다.

짓다 말았거나 반쯤 무너진 건물들이 도로 옆에 이 제 막 생겨난 것처럼 즐비하고 그 사이를 걸을수록 두 통이 심해진다. 동료가 트렁크를 열고 스피커를 꺼낸다. 사지를 흔든다. 춤을 추며 옷을 전부 벗는다. 다른 동료 들도 흥에 겨운 얼굴로 너를 바라본다. 오늘은 Beyond the MIX, 듣다가 제드로 넘어가도 좋아. 너는 선인장을 찾지만 보이지 않는다. 아지랑이도 보이지 않는다. 동료들과 떨어져 사막으로 계속 걸어간다. 관자놀이가 터질 것 같다. 음악 소리와 멀어지면서 혼자라는 생각이 든 순간 나무들이 솟아난다. 나무는 너를 잡아당긴다. 공중으로 솟구친 너는 나무의 시선 혹은 사막의 시선으로 버스와, 동료들과, 스피커와, 사라진 뮤지션들과, 너를 구경한다. 너는 건축되면서 동시에 허물어진다. 삼등석 기차 칸에 앉아 심드렁한 얼굴로 배낭을 뒤진다. 둘러앉은 승객들이 너를 주의 깊게 관찰하고, 너를 담기위해 눈꺼풀도 깜빡이지 않고, 자꾸 간섭한다. 문을 열고 신과 제일 가깝다는 사람들이 들어와, 승객들과 입을 맞추고, 포옹하고, 손을 잡고, 근육이 도드라진 팔로아이들을 안고, 너의 볼을 꼬집는다. 너는 놀라지만, 맞은편에 앉은 노인이 괜찮다는 말을 하고, 뭐가 괜찮다는 건지, 볼이 욱신거리는데, 그래도 괜찮으니 앉아 있으라고, 다시 출발하는 기차, 일등석에서 들려오는 말다툼 소리, 모래바람이 차창으로 스며들어 승객들은 벗겨져 나가며, 창문으로 거짓말을 만들고, 자맥질, 번개를 실은 물살, 냄새나는 발목, 분수 쇼, 어깨를 자꾸 던지며, 사막에서 모래알을 모아도 기억은 뚜렷해지지 않는다. 신기루에 떨어져 나간 동료들이 버스 바퀴에 기대손짓한다. 담배를 피우던 운전사가 팔을 네 어깨에 두르며 천연적인 표정으로 지평선을 바라보고 사막은 네게아무것도 데려다주지 않았다. 운전사는 양 갈래로 묶은

머리를 매만진다. 너는 투어를 그만두고 싶다고 말하지
만, 운전사는 이 미친 새끼가 배가 불렀구나, 라고 말하
지 않고 외투를 벗어 건네준다. 너는 버스로 돌아가 가
방에서 카메라를 꺼낸다. 그러곤 널브러진 동료들에게
다가가 필름도 없는 카메라를 들이댄다.

상점에 앉아 있습니다. 가격을 물으면 답하고 비닐에
물건을 담아 주거나 거스름돈을 건네줍니다. 어디에 앉
아 있든 검은 장막 같은 하루가 잠에 들기 직전까지 구
체적으로 짙어집니다. 셈은 도움이 됩니다. 상점에서 파
는 물건들은 항상 똑같고 부모님이 상점의 주인이지만
우두커니 상점을 지키는 건 언제나 나입니다.

방과 후에 찾아온 주번이 문을 열고 쭈뼛쭈뼛 인사
를 합니다. 나는 그것을 지겹다고 말하지 않습니다. 살
물건도 없으면서 얼른 나가면 좋겠다고 생각합니다. 주
번은 곧 소풍이라고 합니다. 운동회라고 합니다. 수학여
행이라고 합니다. 졸업식이라고 합니다. 시간이 계속 흐
릅니다. 나는 연결되지 않지만 의지와는 상관없이 흘러
가는 중입니다. 지도가 그려진 손수건으로 목덜미를 자
주 가립니다. 침받이가 아닙니다. 효자손을 소매에 넣
고 반대쪽으로 악수를 합니다. 말린 버섯은 맛이 없습
니다. 잘 팔리지도 않습니다. 거긴 왜 간 거냐고 들었습
니다. 버섯을 따러 간 게 아닌데, 하필 제철이어서. 사람
들의 생각이 이렇습니다. 버섯은 아무 연관도 없습니다.

버섯이 무슨 상관입니까. 버섯에 환장하지 않았습니다. 버섯으로 대체 무엇을 할 수 있습니까. 어쩐지 식탁에 버섯 요리가 자주 올라왔습니다. 옆집 할머니는 나를 산신에게 데려가야 한다고 난리를 쳤습니다. 가 보고 싶었지만 아무도 데려가지 않았습니다. 산신이라면 가끔 난쟁이로, 거인으로, 멧돼지로, 잉어로, 자라로, 송진으로, 주차장으로, 북소리로, 약수터로, 헬기로, 꿈에 나타났습니다. 어느 날부터는 꿈에 대해 더 이상 말하지 않았습니다. 모든 것과 모든 곳과 모든 현상과 모든 장면과 모든 말들에서, 왜 원인을 찾으려고 하는지 알 수 없었습니다. 자꾸 나를 뒤졌습니다.

상점에는 물건들이 있습니다. 제자리에 있습니다. 그뿐입니다. 의사는 공포가 나를 바꿔 놓았다고 말했습니다. 압도적인 공포. 무서웠다고 말한 적도 없는데 말입니다. 감각, 그런 건 없었습니다. 애초에 무엇을 느꼈는지도 나는 모릅니다. 알면 어떻게 됩니까. 아는 것은 그저 아는 것으로 남습니다.

음악이 흐릅니다. 하루 종일 흐릅니다. 상점을 닫고, 밤이 찾아와도 흐릅니다. 누가 재생 버튼을 눌렀을까요.

녹색의 포말은 산을 지우는 일에 열심입니다.

1999년 3월 24일.

오전 7시에 울려 퍼지는 하산 안내 방송.

309 노후 전투기 보관소. 5500여 대의 항공기 무덤.

너는 포말을 바라보고 있다. 발등을 적시는 포말을 방치하고 있다. 순간이 있다. 해변 끝에 자리한 호텔에 불이 들어오고 있다. 해가 뜨고 있다. 모닥불이 점점 꺼져 가고 있다. 압도당하고 있다. 어떤 기약에. 지나치고 있다. 입을 반쯤 벌리고 있다. 접이식 의자가 점점 기울고 있다. 의자 주인이 화장실을 향해 달려가고 있다. 돌아오지 않을 것처럼 멀어지고 있다. 순간이 있다. 육지가 밀려오고 있다. 이미지가 몰려오고 있다. 사막의 모래와 해변의 모래가 뒤섞이고 있다. 모래 폭풍이 휘몰아치고 있다. 가까워지고 있다. 재가 된 외투를 허공에 걸고 있다. 캐리어에 대해 생각하고 있다. 다운타운에서 본 불빛들을 생각하고 있다. 원인들을 생각하고 있다. 순간이 있고, 라이터가 있다. 있을 것이다, 라고 생각하고 있다. 길어지고 있다. 레코딩을 바라고 있다. 재현이 시도되고 있다. 주저앉고 있다. 낙엽 쌓인 바닥에서 한기가 올라오지만 개의치 않고 있다. 해가 능선으로 넘어가기 시작하면서 너를 감싸는 풍경이 점점 색을 잃어 가고 있다. 완전한 어둠에 잠길 순간을 기다리고 있다. 하지만, 언제나 그랬듯, 방해받고 있다. 그렇게 믿고 있다. 육박하는 기억을 모르는 척 방치하고 있다. 너는 있다.

这里没有洗手间, 经常有海鸥坠落. 你要回到原来的地方, 在那里安顿重拾自己.

배낭이 옆으로 고꾸라졌다. 정지된 야자수들. 너는 동료들에게 고동 소리를 들려준다며 콜라를 빨리 마셔 놓곤 연거푸 트림만 했다. 호스트를 찾으러 간 담당 직원은 오랜 시간 돌아오지 않았고 땀이 입 안으로 흘러들었다. 일행을 맞이한 건 카운터 모니터 위에 꽂힌 종이 한 장뿐이었는데 전화를 해도 받지 않았다. Wang Xiao는 중국인이겠지, 순간 뉴델리에서 아그라로 향하던 기차가 떠오르고, 아마도 비슷한 이름의 중국인과 같은 칸을 쓴 것 같았다. 아니면 갠지스강이 보이는 계단에 앉아 맥주를 나눠 마신 게 그 이름 같다고, 그러다 박쥐가 날아와 어깨에 앉았다고 말하자, 동료는 스무 번도 넘게 들은 얘기지만 들을수록 재미가 없다고 말했다. 꽃을 든 꼬마가 울면서 다가왔다. 회전하는 야자수들. 좌판을 끌고 가는 사람들이 일행을 보며 곧 비가 올 거라고 소리쳤다. 직원이 돌아왔던가. 네가 찾으러 갔던가. 로비 소파에서 모두 잠깐 잠들었고 한낮이 계속될 것 같았는데.

비에 젖은 Wang Xiao는 역시 중국인이었고 뭔가에 화가 난 사람처럼 보였다. 너는 그가 서둘러 안내를 해 주면 좋겠다고 생각했는데 일부러 안달나게 하려는 건지 굼뜬 동작으로 예약을 확인했다. 얼마나 굼뜨게 행동을 했냐면, 모니터 앞에서 안경을 찾다가 자기 방으로 들어갔고, 한동안 나오지 않다가 변기 물 내리는 소리가 들렸고, 나오다가 친구와 통화했고, 통화를 마친 후에는 비가 새는 바닥을 바라보더니 직원에게 양동이를 가져오라 소리쳤고, 양동이에 물이 차는 과정을 턱을 괴고 바라봤, 그제야 문득 생각이 난 것처럼 예약자 이름을 물어봤다. 누군가 너의 이름을 말했고 Wang Xiao는 중국말로 대답했는데, 난징에서 온 동료가 고개를 갸웃하며 이 새끼 지금 뭐라는 거야, 말했고, 누군가 뭐라는데, 물었다. Wang Xiao는 아무 말도 하지 않은 것처럼 시치미를 떼듯 다시 영어로 주의 사항을 안내했고 너와 일행은 의뭉스러운 표정으로 방으로 향했다. 너는 등이 간지러운 기분이었고 서둘러 씻고 싶었다. 욕실에서 나오자 누군가 메모를 남겼고, 굵은 빗줄기가 창문을 계속 두드렸다.

이곳에는 화장실이 없습니다, 갈매기가 자주 추락합니다, 당신은 왔던 곳으로 돌아가야 하고, 그곳에서 사라진 당신을 찾아야 합니다.

너는 그날 밤 깊은 꿈에 빠졌다.

1999년 3월 24일.

구조대는 사람들과 합류해 그들에게 의견을 묻고 조를 나눠 구역을 할당하고 인상착의를 듣고 나침반, 손전등, 로프, 호각, 야광 조끼 등을 배분하며 줄을 맞춰 헙헙 혹은 착착 유난을 떠는데 깨우지 않아도 될 것들이 구조대와 그들에게 집중되며 구조대장의 체면을 우습게 생각할 때 조각 공원은 그런 적 없이 고요하고 야영장 관리인의 마지막 목격담이 단서 됨을 알고 있지만 행방이 묘연하다는 것은 석교 아래 몰래 피운 불장난처럼 새벽 내내 요의를 느끼게 하고 마음이 급한 것과는 다르게 다리는 무거워지고 혼령 기념비에서 숨을 고르던 구조대원들 허겁지겁 서리에 젖은 떡을 챙겨 등반하자 아무것도 안 보여 이렇게 안 보이는데 오히려 눈을 감는 게 묘책이지 않을까 해도 그만 안 해도 그만인 신고 전화 같은 허공들 방금 누구야 누가 내 뒷덜미를 만졌는데 뒤로 전달 뒤로 전달 예정한 듯 느끼며 예감하지 말자던 기합은 그들이 산 깊숙이 들어갈수록 옅어지기만 하고 이러다간 모두 같은 꼴을 면하지 못할 것 같다는 왕 씨 성을 가진 이의 말을 신호로 내려가는 길에 필요한 일정량의 잠언 회수하는 죄책감 계곡 사이에 다리를 설치한 노인의 말인즉슨 오래전부터 전해져 내려오는 이야기가 있다네 내 얘기를 들어 보겠나 어르신 여기 곶감 드세요 환해지거나 어두워지거나 서늘하고 저기 보이는 절벽으로 파란 털을 감싼 동물이 달려가는 모습을 봤네 절벽을 타고 오르더라니까 공포를 넘어선 걸까 산의 초입에서 인원을 확인하는 구조대원 오르막길 끝의 하얀 집 운동장에서 걸어가던 아이 안개 속으로 사라져 수위는 눈을 비비네 요즘 더 많이 봤다는데 징조 기미 혹시 설마 산은 아침을 갖추고 공을 갖고 노는 너의 모습 TV를 보는 너의 모습 넘어져 무릎이 쓸린 너의 모습 입학식에서 누군가를 찾는 너의 모습 토를 하는 너의 모습 대문 앞에서 가로등을 보는 너의 모습 너를 두고 온 너의 발자국.

남자는 다가와 손가락으로 브이를 만들어 입술에 가져다 댔다. 받을 게 있는 사람처럼 서성였지만 멀어지라고 부탁했다. VINASUN 택시가 사람들을 이곳으로 실어 날랐고, 피부색이 계속 달라져서 기억을 미리 보는 것 같았다. 줄지은 오토바이들, 경적 소리, 깜빡이는 가로등, 클럽에서 조금 벗어난 주택의 대문 앞에 앉아 땀으로 젖은 셔츠를 말리는 동안 헤어밴드 속이 가려워 이마에 피가 나도록 긁었다. 샌드위치 재료를 실은 수레가 지나가고 색 바랜 횡단보도를 건너는 노란 눈썹의 사람들이 환호성을 질러 맥주병을 흔들어 줬다. 일행에게 소식이 없어 조금 걷기로 했다. 그들이 건너온 쪽으로 걸었는데 시멘트로 덮인 도로가 군데군데 포격을 맞은 것처럼 휑했고 출입 금지 안내판을 못 본 척 걸어갔다. 귓속을 꽉 채우던 소리들과 대기 중인 택시와 오토바이와 사람들이 멀어지자 그곳이 조금 낯설어졌고 바지 주머니에서 느껴지는 진동을 무시한 채 길을 잃을 때까지 걸었다. 골목 모퉁이에서 코끼리가 휘적휘적 걸어 나오면 좋을 것 같았지만 무리 지어 속삭이던 사람들이 경계하는 눈초리로 바라봤고 뒤따라오는 그들을 신경 쓰지 않는 척 핸드폰을 꺼내 아무 말이나 했다. 셔터 내려진 은행에서 비둘기가 날아올랐다. 칠흑을 생각했다. 손을 눈앞에 갖다 대도 보이지 않던 산중의 캄캄함을. 클럽에 도착할 때까지 눈을 감고 걸었는데 불규칙적으로 엇나가는 BPM이 가깝게 거슬려 더 혼란스러웠다. 그제야 왜 밖으로 나왔는지 이유를 알아차렸는데 계속 서성이다간 아무나 따라갈 것 같았고 사실 따라가는 게 더 재미있을 것 같았지만 일행에게 걱정을 끼치고 싶지 않았다. 항공기에서 잠들면 항공기가 떼로 추락하는 꿈을 꿨다. 구글 사이트에 항공기 무덤이라고 검색했더니 실제로 있어서 당황했다. 그곳에서 저스티스의 음악을 틀겠다고 우겼다가 웃음거리가 됐다. 오키나와 선술집 사장에게 메시지를 보냈다. 다음에 가면 타다 만 장작 같은 스테이크 요리 말고 편의점에서 파는 걸 먹겠다고 썼다가 지웠다. 겨울에 가겠다고만 했다. 서울은 몇 시일까, 떠나온 마을에선 누가 더 죽지 않았을까, 빌딩과 마을 회관, 가로등과 연등, 누가 사라졌거나 나타났다가 돌아왔거나 떠났을 덩어리 모양의 풍경. 의문이 생기면 의문으로 남기는 일에 익숙하지 않은, 음악의 천장을 지나 시가지로 이어지는, 마을 어귀로 돌아가는 사라진 나의 모습들. 도로에서 차가 충돌했다.

2018년 12월. 겨울. 눈 내리는 광경을 자주 보지 못했다. 뭔가 멈춘 걸까.

의사는 떠올리지 말라고 했다. 나는 오는 중입니까. 온다면 어디를 경유하는 중입니까. 떠올려도 떠오르지 않는 잃어버린 시절들. 물어보면 딴청을 피우는 것 같았다.

일정이 없는 날에는 작업실에도 나가지 않고 거실을 빙빙 돌았다. 창문 너머로 반대편 건물 옥상에서 일광욕을 하는 노인들이 가끔 손을 흔들었다. 방음벽을 설치했지만 스피커는 두지 않았다. 공원으로 가는 계단에 앉아 있을 때면 빌딩 유리에 반사된 세계가 타들어 가는 것처럼 보였다. 함께 농담을 나누던 경비원이나 스케이트보드에서 자꾸 넘어지는 아이들, 군무를 연습하는 댄서 모두가 매일 새로 만나는 사람들 같았다. 홈리스들에게 종종 돈을 줬지만 고맙다는 말은 듣지 못했다. 가끔은 그들이 일정하게 기운 각도로 보인다. 어두운 곳을 피해 다니던 습관도 버렸지만 갑작스러운 정전은 피하고 싶었다. 가방에서 흘러내린 악보를 줍는 심정으로 견뎠다. 캐리어나 배낭에 짐을 싸고 다시 풀 때면 잘못을 저지르는 것 같았다. 꿈을 꾸는 박자가 몸에서 떨어져 나가면 좋겠다고 생각했다. 나를 자주 만들었다. M-Audio Keyrig 49를 중고로 샀다. 새 컨트롤러도 사야 하는데 돈이 부족했다. Wang Xiao와 메일을 주고받으면 중국어를 배우고 싶긴 했지만 번역기를 돌리는 편이 오히려 대화를 이롭게 하는 것 같았다. 욕실을 빙빙 돌았다. 사거리 카페 테라스에 앉아 모조로 조성된 잔디밭을 하염없이 바라봤다. 손을 높게 들고 열광하는 사람들의 모습이 겹쳐졌다. 손가락들 사이로 새어 나온 조명이 나를 비껴갔다. 노란 벽돌로 지은 우체국 앞에서 멱살을 쥐고 싸우는 배달부와 택시 기사를 구경하다가 불똥이 튀어 도망갔다. 운동장까지 가고 싶었지만 없어진 지 오래였다. 운동장을 감싼 철조망 너머로 뛰어가는 다리, 너머에서 기다리는 실루엣. 나는 운동장을 벗어나 철조망을 통과한다.

컨트롤러의 LOAD 버튼을 두 번 누르면 반대편의 선택된 덱에 로드된 트랙이 해당 덱에 로드됩니다. 트랙이 동일한 위치로부터 재생됩니다. CUE 버튼을 눌러 일시적인 큐 포인트를 설정합니다. EQ를 컨트롤할 때에는 다른 채널에 대해 주파수를 증폭하거나 차단합니다. 헤드폰을 터미널에 연결합니다. 퍼포먼스 패드를 눌러 큐 포인트를 설정합니다. 배정된 비트 수를 가진 루프 롤을 재생할 수 있습니다. 슬립 모드를 사용하면 리듬을 중단하지 않고도 각종 플레이를 수행할 수 있습니다. 모든 트랙은 동일한 위치로부터 재생돼야 합니다.

너는 옷을 벗는다. 바닷바람을 온몸으로 맞고 있다. 바닷물이 물러나고 있다. 모닥불은 꺼졌고 너는 옷을 태우지 못한다. 턱을 딱딱 주억거리며 꺼져 가는 불길을 바라보고 있다. 날아갈 것 같다. 동이 트기 시작한다. 사위가 밝아진다. 어둠이 물러난다. 해변이 환해지고 있다. 모래를 파내 그 안에 눕고 싶다고 생각한다. 모래 무덤을 만들어 죽은 척을 하면 어떨까 생각한다. 아침 일찍 해변을 찾은 누군가에게 발견되고 싶다고 생각한다. 누가 봐도 죽음을 결심한 사람으로 보이면 좋겠다고 생각한다. 애초에 옷을 왜 벗었는지 모르겠고 밤새 마신 술병도 보이지 않는다. 왜 이곳에 있는지도 모르겠다. 해변에서 갑자기 솟아나는 상상을 한다. 호텔 객실에서 마지막 담배를 태우고 침대에 누운 기억만 남아 있다. 간절기가 그립다고 생각한다. 호텔 쪽을 바라보자 옥상 난간에 누가 서 있다. 서 있다가 사라지길 반복한다. 공기 빠진 발리볼이 날아간다. 반쯤 찢어진 그물에 갈매기가 엉켜 있다. 바다를 바라본다. 수평선이 명확해지고 있다. 너는 갈치나 구워 먹으면 좋겠다고 생각한다. 모래알이 눈과 코와 입에 달라붙는다. 점점 몸 안에 쌓인다. 너는 몸이 무거워지는 걸 느끼지만 여전히 제자리다. 주변이 환하다. 꼴이 부끄럽다고 생각하지 않는다. 설레는 기분이다. 난쟁이가 지나간 것 같다. 우비 입은 아이가 방파제로 뛰어간다. 해머백이 떠내려간다. 헬기가 지나가고 엽총 소리가 들린다. 헬기의 수직꼬리날개 옆면에 해상 구조대 마크가 그려져 있다. 돌기가 하나 둘 터진다. 고름이 흐른다. 등대가 안개에 가려진다. 그곳에서 태풍이 형이 라면을 끓이고 있으면 좋겠다고 생각한다. 갈게, 하지 않는다. 모래가 자꾸 쌓여 몸 안에 사막이 펼쳐지는 것 같다. 상점으로 들어가는 문이 생기는 것 같다. 经常有海鸥坠落. 갈매기가 자주 추락한다는 말을 곱씹어 본다. 입이 텁텁하다. 코가 막힌다. 눈이 간지럽다. 호텔 쪽에서 쿵 소리가 났지만 고개를 돌리지 않는다.

모든 것이 원인이다.

여섯 명의 블루

우주선을 봤어. 빠른 속도로 추락하는 우주선을.

아무도 입을 열지 않았어. 노을 속으로 빨려 들어가는 거야, 작은 물체가.

점점 추락하는 중이었어. 붉은 손톱처럼.

러시아에서 우주정거장을 향해 쏘아 올린 우주선이었다고, 누군가 나중에 기사를 읽어 줬어. 포털 사이트 메인 페이지에 걸릴 정도였는데, 이상하지, 우리나라 상공에서 그게 보일까. 내 눈에는 보이더라고. 꽤 오랜 시간 바라보고 서 있었어. 차가 출발하기 직전까지. 우주선이 아니었을까, 저물어 가는 태양을 너무 오래 본 탓일까. 로켓 2단 엔진이 갑자기 꺼진 게 원인이었대. 갑자기 꺼지다니. 어떤 소리를 냈을까.

우주선의 잔해들은 전부 어디로 사라졌을까.

갑자기, 갑자기.

혹시 우주인이 된 건가. 그런 생각을 자주 했어. 네 대학 전공이 그쪽이었잖아. 공항으로 가는 차 안에서 내가 그 애길 꺼내자 누군가 코웃음을 쳤어. 비슷한가, 살균 상태로 오잖아. 한동안 조용했어. 창밖으로는 바다가 끝이 나지 않을 것처럼 쭉 펼쳐져 있었지.

가방에는 난생처음 보는 서류들이 들어 있었어.

CERTIFICATE OF DEATH

FUNERAL DIRECT ASSIGNMENT

APPLICATION PERMIT DISPOSITION OF HUMAN REMINDS

방부 처리 확인서

너는 특수 화물로 분류돼서 화물칸에 적재됐대. 우리가 탄 차 뒤로는, 너를 운구할 관이 실린 차가 따라오고 있었어.

*

이곳은 곧 사라진다. 철거될 거야. 밖에 사람들이 있어. 건물을 둘러싸고 지시를 기다리는 것 같다.

벌써 몇 달째, 들어오기만을 혹은 나가기만을 바라지. 들어오고 나가는 건 사실 몇 걸음 차이인데. 그만할까. 사실 그만두고 싶다. 갈매기 울음소리도 듣기 싫고. 몸에 밴 생선 비린내도 지겹고.

방금 전에도 생선 배를 갈랐다. 내장을 꺼내고 일정한 간격으로 살점을 발라냈어. 이제 아무도 찾아오지 않지만, 할 수밖에 없어. 가만히 앉아 중장비 소리를 듣고 있으면 꼭 뭐라도 해야 할 것 같아.

건물이 해체되는 상상을 자주 했지. 묵직한 기계가 외벽을 박살 내는 장면을. 꿈에서도 보고, 눈을 뜨고 있어도 알 것 같고. 수족관에는 온통 죽은 생선들뿐이야. 죽어서 둥둥 떠다니는데, 기포에 밀려서 자꾸 밖으로 넘칠 것 같아. 도통 물이 마르질 않아, 이곳은. 모든 물이 증발돼서 창밖으로, 바다로, 대기권으로, 멀리 날아가는 생각.

썩은 어패류들에서 진물이 흘러내린다. 전부 두고 도망치듯 나갔어. 아니, 쫓겨나듯.

7년이다. 이 일을 시작한 것도, 네가 연락이 끊긴 것도. 네가 떠날 때쯤 여기서 일을 시작했어. 알지? 어릴 땐 부러 먼 길을 돌아서 갔잖아. 그럴 때마다 네가 피식 웃었지. 어시장 건물이 꼭 흉측스러운 유적지 같다고, 내가 말하면, 너는 근처에 있는 해양 박물관에 가자고 말했다.

거긴 말라비틀어진 박제품만 있는데.

해일은 꼭 외국에만 있는 걸까. 해일이 오면 저 밖에 있는 사람들이랑 전부 다 휩쓸려 갈 수 있잖아. 넌 뭔가

방법을 찾아 줄 것 같은데. 다들 나보고 그만 버티래. 버티는 건 끝을 알면서도 시간만 낭비하는 거라고. 버티는 현재와 버틸 미래가 이제는 구분이 가질 않는다. 넌 내게 견디는 중이랬지. 그게 그거 같은데.

바다를 오래 바라보면 수평선에서 네가 걸어오는 듯한 착각이 들어. 누군가 네가 있던 곳을 다녀왔다고 들었는데, 우리 중 누군지는 잘 모르겠네. 걔가 맞나. 가서 수소문해 보겠다고 말했어. 너를 만나겠다고.

*

만날 수 없었어. 겨우 휴가를 받았는데.

관장이 그런 말을 하는 거야. "잠적이야? 실종이야?"

이게 할 말이냐. 나중엔 나도 이상하대. 솔직히 말해 보라고, 그냥 놀러 가는 건데 핑계 아니냐고. 겨우 참았어. 서류에 서명 받자마자 나가서 허공에 대고 분풀이를 했지. 지금 생각해 보니까 관장이 들었을지도 모르겠네. 차라리 들었어야 하는데.

박물관에서 일하는 건 알고 있을까. 여기로 돌아오기 싫었는데, 별다른 수가 안 떠오르더라고. 직장은 구해야겠고. 일은 쉬워. 시키는 것만 하면 돼. 박물관에서 주최하는 주민 행사나 기획 전시 같은 일. 찾아오는 외지인도 별로 없는데 해마다 일을 벌려. 사무실에 앉아서 커피 마시고 밥 먹고 다시 커피 마시면 어느덧 퇴근 시간이야. 잡생각이 들지 않아서 좋기는 한데.

다시 돌아오는 게 꼭 실패한 인간 같더라. 사실 아무도 신경 안 쓰잖아. 너도 그래서 그런 거야? 외국까지 나갔는데? 야, 그래도 학교에도 없는 건 좀 아니잖아. 내가 되도 않는 영어까지 쓰면서 얼마나 손짓 발짓 했는데.

너 찾으러 왔다니까 아무도 모른대. 정말 아무도. 처음부터 없는 사람처럼 구는 거야. 학적은 있는데 아는 사람이 없다는 게 말이 돼? 돌아갈 날은 점점 다가오지, 겨우 네가 살던 주소를 찾아서 그리로 가는데, 가는 길은 또 얼마나 어려운지, 구글 맵이 위치를 못 잡아서 빙빙 돌았어. 한인 타운이라서 그런가, 분명 스트라스필드라고 검색했는데 말이야. 도착해서 주인한테 전화했지. 문을 따 줘서 들어갔는데 물건이 하나도 없더라. 이사를 간 건지 어쩐 건지 자기도 모르겠대. 문자 한 통만 보냈다고. 그래서 보여 달라고 했어.

저녁마다 그립고 항상 오리발을 챙길 생각이었습니다.

애들한테 바로 전송했어. 누가 이게 무슨 개소리냐고 하더라. 혹시 이 개소리가 어떤 실마리가 되진 않을까, 가구도 없는 거실에 앉아서 내내 들여다봤어. 웃기지. 탐정놀이를 하는 것도 아닌데. 우릴 놀릴 생각인 건가, 그런 생각이 들었어. 네가 장난이 심한 건 알지만 나는 그 자리에서 몇 시간을 앉아 있었어. 집 안을 돌아다니는 너를 바라보듯이, 네 어깨에 팔을 올리듯이, 그렇게 한동안 시간을 보내고, 다음 날 그 집을 떠났지. 떠나기 전 그 집을 오래 바라보면서 우리가 나눴을 많은 대화를 떠올렸지만 이런 건 나한테도, 그리고 너한테도, 너무 안 어울리지 않냐.

누구는 도박에 빠졌다고, 누구는 무장 단체에 들어 갔다고, 또 누구는 연락도 안 되는 오지로 여행을 간 거라고. 이런저런 말들이 시간에 달라붙었어. 그러곤 정지했지. 네 시간도, 우리의 시간도. 공항으로 가는 버스에서 천, 네가 한 말, 돌아오고 싶지는 않을 거라는 말, 나에게만 했던 그 말을, 아무에게도 말하지 못한, 나를 원망하면서 나 역시 돌아가고 싶지 않다는 생각을 했어.

*

기억난다. 네가 돈을 좀 빌려 달라고 했던 일. 하루 종일 화장품을 팔고 새벽엔 대리운전을 하는 나에게. 이유를 물어보니까 서핑 장비를 산다고 했나, 서핑하러 가는 여비가 없다고 했나. 솔직히 지금 생각해도 어이가 없다. 왜 나야? 직장이 있는 것도 아니고, 겨우겨우 타지에서 사는 나한테. 해외 계좌 송금은 또 얼마나 복잡하던지. 오랜만에 목소리를 들었는데, 나만 반가웠나봐. 너는 좀 싱거운 반응이었어.

그때 돈을 안 빌려줬다면 서핑을 관뒀을지도 모른다는 생각을, 공항 검역소에서 네 시신의 검역이 끝나길 기다리면서 떠올렸어.

벌써부터 검은 옷을 입고 왔다고, 방수 앞치마를 두르고 장화를 신은 애가 핀잔을 주는 거야. 차 안에 생선 비린내가 진동해서 오는 내내 고생했는데. 본인은 몰랐을걸. 자꾸 코가 막힌대. 근데 걔가 그러는 거야. 몇 년 전에나 빌려준 돈을 왜 신경 쓰냐고. 왜긴. 꼭 내가 등을 떠민 것 같았거든.

어쩌면 그 이유일 수도 있겠다. 서퍼들. 네가 합격 통보를 받고 몇몇이 바다로 놀러 갔을 때. 바다는 지겨운데 또 바다냐고, 네가 말했나. 바닷물에서 한참 놀다가 잠깐 쉬는 동안 너는 그 사람들한테 달려가 말을 걸었지. 무슨 얘길 나누는 것 같았는데 다녀와서 뭐라고 했더라. 즐거운 표정이었어. 이미 거기에 가 있는 사람처럼. 내가 서퍼들 몸이 멋지다, 잘생겼다 말해도 듣는 체도 안 했잖아. 바닷물에 들어간 애들은 나올 생각도 않고 놀기 바빴지.

너는 무슨 생각을 했을까. 파도를 가로지르는 그들을 보면서. 나한텐 끝끝내 말해 주지 않았어. 아니, 누구에게도. 돈을 빌려 달라고 했을 때는 그때의 기억이 떠오르지 않았어. 학비가 부족한가, 아니면 애인이 생겼나. 그런 빤한 생각을 했지. 너무도 빤한 생각을.

*

블루, 혹은 다리. 푸른 나무, 어두운 나무, 숲, 입체적
인 상상을 빼는 방식으로, 지연되는, 박영천, 네 이름,
혹은 데이비드 박, 다시 다리, 혹은 104층의 84층, 네가
묵었던, 누워 있던, 누워서 숲을 얘기하던, 객실 유리에,
비둘기가 전속력으로 머리를 들이받고, 우린 놀라지도
않고, 3년 뒤를 얘기했다. 커튼으로 밖을 가리고, 이름
모를 음료에 이름 모를 술을 섞어 마시며, 너는 말했다,
거기는 아직 안 망하고 그대로지, 여전할까, 돌아가고 싶
은 건 아닌데, 네가 왔으니까, 조금 궁금했어, 내게 말하
는 건지, 비둘기를 향해 말하는 건지, 실루엣, 하강기, 카
드 키, 스툴. 나는 이것들을 바라보며 자꾸 취해 갔다.

실루엣, 하강기, 카드 키, 스툴.

자고 가라고 했지만 어떤 이유에서인지 그곳에 있는
내 모습이 역겨웠고 휴대폰을 만지작거리며 마지막 기
차를 예매하는 것과 동시에 액정을 들이밀자, 너는 이
런 건 너무 지겹다고 웅얼거리듯 말했다. 사실 네 모습
이 더 지겨워 보인다고, 그것은 권태도, 회한도 아닌, 아
무것도 아닌 짓거리 아니냐고 말하고 싶었지만 할 수 없
었고 대신 한국으로 돌아오는 날에는 모두가 너를 공항
에서 기다리겠다고 말했다. 네가 이런 모습으로 돌아올
줄은 몰랐고 너의 실루엣을 기억해 내는 데 오랜 시간이
걸릴 것을 안다.

추도사를 부탁받았지만 쓰지 않을 생각이다.

너무 많은 죽음들을 겪었다. 부고가 넘쳤다. 특별한 죽음이라는 경우를 만들고 싶지 않았다. 내 입에서 나온 말들로 너와의 기억을 마주치고 싶지 않았다.

여행 도중에 네게 가지 않았다면 어땠을까. 기억을 만들지 않았다면. 한인 타운을 벗어나, 다른 도시로 함께 여행을 가기 위해 차를 빌려, 운전하는 내내 들었던 음악들, 미지근한 바람, 어질러진 시간, 호텔 로비에 맡겨 놓은 가방들, 할 얘기도 별로 없는데, 할 얘기를 준비해 온 사람들처럼, 좋지도 싫지도 않은 시간을 보냈지. 한국에 돌아와 그때 찍은 사진들을 전부 지웠다.

*

유튜브에 네 채널을 검색했지. "나는 유학 생활 중입니다, 모든 게 신기하고 날마다 설레는 날들입니다." 구독자가 스무 명도 되지 않는 채널. 엿볼 수 있었지. 알람 설정을 할까 하다가 그럼 네가 알아차릴까 관뒀다. 하루 일과를 줄여서 보여 주거나, 카페에서 사람들을 관찰하거나, 서핑 숍 거울에 비친 네 모습을 촬영하거나. 재생 목록에는 대략 서른 개의 영상이 짧은 주기로 업로드되어 있다가 나중에는 몇 주, 몇 달 단위로, 후에는 몇 년 동안 올리지 않았지.

마지막으로 네가 올린 영상에는, 그러니까 3년 전 밤

바다를 촬영한 듯한 영상에는, 검은 물결이 명암을 달리하며 불규칙적인 소리를 만들었지. 간혹 그림자가 보여서 너를 상상하다가 다른 소리를 들었지. 옷을 찢는 소리 같은. 너무 작아서 헤드셋 볼륨을 최대로 해야 들을 수 있었던. 영상 말미에는 영어로 지껄이기까지 했는데 알아들을 수가 없었지. 나는 가끔 그 발음들을 따라 읊었지. 적어 보기도 하고. 욕 같았지. 욕이 아니라면 한탄 같은 발음들.

그리고 영상이 끝나면 일 분 넘게 지속됐던,

블루.
스페이스.

나도 채널을 만들어 볼까 했지. 액션캠을 손목에 달고 낚시하는 걸 찍을까, 드론으로 빌딩들을 찍을까, 하면서. 네가 볼 리 없다는 걸 알면서도. 나는 돈이 많고, 시간이 많고, 시간외근무는 없고, 주변에 사람들도 없었지. 나도 너처럼 타국이었지만 주재원 신분으로 할 수 있는 일이 적었지. 푸동 지구가 시작되는 시가지 근처, 동방명주가 잘 보이는 사무실. 퇴근길에는 항상 황푸강에 들렀지. 물이라고 할 수 없는 숫자 같은 흐름. 푸른 강물을 기대했지만 그런 건 홍보지에서나 볼 수 있었지. 우리가 살았던 곳의 바다와 비슷한 색감. 생각하고 싶지 않지만 무작정 떠오르는 이차원적인 기억. 회사에서 제

공한 집은 너무 넓어서 매일 문을 열 때마다 낯설었고, 음식은 여전히 입에 맞지 않았다. 하지만 돌아올 생각은 하지 않았지.

*

차 문에 손을 찧었어. 살짝. 손톱에 핏물이 고였어. 공항 주차장에서 내리는데 정신이 나가 있었나 봐. 애들은 걱정하기는커녕 핀잔을 줬어. 어릴 때랑 똑같다고. 앞 좀 보고 다니라고. 아까 봤다는 우주선 말이야. 그게 머리에서 떠나질 않는 거야. 얘기를 꺼내면 또 뭐라고 할 것 같아서 조용히 있었어.

각자 다른 크기의 캐리어를 끄는 사람들이 우리를 빠르게 지나쳐 갔어. 바퀴 굴러가는 소리가 사방을 채우고, 한곳을 향해 멀어지고 있었어. 들뜬 표정, 들뜬 대화. 공항의 자동문이 열리고 미지근한 바람 같은 것이 정면으로 달려들었어. 손톱은 따끔따끔 아픈데, 우릴 마중 나온다던 관계자를 찾아야 하는데, 표를 잃어버린 사람들처럼, 우두커니 서 있었어. 공항 천장 창문 너머로 비행기가 대각선으로 기울어져 날아가고 있더라.

천, 너는 각도가 중요하다고 말했어. 고무 동력기는 처음 손에서 놓을 때 각도에 따라서 받는 양력이 다르다고. 공군참모총장배 예선 대회가 있던 날, 우리는 대회장에서 네 순서를 기다렸지. 너는 그날 최고 활공 시간을 기록했어. 고무 동력기가 능선 너머로 날아간 거야. 오 분이 지났고 나중엔 보이지도 않았지. 심판은 비행시간 무한대라는 기록을 줬어. 우린 기뻐서 소리를 지르는데, 넌 고무 동력기가 사라진 곳을 계속 바라만 보고 있었어. 나중에 물어보니까 말했지. 돌아와 착지하길 바랐다고. 저기 능선 너머는 바다라고.

보이저라는 이름의 고무 동력기를 특히 좋아했어. 코스모가 만들기에 더 좋았는데, 담당인 과학 선생님마저 바꾸라고 하는데도 말을 듣지 않았지. 수직꼬리날개가 동체 아래를 향하도록 돼 있어서 만들기가 까다로웠어. 근데도 넌 좋대. 언젠가 보이저 우주 탐사선이 대기권을 향해 날아가는 사진을 봤다고. 이름이 마음에 든다고. 그 기울기에 대해서 신나게 말했지. 본선 대회에선 결국 수직꼬리날개가 활공 도중 떨어져 나가 곤두박질쳤지만.

네가 우주인이 됐을지도 모른다고 생각했다는 말, 진짜야. 그런 훈련을 받는 사람들은 어떤 캠프 같은 곳에서 지낸다고 들었거든. 외부와 단절된 채. 우리가 얼마나 놀랄까. 갑자기 그렇게 나타나면. 너무 길다고는 생각했지. 어떤 행성으로 가는 훈련을 하길래 이리도 오래 연락이 없을까. 태양계를 벗어나는 건가. 인류한테 가능한 일인가. 그렇게 멀리 가면 계속 어둡고 암흑일 텐데. 우주는 까맣지 않다고, 푸르다고, 너는 말했지. 누가 봐도 캄캄한 밤하늘인데, 네 눈에는 한낮의 하늘처럼 파랗다고. 그런 게 펼쳐져 있을 거라고. 유성우가 예고된

날, 다 같이 학교 옥상에 누워 네 얘기에 귀를 기울였지.

어느 순간 관계자가 다가와서 물었어. 가족이시냐고. 가족들은 집이 멀어서 지금 오는 중이라고 말했어. 가방에서 서류를 꺼내려는데 손톱이 아팠던 탓인지 전부 바닥으로 떨어트렸어. 서류들이 낮게 날았지. 누군가 한숨을 쉬었어. 겨우 주워서 관계자한테 건넸어. 이제 이쪽으로 오래. 나는 제일 뒤에서 따라갔어.

*

삼 일. 삼 일의 시간. 그 안에 나가지 않아도 철거를 진행한다. 철거 업체 직원이 다녀갔어. 허물고 다시 짓는다. 허물고 새 건물을. 그러니 나가시오. 말을 들으시오. 확성기로 떠들었지.

거기서 버티지 마시오.

네게 일일이 설명하고 싶진 않다. 여기 있다고 말해주고 싶었어. 계속 있다고. 불편해. 오늘은 생선이 몇 마리 죽었을까, 폐사 처리 비용은 얼마일까, 뭘 참는지도 모르면서, 무너지지 않기만을 생각하니까, 오히려 허허벌판 같았어. 올해 남은 하늘은 잿빛이라는 예측을 라디오에서 들었는데.

파란 상공이 황사에 밀려나는 비현실적인 장면.

밀려나겠지. 혼자 버티던 시간과 함께. 너에 대한 기억이 점점 사라진다. 한꺼번에 밀려왔다가 한꺼번에 빠져나가면서, 떠올리기가 힘들어. 더 심해지려나.

학교 뒤에 있는 버려진 건물에서 내게 비밀을 하나 말해 줬잖아. 아무도 모른다고. 부모님께도 말하지 않은 얘기를, 내 생각은 어떠냐고 물어봤지. 소금 창고로 쓰던 건물이었는데, 허공에 소금 알갱이들이 떠다니는 건지, 그것들이 코와 입으로 들어와 재채기가 자꾸 나게끔 하는 건 아닌지, 냄새도 가시질 않아서, 금방이라도 자리를 뜨고 싶었지. 네가 유학을 결정한 일에 대해서 뭔가 얘기해 보라고 자꾸 보챘잖아. 고민할 것도 없이 얘기했지. 잘했다, 합격이나 해라, 근데 거긴 얼마나 먼 곳이냐고, 넌 손으로 뒤를 가리키며 반대편, 반대편이라고 대답했어.

나아지는 건 없다. 이렇게 기억을 끄집어내도. 유리가 없는 창문으로 들어오던 빛과, 길게 늘어진 너의 그림자, 교복 속으로 흐르던 땀, 멀리서 울린 종소리, 이런 것들만 떠올라. 그리고 그 건물의 철거를 시작할 때쯤, 너는 더 이상 이곳에 없었지.

배를 한 척 사 볼까. 직접 고기를 잡는 일은 어때. 먼 바다까지 나가면 많이 잡힌다던데. 아니면 최대한 먼 곳에서 일자리를 구하는 것도 괜찮겠지. 네가 말하던 반대편. 어딘지는 모르겠지만 먼 곳으로. 그럴 수 없겠지만. 결국 사람들 손에 끌려 나가 다시 견디는 일을 시작하겠지만.

이곳 바다와는 다른, 파란 바다를, 볼 수 있다면 좋

을 텐데. 그럼 너도 마음에 들어 하지 않을까.

*

보낸 사람: chun0523@×××××.com
받는 사람: 그룹 전송(××× 외)
참조: 없음
제목: 제목 없음

201×년, 지금 어떤 시절인지는 잘 모르겠고, 내년이 사흘 앞이래. 믿어져? 너희가 몇 시간 먼저 싫겠다. 해피 뉴이어. 열심히 살 거야? 이메일 같은 건 너무 간지러워. 이러다 NASA 근처에도 못 갈 것 같음.

*

네가 있는 곳에 다녀오고 나서 부서를 옮겼어. 문화홍보과라는 이름의 부서로. 조직도에 있는 줄도 몰랐다. 나 포함해서 두 명. 관장이 시켰겠지. 신경 안 썼었어. 딴짓하기 좋더라. 그래서 틈만 나면 검색을 시작했지.
유튜브 채널은 이미 알고 있었어. 다른 애가 말해 줬거든. 그쪽에서 이름을 너무 쉽게 지은 거 아니냐. 페이지가 수천 개는 나오더라. 겨우겨우 범위를 좁혀서 찾은 사진이 있는데, 네 친구의 SNS 같았어. 네가 말한 오리발, 그걸 들고 찍은 사진. 웃통을 벗고 무릎까지 내려오는 팬츠를 입은 네 모습. 보기 좋게 살을 태운 느낌이 아닌 역광의 그늘에 흡수된 듯한 몸통. 얼굴이 흐려서 자세히는 알 수 없었는데 서 있는 폼이 딱 너였어. 근데 메시지를 안 받더라. 방치된 계정인지, 그도 없는 사람인지. 혹은 네가 아니었는지.

학교 행사 사진이나 지역 축제 같은 사진들도 하나하나 뒤져 봤어. 비슷한 사람이 찍히진 않았을까, 동양인이 자주 보이진 않았지만 가끔 확대를 해서 오랜 시간 들여다봤다. 아무렇지 않게 연락이 닿으면, 그때 욕을 몰아서 할 심정으로.

언젠가 전화를 한 적이 있지. 뭐에 취한 건지 혀가 잔뜩 꼬여서는 한동안 말이 없다가, 돌아가지 않겠다, 돌아갈 수 없다. 나는 계획을 물었고 너는 길게 욕을 했지. 욕만 하다가 끊은 통화에서 간간이 들려온 잔기침과 병 깨지는 소리. 분에 못 이겨서 다른 애한테 전화를 했다. 최근까지 전화를 받은 건 나밖에 없다더라. 무슨 애길 나눴냐고 묻는데 별 얘기 없었다고 했어. 걔는 뭔가를 아는 사람처럼 끈질기게 묻고는 끊었지.

한국 대사관의 전화를 처음 받은 것도 나였어. "한국 대사관입니다." 네 이름을 묻고, 내 신원을 확인했어. "관계가 어떻게 되시죠." 지하철을 타러 가는 길이었는데 사람들이 자꾸 내 등을 치고 가는 거야. 잠시만요. 들고 있던 외투와 가방이 떨어져서 밟히고, 그중 한 사람을 쫓아가 윽박을 질렀지. "관계가 어떻게 되시죠." 그 사람은 가려는데 내가 자꾸 붙잡고 화를 냈어. "관계요." 대답을 미루고 싶었다. 대답을 해 버리면……. 다시 돌아올 대답에서 어떤 징후를 느낀 건지 급기야 주변 사람들이 나를 말리고 나는 이미 주저앉았지.

검색하는 일이 지겨우면 같이 다녔던 학교 홈페이지에 들어갔다. 학교 사진들을 둘러봤지. 거의 바뀐 것이 없는 그곳에 직접 가기는 싫고, 네 기억을 떠올리기 위해. 쉬운 일이 아니었다. 기억을 억지로 떠올릴 때마다 푸른 물안개가 무성하게 내 주위를 감싸는 것 같았어.

우리는 만나서 네가 사라진 일에 대해 얘기를 나눠 볼까 했지만 그러지 않았지. 그럴 리 없을 거라는 낙관. 그럴 일은 벌어지지 않을 거라는 낙관. 누구도 너에 대해 알지 못하고 누구도 우리에 대해 알 수 없는데. 아직도? 연락 없지? 잘 있겠지? 무소식이니까 희소식? 졸업은 했겠지? NASA? 극비에 우주선 개발? 결혼했나? 시민권? 아님 오지에 갔나? 도박에 빠진 거야? 무장 단체? 겁 많았잖아? 혹시 이미 들어온 걸까? 유학 열풍도 줄어들었으니까? 우리가 싫은 걸까? 이런 가능성들.

다만 우리의 추측들 중에는, 네가 서핑 중에 실종됐다는 가정은 결코 없었다.

*

나는 검역소까지는 못 가겠다고 했어. 검은 옷은 좀 아니었더라. 네 가족들 눈을 피해야겠다고 생각했지.

공항 로비에 앉아 있었어. 그리고 사람들. 다른 인종의, 다른 옷차림의, 다른 표정의 사람들. 멀거나 가까운 나라에서 오가기 위해 모인 사람들을 구경했지. 분수대 앞에 앉아 뭔가를 최대한 미루고 있었어.

바다를 등진 몸짓으로, 바다를 향해, 바다를 밀어내는 눈빛을, 바다를 향해, 바다에서 네가 떠밀려 왔듯이, 그런 기분으로 서서히, 이제 바다에는 가지 않겠다, 바다는 없는 거야, 술에 취해 자주 중얼거렸지. 대리운전은 하지 않아. 화장품도 팔지 않아. 아무 일도 하지 않기로 했어. 그저 입을 벌리고 누워서 하얀 천장에 건축되는 기억들을 바라봤지. 네가 없어지는 거야. 턱이 가려워. 손가락들이 가려워. 음악도 듣지 않아. 서핑 보드에 올라선 것처럼 일어나서 중심을 잡아 봐. 뭘 위해서 파도에 들어간 거야. 뭘 위해서 유학을 간 거야. 어디로 가려던 거야. 축구도, 태권도도, 달리기도, 철봉도 안 했잖아. 누가 알려 준 거야. 누가 등을 떠민 거야.

우리가 그 시간 내내 너를 찾는 일에만 몰두한 건 아니었지. 언제부턴가 모여도 네 얘기를 하지 않았어. 하지만 기다렸는데. 우리가 밉나, 누가 실수를 했나, 이런 관계였나, 이런 기다림과 이런 시간이 전부 휩쓸려 갈 수 있는 건가, 나타나 봐라, 과거를 압축시킬 수 있다, 너를 계속 줄일 수 있다. 저기 애들이 검역소로 들어가는데, 울고 있는데, 그 모습이 너무 파랗다.

곧 일어날 거야. 눈부신 국기들과 항공사 로고들, 전광판을 바라보기가 힘들다. 네가 실린 비행기도 나타나고. 랜딩을 했겠지. 관제사와 기장의 무전도, 수신호도, 모두 끝났겠지. 이제 네가 내릴 일만 남은 거야. 여기로, 우리에게로, 오는 일만.

*

너는 온다. 네모로. 네모 속에서. 바퀴 달린 상자처럼 온다. 네모를 벗어난 네모. 상자 같지 않은 화물. 화물 창구에서 너는 온다. 활주로가 우리를 바라보고 있다. 활주로를 구성하는 것들이 사라지고, 노을 속으로 빨려 들어가는 왜곡된 물체가, 여기로 추락하는 중이다. 두꺼운 유리창. 우리의 모습이 잠깐씩 비쳤다가 무서워진다. 너는 특수 화물이다. 너는 특수하게, 일반적이지 않게, 입국 심사도 받지 않고, 캐리어도 찾지 않고, 공항철도에 갈 일도 없고, 여독을 풀 생각에 설레지도 않고, 화물이 되어서, 외국어가 많이 적힌 상자에 누워서, 온다. 살균이 된 상태로, 안전하게, 안전하지 않으면 빨간 등이 켜지겠지, 검역소 직원들이 분주해진다. 기자가 온 것 같아, 꺼지라고 할까, 아무도 말리지 않지만, 모두 같은 심정으로, 그가 카메라를 내려놓길, 유난을 떨지 않길, 혼란을 야기하지 말길, 조용히, 우리 앞에 네가 다가오는 순간에 집중하게끔, 자리를 뜨기를. 공항로 272, 너는 오는 중이지만, 너는 오지 않고, 네가 전염병도 아닌데, 산책 같은 절차, 다시, 너는 오는 중이며, 가족들이 휘청거린다. 우리를 졸졸 따라다니던 네 동생, 우리보다 덩치가 커졌는데, 앞으로 나서질 못하고, 부모에게 팔을 내주고, 차마 못 있겠다던 애가 멀리서 달려오다 넘어지고, 잠깐 눈을 돌리는 사람들, 가던 길을 멈추고 이쪽을 바라보는데, 시간이 지나가길, 기억이 지나가길. 너에 대한 각자의 기억과, 모두의 기억이, 희미한 물질이 되어서, 검역소를 통과해, 네게로 간다. 너는 온다. 끊임없이, 7년, 혹은 그보다 더, 우리를 지나쳐 우리가 모르는 곳으로, 오면, 가면, 그보다, 아무것도 해결되지 않았고, 물을 수가 없고, 네가 오면 하기로 했던 많은 약속들이, 장소들이, 말들이, 갑자기 펑 터져 버린 것처럼, 작은 입자들로, 어두워지고, 어때, 이건 환대가 아닌데, 플래카드라도 준비해서 입국장에 있을 예정이었는데, 새로 지어진 어시장 건물로 가려고 했는데, 다른 바다에 가려고 했는데, 박물관에 가려고 했는데, 네 유튜브 채널에 영상을 올리고 싶었는데, 마침내. 검역소를 통과한 네가 우리 앞으로.

*

상하이에 신톈리라는 곳이 있어. 외관은 예전 모습인데 내부를 현대적으로 바꾼 건물이 많아. 조악하다는 느낌은 없고, 밤이 되면 골목들로 사람들이 쏟아진다. 마라롱샤가 익어 가면서 뿜어내는 연기와 누군가 대충 휘갈겨 쓴 필체의 간판을 보면 많은 것들이 부질없어져. 같이 가고 싶었어. 밤새 비닐장갑을 바꿔 끼고 바이주에 취해서 헛소리를 하고, 옛날 얘기나 앞으로의 얘기들을 나누고 싶었어.

주재원 생활을 정리하고 돌아왔어. 누가 시키지도 않았는데, 자연스럽게 이직할 곳을 알아봤지. 그런데 적응하기가 너무 힘든 거야. 떠나온 건 똑같은데. 늦게까지 일을 하고 집으로 돌아오면 습관처럼 네가 만든 유튜브 채널에 들어갔어. 켜 놓고 잘 때도 많았지. 달달 외울 정도야. 이제 그만 보라고들 하더라.

새해야. 지하철에서 새해를 맞이했어. 반대편에 앉은 연인이 조용히 카운트를 하는데 속으로 나도 따라 했지. 햇수로 또 1년이 더해졌네. 다들 포기한 분위기야. 이제 만나도 네 얘기를 꺼내지 않아. 자주 만나지도 않지만. 그래도 그해 마지막 날에는 꼭 모이거든. 우리가 살았던 곳에서.

말을 안 꺼낼수록 기억이 자꾸 떠오른다. 의식 깊숙한 곳에서 호시탐탐 기회를 노렸던 것처럼. 모두 비슷할 텐데 자꾸 딴 얘기만 해. 새로 나온 휴대폰이나 스포츠 뉴스, 연예인들의 가십, 대형 사고, 이런 것들. 정치 얘기 까지 꺼내면 뭐, 말 다 했지. 다들 알아. 얘깃거리가 필요 했던 거야. 너와 최대한 먼 거리에 있는 것들. 나중엔 조 용해지지. 재작년엔가, 박물관 관장 욕을 실컷 하던 애 가 갑자기 울어서 놀랐어. 술에 취해서는 자꾸 바닷물 이 여기까지 밀려오는 것 같다고. 검은 물이 안 보이냐 고. 어쩌면 저 속에 네가 있는 게 아니냐는 소리를 하는 거야. 누가 때리다시피 말렸는데 기억이 잘 안 나네. 재 수 없는 소리긴 했는데 걘 뭔가를 예감할 걸까. 어릴 때 에도 헛소리를 자주 했잖아.

개가 도깨비불을 봤다고 했지? 헐레벌떡 달려와서 는. 우리 전부 가로등 아래 모여 있었는데, 네가 확인하 러 가 보자고 했잖아. 저녁을 먹으러 집에 가지도 않고 소금 창고 쪽으로. 걘 누구 등 뒤에 숨어서 손가락으 로 산을 가리켰어. 맞아, 그때도 펑펑 울었지. 푸르스름 하고 동그란 불빛이 허공에 떠서 자기를 쳐다봤다고 했 어. 그 말을 누가 믿겠어. 다들 집에나 가자고 했는데, 네 가 억 하는 소리와 함께 굳어 버렸지. 정말 있었어. 파랗 고 동그란 빛이. 물체가. 한동안 떠 있다가, 추락하듯, 우리에게 달려들었지. 먼 곳에 있다고 느꼈는데, 순식간 에 시야가 푸른빛으로 가득했어. 누가 먼저랄 것도 없이 자리를 벗어났잖아. 서로 다른 방향으로. 다음 날 약속 이라도 한 것처럼 아파서 모두 결석하고.

뭐였을까. 우리가 뭘 본 걸까. 있지도, 없지도 않은. 무수한 도깨비불. 무수한 기억들.

천아. 이제 그 채널에는 들어가지 않으려고. 업로드 알림을 기다리는 일도, 불쑥 네 생각을 하는 것도. 전부 그만두려고. 이제 그럴 시간이잖아.

*

술을 좀 마셨어. 나뿐만 아니라 나머지 다섯 명도. 조금이 아니네. 많이들 마셨지. 사람이 많았겠어? 외국에 있는 네 친구들이 올 것도 아닌데. 화장터를 나오자마자 술부터 찾았어. 너무 참았나 싶을 정도로. 말없이 넘겼지. 계속. 오랜 시간. 술병이 쌓이는데, 그러다 현우가 뭔가 결심한 사람처럼 벌떡 일어났어.

가자.

자꾸 어디를 가자고 보채. 다들 싫다고 했지. 병신 같잖아. 눈이 빨갛게 익어서는. 그러곤 주머니에서 핸드폰을 꺼내. 큰 소리로 읽는 거야.

　　저녁마다 그립고 항상 오리발을 챙길 생각이었습니다.

트럭에 오리발이 있을 거래. 경환이가 콧방귀를 꼈지. 어시장 없어질 때까지 뭐 했어, 백수 새끼야.

다들 자지러지게 웃는 거야. 나도 너무 웃어서 술을 바닥으로 뱉었어. 현우만 혼자 진지한 거야. 그러곤 정말 오리발을 가져오더라? 발에 끼고는 앉아서 다시 술을 마셨어. 바다로 가는 줄 알았는데. 그럼 더 웃겼을 텐데. 계속 싸울 거래. 새로 건물이 지어지면 그 앞에 대자로 누워 있을 거래. 알아서 하라고 했지.

태환이는 외국을 너무 돌아다녀서인지 분위기가 묘해졌어. 유식한 거지처럼 보이기도 하고. 추도시를 부탁한 건 나였는데 어쩐지 계속 미안하네. 애들이랑 말도 안 하고 혼자 중얼거리더라. 매운탕에 담긴 생선 대가리를 쏘아보는 것 같기도 했고. 나중엔 토를 하러 나갔다가 담배 피우던 경환이랑 싸우는 거야. 이 새끼 관장 욕하는 것 좀 멈추게 하라고 소리를 막 질러. 경환이는 우리가 못 겪어 봐서 그렇대. 다들 딴청을 피웠어. 아, 은희가 그때 말했다. 그럼 그 자리 자기한테 넘기라고. 다시 화장품 팔아야 하는데 그건 좀 지겹다고. 그제야 경환이가 입을 꾹 닫더라.

가게 아주머니가 이제 집에 가라고 했어. 그럴까 하는데 현우가, 사장님 먼저 들어가시죠, 말하는 거야. 자기 엄마한테. 어머님이 오셔서 현우 머리를 때렸어. 적당히들 마시고 문단속 잘하래. 나도 오랜만에 뵙기도 하고 취해서 어머님 얼굴이 가물가물했어. 전부 일어나서 꾸벅 인사를 드렸지. 우리끼리 남으니까 뭔가 개운한 기분이었다. 벽에 걸린 텔레비전에선 시끌벅적한 예능 프로그램이 흘러나왔고, 몇 개 없는 테이블에 따로 앉아서 가쁜 숨을 뱉었지. 술이 떨어지면 냉장고에서 꺼내 오고 안주가 없으면 주방으로 향하고.

호영이는 아예 드러누웠어. 자꾸 중국말을 해. 꼭 욕하는 것 같았는데. 이상한 술버릇이지? 중국에 오래 있다 와서 그런가. 은희가 호영이 옆에 가서 자기도 좀 알려 달라고 했어. 알려 주는 호영이나 그걸 따라서 하는 은희나. 웃겨서 계속 바라봤지.

그러다 잠에 들었나 봐. 눈을 뜨니까 아무도 없는 거야. 누구 옷인지 모를 외투를 덮고 눈만 껌뻑였어. 머리가 조금 아프긴 했는데. 멀리서 파도 소리가 들려오더라. 눈을 감았다가 뜨는 속도에 맞춰서, 다가왔다가 멀어지는. 애들이 불을 끄고 가서 컴컴했어. 더 잘 들리는 거야. 어떤 고저가. 부피가. 흐름이. 눈을 감으니까 다시 우주선이 보였어. 하얀 점으로 멀어지는 우주선이. 노을 너머로 사라지고 그 아래 손을 흔드는 네 모습까지. 파도 소리에 맞춰서 나타났다가 사라졌지.

한동안 그렇게 누워 있는데 갑자기 밖이 시끄러웠어. 애들이 다급하게 달려오는 게 보였지. 도깨비불이라도 본 걸까. 태환이가 식당 안으로 들어와서 불을 켰어. 갑자기 환해져서 눈이 아팠지. 다른 애들도 들어왔는데, 경환이가 강아지 한 마리를 안고 있는 거야. 뭐냐니까, 너래. 천이 왔다. 천이 온 거야. 다들 너를 부르는데 도대체 술을 얼마나 더 마신 걸까 싶었어. 바닷가로 가는 길에 만났대. 그러곤 내 품에 넘겼어. 강아지는 놀란 건지 잠이 덜 깬 건지 귀찮은 건지 눈을 반만 뜨고는 나를 바라봤어. 나중에 알고 보니까 옆집에 살던 애더라. 따듯해서 잠깐 안았다가 얼른 내려놓았어. 궁둥이를 흔들면서 식당 밖으로 나가는데 애들이 시무룩한 표정을 지었어.

다시 나가자고 했어. 바닷가로 가자고.

해변에 나란히 앉아, 출렁이는 너를 보며, 우리의 이름을, 내 이름을, 다시, 불러 달라고. 그러니 가자고.

모두들 제대로 걷지도 못했어. 골목들을 헷갈리고 다시 길에 나와서 가로등을 바라보고, 가까운 것 같았는데 도저히 찾아갈 수가 없었어. 우린 계속 휘청거렸어. 언제까지인지는 모르겠지만. 파란 기억으로. 파란 기울기로.

2부

서울

지난 일에 대해 생각하지 않기로 했다. 썰매를 타다가 다리가 부러졌다. 부러진 다리로 등교를 하면서 친구를 밀었다. 정원에 이름 모를 곤충들이 뛰놀기 시작했다. 거위에 대해 자주 생각했고 거위를 데려온 날 새벽에 오줌을 지렸다. 1986년 봄, 체르노빌 원전 방사능이 유출됐고 2년 뒤, 서울올림픽이 개최됐다. 동생은 화장실에서 호돌이 인형을 찢고 있었다. 직접 털을 뽑아라. 아버지가 시키는 대로 닭의 모가지를 비틀었다. 학교에 나가지 않았다. 절에 사는 친구가 물에 빠져 죽었다. 아무도 울지 않았다. 오래된 소나무가 번개에 맞아 쓰러졌다. 동사무소 직원이 집에 찾아왔는데 가족 모두 부재중이었다. 토끼를 잡으려고 설치한 올가미에 노루가 잡혔다. 급식으로 햄버거가 나왔다. 김치와 함께 먹었다. 연등 행렬을 준비하다가 몰래 양초를 훔쳤고, 나뿐만이 아니었다. 형들은 틈만 나면 소각장으로 오라고 했다. 배에 힘 줘라, 그러곤 얼굴을 때렸다. 손목에 무당벌레가 자랐다. 코끼리 형상의 연등을 끌었는데 도로 옆에서 구경하던 사람들이 힘내라고 소리쳤다. 골방에서 자주 허벅지를 주물렀다. 누군가는 요통이라고 누군가는 엄살이라고 했다. 돼지를 잡는 날이면 부러 집에 가지 않고 하천에서 물살을 구경했다. 장마가 지나면 파리로 피라미를 잡았고 날이 어두워질 때 모두 풀어 줬다. 돼지 멱따는 소리가 이명처럼 남아 있었다. 만화 주제가나 교가를 부르며 지난 일에 대해 생각했다. 아니다. 미래에 대해 생각하지 않는다고 말했다가 발가벗겨진 채로 쫓겨났다. 우체통에 빨간 편지가 꽂혀 있었다. 아버지 100원만, 100원만. 서촌 뒷골목에서 술을 마시다 건너편에 앉은 누군가에게 돈을 달라고 했다. 돌담길에 토를 했다. 경찰 버스가 빼곡하게 주차되어 있었다. 정원을 청소하던 날, 개가 뛰쳐나가 하루 종일 동네를 뛰어다녔다. 개가 다른 개를 물었다. 망치로 주둥이를 때렸다. 후각을 잃은 개는 세 달 뒤에도 다른 개를 물었다. 파이프 혹은 나무토막에 올라타 내리막길을 질주했다. 타이어가 느슨해진 자전거를 타고 하교했다. 형들 중에 키가 제일 큰 형이 물에 빠져 죽었다. 학교에 나갔다. 유스호스텔을 지날 때면 수련생들의 교복이 궁금했다. 종이컵에 오줌을 담아 던지고 도망갔다. 종로를 걷다가 친구들에게 그 일을 말하자 모두 자지러졌다. 지난 일에 대해서 습관적으로 떠벌렸다. 한옥을 갖는 게 꿈이라고, 그 전까지는 절대 집을 사지 않겠다고 말한 친구는 갑작스럽게 이민을 갔다. 초록색 바나나를 보내 주곤 했다. 으름나무에 올라가 가지를 흔들었다. 떨어진 으름을 모아 관광객들에게 팔았는데 돈벌이가 괜찮았다. 떡볶이를 사 먹고 노래방에 갔다. 터널 공사가 끝나자마자 산사태가 일어났다. 죽지 않았다. 형들은 졸업식에서 교복에 계란을 묻혔다. 한심하다고 생각하며 교복을 받았다. 다른 후배에게도 전해 줘라. 아니요. 저만 입을게요. 갈대가 흔들리고, 흔들리는 갈대 사이를 걷다가 능선을 바라보고, 이곳을 벗어날 순 없을까, 이곳에 머물 순 없을까, 이런저런 생각을 하다가, 지난 일에 대해 생각하지 않기로 결심했다. 결심, 그는 코웃음을 쳤고 택시나 잡으라고 했다. 바지 밑단이 비에 젖어 걷기가 힘들었다. 현금인출기 안에 있는 사람들이 우리를 바라봤다. 잇몸에 동상이 걸렸다. 의사는 의사 생활 16년 만에 이런 경우는 처음 본다고 말했다. 아픈 부위가 혹처럼 부어 있었다. 극장 근처에서 냉면을 먹었다. 도쿄 올림픽이 기다려졌다. 닭의 모가지를 비틀어 털을 뽑고 내장을 제거하고 끓는 물에 넣을 때까지 동생은 보이지 않았다. 일본에 다녀올 때면 노트를 내게 선물했다. 산 정상에 있는 비석에 침을 뱉었다. 저주를 받을 거라고 했다. 집 앞 가로등 스위치를 내리다 감전당했고 벌침이 발바닥을 파고들었다. 저주에는 속수무책이었지만 산은 계속 올랐고 몸이 두꺼워졌다. 졸업 여행에서 무슨 일이 있었는지 전혀 기억이 나질 않았다. 조개를 굽고, 마지막에 도착한 누군가를 놀렸던 것 같다. 아침마다 태평소 소리를 들었다. 영사기를 반대로 돌리자 꿈에 젖은 장면들이 마치 실재처럼 스크린에 펼쳐졌다. 그는 기적이라고 말했다. 아버지는 밑도 끝도 없는 병신이라고 말했다. 가족은 깊은 바닥을 드러내며 결정적인 순간마다 기나긴 소음으로 돌아갔다. 종종 우박이 떨어졌다.

나는 지구공동설에 대한 자료를 찾기 위해 NASA 방문을 결심한 적이 있다. 지금은 사라진 남작을 수소문한 적도 있다. 남산타워에 가 본 적은 없으며 선인장을 키워 본 적도 없다. 세계는 여전히 증기의 시대라고 말한 적이 있다. 고궁박물관에서 제국 최초의 자동차에 오르려다 제지당한 적이 있고 그 뒤로 박물관에 가지 않았다. 상하이 홍차오 공항에서 탄탄면 국물에 고량주를 마시는 사이 항공기 랜딩에 문제가 생겼다는 방송을 듣고 한 병을 더 주문했다. 취한 채로 호텔로 돌아가 욕조에 몸을 담갔다. 복도에서 쫓고 쫓기는 소리가 들렸다. 침대에 눕자 정신이 아득해졌다. 도롱뇽을 도마뱀으로 착각하고 잡았다가 양손 가득 점액을 묻히고 얼굴을 만졌는데 정체 모를 돌기가 돋아 3일을 드러누웠다. 잉어를 갈아 만든 약을 마실 때마다 속이 뒤집어졌고, 정원에 이끼가 번식했다. 기억하지 못하는 것은 빙벽을 만들다 미끄러진 인부와, 성당을 철거하고 지어진 수련원과, 건물보다 거대한 불상에 절을 하는 주민들이었고, 산에서 길을 잃어 다음 날 아침에 제 발로 걸어 나온 친구가, 그 이후로 정신 나간 짓을 하고 다닐 때, 터널 공사는 다시 이어졌는데, 우체통에 여전히 빨간 편지가 꽂혀 있었다. 귀신이 산다는 사당의 문을 열자 부패한 제사 음식이 잔뜩 쌓여 있었다. 2005년의 주름. 연탄난로를 설치하다가 가스를 많이 마셔 사이다로 배를 채웠다. 잠결에 사타구니 털을 만지작거렸다. 철로를 맨발로 걸으며 머리 위 육교를 바라봤다. 지난 일에 대해서 생각하지 않기로 했는데, 어째서인지 결심을 할 때마다 과거는 어떤 리듬을 형성했고, 지나지 않은 장면들이 순차적으로 다가왔다. NASA의 주소를 찾아냈지만 비자를 발급받기가 어려웠고, 남작이라는 작위는 귀족령으로 가장한 제국의 야욕과 허황된 계획의 끄트머리를 상징했으며, 이 사실들을 알았을 때 나는 남산타워에 올라 눈앞에 펼쳐진 전경을 바라보면서 선인장을 키우기로 마음먹었다. 수족관에 다녀온 후로는 범고래를 직접 만져 봤다고 거짓말을 했다. 범고래의 땀, 범고래의 항문, 범고래의 처지를 생각하며 증기기관을 떠올렸다. 결혼을 앞둔 동생과 냉장고를 사러 갔다. 계산원에게 화를 내던 도중에 동생이 사라졌고, 냉장고 대신 안마 의자를 주문했다. 여행을 가는 날보다 여행에 대해 생각하는 날들이 길어졌다. 누군가 공원 정자에 누워 있었다. 오토바이 타는 법을 알려 준다고 했다. 뒤에서 나를 안고 운전대를 잡았는데 까칠한 턱수염이 목덜미를 꾹꾹 찔렀다. 올갱이해장국을 먹으며 세계가 당장 끝나 버렸으면 좋겠다고 했는데 정확히 세 달 뒤 신혼여행을 갔다. 경마장에서 30만 원을 잃었다. 말이 경기 중 거품을 물고 쓰러졌다. 당황한 기수는 말 옆에 앉아 주둥이를 만지작거렸다. 전광판을 통해 상황이 전달됐다. 말은 죽어 가는 것처럼 보였는데 가끔 기수의 손을 혀로 할짝댔다. 말없이 전광판을 바라보던 옆 사람이 내게 잘생겼다고 했다. 독한 마음을 품었다. 도시의 공기는 자꾸 탁해졌으며 공해로 인한 피해가 속출했다. 쓰지도 않을 마스크를 잔뜩 쌓아 뒀다. 방진복을 만들고 싶었다. 사금융을 통해 대출을 받았으며 그 돈으로 경복궁 근처에 집을 얻었다. 곤봉과 방패를 든 의경들이 자주 보였다. 고양이를 발로 걷어차는 노인에게 화를 냈다. 구불구불한 선이 지나갔다. 꼬리날개를 잃은 비행기가 산맥을 향해 추락했고, 우리는 마치 돌이킬 수 없는 일을 저지르기 위해 태어나는 것 같았다. 아버지를 보살폈다. 아버지의 태도는 열렬한 신자와 같았으며 자신의 처지를 한탄하기 위해 정원을 갈아엎었다. 목소리가 들려왔다. 듣지 않았다. 비슷한 짓거리를 공모하고 있음에도 친구들의 신분은 판이했다. 야망을 설명하기 위해서 나는 무슨 말을 했던가. 교장이 관할하는 학급은 따로 있었다. 출석부에서 눈을 떼지 않았다. 남학생들이 아양을 떨었다. 응급차와 가로수가 충돌하는 사이, 나는 달력을 찢어 뒷면에 유서를 적었다. 아무도 읽지 않았다. 가로등 불빛이 허공과 충돌했다. 깨어 보니 아무도 없었다. 서울을 벗어나기 위해선 악몽을 꿔야 했다. 지난 일들을 후일담 정도로 기억하고 싶었다. 천사 형상의 동상들을 붙잡고 한탄했다. 활주로가 자꾸만 길어졌다. 달리고 달려도 끝이 보이지 않았는데 이륙을 준비 중인 수송기가 격납고로 기수를 돌렸다. 모두 달아났다. 꿈에서 누락시킨 상념과 앨범, 약속을 지키기 위해 제가 돌아왔습니다, 가방을 뒤지던 그가 잠꼬대 같은 소리를 지껄이면서 신경질적으로 미간을 찌푸렸다. 잠 속으로 나방이 날아들었다.

탑골공원에 앉아 비둘기들에게 먹이를 줬다. 위협해도 달아나지 않았다. 버스를 잘못 타 말죽거리에서 내렸다. 건물을 철거한 자리에 그림자가 면적을 넓혀 갔다. 하얗고 기다란 호스에서 물이 쏟아졌다. 수염이 거미줄처럼 자랐다. 거울을 보고, 거울을 깨는 상상을 하고, 상상을 의식에서 떼어 놓기 위해 나는 계속 연결됐다. 고지서를 모아 서랍에 넣곤 다시 꺼내지 않았다. 사람들이 모인 광장에선 계단에 웅크리고 앉아 움직이지 않았고 간간이 들려오는 노래를 따라 불렀다. 개발이 한창이던 시절의 흑백사진을 자주 들여다봤다. 상식적이었다. 여름이면 다리 위에서 다이빙을 했는데 누군가는 바위에 머리를 찧었고 누군가는 물을 잔뜩 먹었다. 말죽거리에서 다시 버스를 탔다. 달력 뒷면에서 아버지의 젖은 머리카락이 서서히 흘러나오고 있었다. 눈송이가 모스부호처럼 차창을 두드렸다. 물결을 일으켜 주세요. 종점에 내리며 중얼거렸다. 계절이 도로를 추적했다. 꿈을 꾸는 속도로 미끄러지면서 살에 박히는 기억을 굴곡으로 남겼다. 지난 일에게서 전속력으로 달아났다. 공동의 기억에 대해서 말할 수 없었고 용기가 나질 않았다. 하늘은 녹색이었고, 언제까지고 녹색일 것만 같았고, 나를 제외한 수많은 현상들이, 내 안에서, 어떤 색을 갖추기 시작할 때, 나는 말했지, 소용없는 짓이라고, 동시에, 시간과는 상관없이, 방 안으로 죽은 범고래가 바닷물에 떠밀려 왔다. 바닷물이 밀려오기 전에, 바닷물에 밀리기 전에, 바닷물에 빠지기 전에, 바닷물을 마시기 전에, 바닷물을 잊기 전에, 서울을 떠날 수 있을까. 산책을 마치고 집으로 돌아갈 때면 부러 골목을 돌고 돌았다. 위태롭게 흔들리는 표지판을 흘겨봤다. 먹다 남은 음식은 변기에 버렸다. 양초를 창틀에 두고 불을 붙였다. 촛불이 바람에 흔들리지 않았다. 비명을 표현하기 위해 손목에 자란 무당벌레를 짓이겼다. 습관 같은 묘사와 의미 없는 서사에 진절머리가 났고 분할된 세계의 격자를 유지하고 싶었다. 어림없는 짓이라고 했다. 간밤에 입술이 찢어졌다. 창공에 비행운이 빗금처럼 그어졌다. 아파트 옥상을 높은 곳에서 바라보고 싶었다. 택시로 강변북로를 지날 때 창밖으로 걸어가는 사람을 봤다. 교복을 입은 아이의 손을 잡고 있었다. 한강이 점점 다가왔다. 오리 배가 도로를 질주했다. 기사에게 여기서 내리겠다고 말했다. 강 건너 이제 막 지어진 타워가 안개에 가려 보이지 않았다. 지난 일을 근거로 미래를 예측할 수 없었고, 미래는 남의 일 같았으며, 기대하지 않았고, 기다리지 않았고, 자전거를 새로 사기 위해 청계천 주변을 배회하다가, 차라리 성벽을 구경하리라 다짐했다. 폐교가 되어 버린 중학교 건물에 미술관을 건립한다는 소식을 들었다. 다음 날 예산 부족으로 안건이 취소됐다는 전화를 받았다. 새벽에 창문이 스스로 열렸다. 누군가 또 산에서 내려오지 않았다. 동생은 그곳에 다시는 가지 않겠다고 말했다. 바위들마다 이름을 지었다. 나는 자주 숨고 싶었는데 어디에든 나타났다. 실제로는 아무런 말도 할 수 없고, 내색도, 질색도, 지루하고, 전혀 현실적이지 않고, 현실에 대해서 생각하면, 순간적으로 코가 아팠다. 재난이 다가오면 두 팔을 벌려 반길 작정이었다. 우체통이 텅 비어 있었다. 현관문을 열었다. 간밤에 내린 눈이 도로를 더럽혔고, 나는 회색으로 변한 눈덩이를 발로 비볐다. 골목을 지나쳤다. 사람들이 거리를 향해 뛰어가고 있었다.

서울 ─ 남작

지난 일에 대해 생각하지 않기로 했다. 지난 일. 대신 나는 남작에 대해 자주 생각했다. 그는 종종 나를 낯선 상상 속으로 빠지게 한다. 물어볼까, 왜 지금 은행 창구 앞에 서 있지. 할 말이 없다. 남작은 젊고 돈이 많다, 이 것이 내가 아는 전부다. 남작은 견장을 만지작거리면서 걷는 중인데 왼쪽 가슴에 걸린 견장들이 전부 몇 개인지 수를 셀 수가 없다. 남작은 가슴이 단단하다. 틈만 나면 테니스장에서 땀에 젖은 수건을 돌돌 말아 목에 걸치곤 으스대는 표정으로 네트 너머를 바라봤다. 남작에게 물어볼까. 나는 계속 상상한다. 남작은 젊고, 테니스를 좋아하고, 돈이 많다. 남작님. 남작은 줄을 서지도 않고 은행원에게 곧장 다가가 쥐구멍처럼 작은 창구를 통해 어떤 증서를 받아 품에 넣는다. 남작님, 저 좀. 남작은 나를 볼 리가 없고, 견장들이 내는 소리에 발을 맞추며 은행을 빠져나간다. 남작은 사람이 모인 곳을 찾지만 거리는 한산한 편이고 전차 두 대가 교차하며 미끄러지는 철로를 따라 아이들이 뛴다. 남작은 오랫동안 거위에 대해 생각했다. 정원에 딸린 물웅덩이에는 거위가 사는데 어디서 왔는지 누가 데려왔는지 언제부턴가 넓적한 부리로 털을 고르며 저녁마다 꽥꽥거렸다. 정원사를 시켜 거위를 쫓아내라고 말했지만 어쩐 일인지 정원사가 집을 나가고 거위는 그대로였다. 왜 이런 중요한 순간에 거위가 떠오른 거지. 남작의 생각을 읽는다. 남작은 고개를 절레절레 젓는다. 거위 같은 건 이 칼로 단숨에 벨 수 있지. 허리춤에 찬 칼집에 손을 올린다. 이럴 때가 아니다. 남작은 돈이 많고, 거위를 키우고, 아들을 찾으러 가야 한다. 사람을 보내도 되지만 남작 자신이 직접 가는 이유는 일을 확실하게 처리하기 위해서다. 벌써 네 번째다. 아들 여럿이 돌아가며 남작을 불렀는데 연기에 취한 그들은, 아버지 세습은 여기서 끝내요, 믿기 어렵겠지만 우린 울타리에 관심이 없어요, 거위의 똥구멍처럼 입술을 벌렁거렸고, 남작은 화를 내는 대신 그들을 이해한다는 듯이 잠시 추억에 빠졌다가 의사를 불렀고, 이 밑도 끝도 없는 병신들을 어떻게 할까, 의사에게 물어보지만, 별다른 대답은 듣지 못한다. 마지막으로 의중을 물어볼 생각이다. 그냥 거기서 지내는 게 어때. 아들은 연기를 걷어 내며 손을 내밀겠지. 나는 남작의 인내심이 이제 극에 다다랐다는 사실을 알고 있다. 남작은 몸집보다 큰 예복을 펄럭이며 걷는다. 소매에는 백합이 금실로 수놓아져 있다. 양장점 직원은 남작이 유독 자수에 집착한다고 말했다. 남작은 골목으로 들어선다. 그늘진 자리에 앉아 나물을 파는 사내가 보이고 그에게 말을 걸기 위해 다가가지만 사내는 재빨리 나물이 담긴 바구니를 품에 챙겨 자리를 벗어나고 사내의 턱을 잡으면 어떤 기분일까 궁금증이 인다. 하얀 가루가 마치 절취선처럼 길바닥에 뿌려져 있다. 아들은 자신을 원망하라고 말했다. 너를 사랑할 생각도 없단다. 남작은 듬성듬성한 가루들의 흔적을 쫓아 아들이 있는 곳으로 향한다. 아들은 바닥에 쓰러져 있다. 누운 채로 남작을 바라본다. 기둥 하나 보이지 않는 넓은 홀에 아들과 남작 둘뿐이다. 손바닥만 한 환풍기를 통해 거리를 오가는 사람들의 대화 소리와 말이 처벅처벅 굽을 끄는 소리, 누군가를 뒤쫓는 듯한 호각 그리고 비명 소리가 홀 안으로 뛰어든다. 한심해서 견딜 수가 없다. 남작은 아들 곁에 한쪽 무릎을 꿇고 앉는다. 오랜 시간 바라본다. 아들에게 충분히 남작의 분노를 파악할 수 있을 정도의 시간 혹은 자신의 과오를 깨달을 수 있을 정도의 시간이 주어진 셈이다. 남작의 말만 들었다면 제국의 육군으로 입대해 책상에 앉아 파이프를 입에 물고 하릴없이 지시봉만 만지작거리는 무능한 지휘관이 됐을 텐데. 아들의 미래를 남작에게 속삭여 주고 싶다. 남작은 바닥에 침을 뱉는다.

이게 무슨 냄새냐. 아버지도 취하죠. 아들은 몸을 일으
킨다. 남작에 대한 글을 쓰려던 게 아니다. 자꾸만 이런
식으로 흘러가는 장면들에 넌덜머리가 난다. 남작은 아
들을 앞세워 홀을 빠져나온다. 사람이 많은 곳으로 가
자. 거리로 나서자 매서운 눈발이 그들의 시야를 어지럽
힌다. 그들은 사라진다.

　나는 그들의 뒷모습을 가만히 생각하다가 걸음을 옮
겼다. 국립중앙박물관에서는 주로 제국의 유물들을 즐
겨 봤다. 견학을 온 학생 무리에 섞여 직원의 설명을 들
었다. 알아들을 수가 없었고, 이유는 모르겠지만, 사실
이유랄 건 없었고, 서둘러 자리를 벗어나고 싶었지만,
서두를 수 없었고, 서두르는 이유에 대해서는 100가지
도 넘게 댈 수 있는데, 아무도 묻지 않았고, 최대한 서두
르는 티를 내며 밖으로 향했다. 그때까지도 남작은 나
의 의식 속에서 전전긍긍하며 기회만 엿보고 있었다. 남
작은 아들을 차에 태우고 집으로 향한다. 가는 동안 잔
소리를 하는데 주로 자신의 처지에 대한 걱정이다. 내가
어떻게 얻은 작위인지 아느냐, 네 이름이 박윌리엄이라
는 건 아느냐, 맏아들이 망했구나, 뒤에 앉았으니 나를
위해 기도해라. 아들은 꾸벅꾸벅 조는 중이다. 침이 무
릎에 떨어진다. 나는 침으로 얼룩진 무릎은 어떤 무늬
일까 추측하며 내 무릎을 만지작거리다가 내릴 역을 지
나쳤고, 다시 남작은, 잔소리를 이어 가기 위해 입술을
떼는데, 그때, 차에 뭔가 치었고, 놀란 그는 차를 세운

뒤, 상황을 파악하다가, 별일 아니군, 말을 뱉고, 다시 차에 올라타 뒤를 보자, 아들은 사라진 뒤였다. 차라리 그 자식을 들이받았어야 했는데, 남작은 중얼거리며 다시 시동을 걸고, 일단 집으로 가자, 생각하며, 이젠 나를 아예 잊은 것처럼 정면을 바라보는데, 남작의 집은 동숭동 근방이고, 나는 충동적으로 혜화역에서 내렸다. 나는 나의 변덕을 좋아하는데, 지난 일들을 떠올릴 때면 변덕이 조장한 결과들에 대해선 대체로 체념한 편이고, 좋든 싫든 앞으로도 꾸준히 변덕을 부려야겠다고 생각했다. 막차가 임박한 역내는 술에 취했거나, 술에 취하는 중이거나, 술을 깨는 혹은 술을 더 마시기 위해 이동하는 사람들로 붐볐고, 어쩐지 술 냄새가 나는 것 같기도 하고, 그보다는 술을 한잔하고 싶다는 생각이 들지만, 머릿속을 가득 채운 남작에 대한 생각 때문에, 사실 남작의 탓으로 돌리기에는 찜찜하지만, 입맛만 다시며 출구로 나왔는데, 내가 왜 밖으로 나왔는지, 1번도 아닌 4번 출구로 나왔는지, 기억이 나질 않았고, 발길 가는 대로라는 말처럼, 정말 발길 가는 대로 움직이는 것 같아 웃음이 나왔다. 언젠가 술에 취해 도저히 집에 갈 수 없는 상태에서, 일행을 뒤로하고 혼자 여인숙이나 여관을 찾아 하염없이 걸었던 적이 있는데, 지칠 때쯤 커다란 비석이 보였고, 어떤 대학교의 입구였는데, 혹시 빈방이 있는지 물어볼까, 잠깐 서서 고민했고, 그러는 사이 경비실에서 누군가 나와 내게 손짓했는데, 저리 가라

는 건가, 오라는 건가, 사실 의미를 알고 있으면서, 고심
하는 척했고, 그러던 중 그가 점점 다가오는 게 느껴져,
재빨리 자리를 벗어났다. 아마도 이 근방일 텐데, 남작
을 향해 말하는 것처럼 중얼거렸다. 남작은 그때까지도
아들을 찾기 위해, 눈이 벌게진 채로, 다시 거위를 떠올
리며, 아마도 거위를 데려온 건 아들인 것 같다고, 자기
몰래 밤새 거위를 정원에 풀어놓고 달아난 거라면, 그보
다 끔찍한 짓은 없다고, 아들의 소행에 다시 분노를 느
끼며, 거위를 파는 곳으로 가야겠다, 차를 돌려 시장이
있는 교차로로 향한다. 나는 교차로에 서서 길을 가늠
하다가 인적이 없는 골목으로 향했다. 가로등 불빛이 희
미하게 골목을 비추고 있었다. 지난 일이 떠올랐다. 독
한 마음을 품었다. 공해로 인한 피해가 속출할수록 밖
을 쏘다녔다. 기억하는 것은 잠수교를 지날 때 마주친
사람과, 뒷산에서 벌에 쏘여 죽은 사람, 그물에 걸린 물
고기들, 기억하지 않기 위해서, 기억의 가지를 부러뜨리
기 위해서, 기왓장에 생년월일을 적었고, 누군가 깨뜨렸
다는 소식을 들었고, 아무런 감정도 느끼지 않았다. 골
목들이 향한 곳으로 계속 걷다 보니 이제 정말 여기가
어딘지 알 수 없게 됐는데, 남작도 마찬가지인 듯했다.
남작은 후회하는 중이다. 예복이 점점 더러워지고 있다.
시장 바닥에는 구정물이 흐르고 동물의 털과 내장 찌꺼
기 같은 것들이 한데 뭉쳐 구르고 있다. 여기는 언제까
지나 이런 모습일 것 같군, 남작은 코를 부여잡으며 빠

르게 걷는다. 이러다간 귀족회에 가서 도움을 요청해야 할 수도 있다. 나를 머저리 가장이라고 부르겠지, 내 탓이 아닌데, 남작은 씩씩거리고, 남작이 된 것도 내 의지가 아니다. 나중 일은 알게 뭐야, 마치 내게 말하는 것 같다. 우리는 아마도 같은 골목을 걷는 듯한데, 우리는 끊임없다. 남작은 그 사실을 모른다. 이제 다시 아들을 불러 보자. 이 자식은 다시 연기 속으로 들어가 연기 속에서 춤을 추며 연기 속을 헤집는 중이다. 제가 보기에 아버지는 제게 너무 실토하는 것 같습니다, 저는 항상 햇볕인데. 다른 아들들이 들어온다. 나간다. 들어오고 들어온다. 나가고 나간다. 그는 운다. 환기할 구멍이 보이지 않는다. 하소연할 곳이 없다. 알아서 행사(行事)한다. 우리 모두 그렇잖아요, 남작들과 같이 한참이나 찌그러질 수 없다니까요.

그리고 밤은 요지부동이다. 하다못해 시장 근처에서 전전하는 쥐 한 마리도 보이지 않았다. 종로5가까지 걸었다. 개량 한복을 단정하게 차려입은 남자가 다가왔다. 그는 지팡이에 의지해 걸었는데, 그렇다고 하기에는 걷는 폼이 멋졌고, 전문적으로 걷는 방법을 배운 사람 같았고, 그를 따라 하고 싶어 땅을 바라봤지만 지팡이를 대신할 뭔가가 보이지 않았고, 걷기의 선배, 걷기의 왕, 이런 말들이 떠올라 혼자 웃었더니, 자신을 비웃는다고 생각했는지, 지팡이를 세워 공격할 태세로, 검을 쥔 것처럼 비장하게 나를 노려봤다. 나는 스미마셍, 사과를 하며 자리를 벗어났다. 별안간 졸음이 쏟아졌는데, 지독하게 뿌연 안개가 거리 곳곳에서 피어오르고 있었다. 나를 몰아내기라도 할 것처럼. 1995년 국립중앙박물관으로 사용 중이던 조선총독부 건물을 철거할 때, 곳곳에서 먼지구름이 피어올랐고 자주 숨이 막혔다. 졸음을 겨우 이겨 내며 간판을 찾았다. 남작은 결국 혼자 집으로 가고, 양실(洋室)로 들어서자마자 서둘러 책상 앞에 앉는다. 그간 남작은 남작으로서의 책무를 다하지 않았는데 사실 무슨 일을 하면 좋을지 몰랐고, 물어볼 사람이 있다면 묻고 싶은 심정이었다. 집으로 돌아오는 길에 마주친 거리, 그들의 얼떨떨한 표정과 깃발 사이로 휘몰아치던 연기, 먼지, 몽둥이를 손에 든 사내, 건물 뒤에 숨어 아들을 훔쳐보던 아편쟁이, 겁에 질린 은행원이 떠오른다. 그때 문이 열리고 집사가 들어온다. 책상에 주전자와 컵을 내려놓는다. 전화가 울린다. 수화기를 든 집사의 표정이 심상치 않다. 받아 보시죠. 남작은 수화기를 바꿔 받곤 아무런 말도 하지 않는다. 가끔 고개를 끄덕인다. 집사는 그 자리에 있을까 응접실 밖으로 나갈까 고민 중이다. 나는 간판도 없는 여관 앞에서 고민했다. 벨을 눌렀는데 아무도 나오지 않았다. 구체적으로 생각했다. 집사의 처지가 처음부터 이랬던 것은 아니다. 남작 밑에서 일을 하기 시작한 건 네 달이 채 되지 않았는데, 처음 이 집에 고용되었을 때 사실 이런 일을 하게 될 줄은 몰랐고, 자질구레한 심부름만 맡으면 되는 줄 알았지만, 생각보다 할 일이 없었고, 그나마 찾아서 하게 된 일이…… 우리를 가족처럼 생각하시오. 남작은 자주 이런 말을 했고 그럴 때마다 볼이 부풀어 올랐다. 집사가 고민을 끝내고 자리를 벗어나기 위해 몸을 돌리는 순간 남작은 수화기를 내려놓는다. "나더러 가 보라는 군." "어딜 말입니까? 아드님은?" "찾아와." 집사는 서둘러 자리를 벗어난다. 주전자가 천천히 식어 가고 있다. 남작은 주전자를 들어 그대로 입으로 가져간다. 어색한 짓거리를 하는 중이다. 아무 맛도 나질 않는다. 집사는 뭘 가져온 건가. 남작은 옷을 갈아입는다. 예복에 달린 장식과 견장을 떼고 사선으로 연결된 노란 띠를 가지런하게 접어 두는 것만으로도 시간이 지체된다. 칼은 책상 위에 올려 두고 장화를 벗는다. 사람들 사이에 숨어야 한다. 남작은 뭔가 무난한 옷을 찾지만 보이질 않는다. 속옷만 입은 채로 양실을 빠져나온다. 거실로 이어지는 복도에는 앞치마를 두른 인부 몇이 바닥을 쓸고 있는데 남작이 지나가도 쳐다보질 않는다. 가로로 긴 화분, 남작의 아버지를 그린 초상화, 상패, 테니스 라켓이 순서대로 보인다. 남작은 계단 뒤의 쪽문을 열고, 이제야, 나를 본다.

나는 쌓인다. 방에서 시큼한 냄새가 났다. 언제까지고 이 방에 머물고 싶었다. 누군가는 다리를 건넜고 누군가는 산에서 내려오지 않았다. 눅눅한 이불을 덮고 누웠다. 서울을 상상하면, 서울은 길어졌다. 남작은 다시 은행 창구 앞에 서서 누군가를 기다리고 있다. 염탐을 하는 중이다. 이럴 시간에 테니스장에 가고 싶다, 증서를 집에 두고 왔네, 예복을 다시 맞춰야지, 혼잣말을 한다. 나는 다시 그를 부른다. 남작님, 저 좀.

모두 진술

1

혹시 그런 경험 해 보셨습니까, 온몸이 빠르게 타들어 가는 듯한 경험을요. 작은 불씨들이 혈관으로, 근육으로 들어오는 느낌입니다. 타닥타닥 불을 지피는 것처럼 몸 여기저기가 뜨거워질 때면 저는 누운 채로 꼼짝할 수 없었습니다. 언제부터 그랬는지는 잘 모르겠습니다. 열기가 가라앉기를 밤새 기다리곤 했죠. 탁과 다른 교관들이 제 몸에 불이라도 지른 줄 알았습니다. 저보다는 항상 그들이 거칠게 숨을 내쉬었어요. 나무에 몸이 묶일 때면 나무와 함께 타들어 가는 상상을 했습니다.

어릴 적에는 숨바꼭질을 정말 좋아했습니다. 동네에서 친구들과 숨바꼭질을 할 때에는, 부러 놀이가 끝날 때까지 나오지 않았어요. 술래가 오지 않으면 울적한 기분이 들었지만, 그럴 땐 벽에 오줌을 갈기고는 혼자 집으로 돌아왔습니다. 저 하나 없다고 해서 숨바꼭질이 끝나거나 하진 않았으니까요. 다들 해가 질 때까지 지겹도록 서로를 찾다가 집으로 돌아갔습니다. 어쩌면 집으로 가기 위해 숨바꼭질을 하는지도 모르겠구나, 저는 생각했습니다.

원장님은 반대였습니다. 어떻게든 저를 찾아냈죠. 도망을 가진 않았지만 가끔은 원장님을 피해 숨기도 했습니다.

언젠가 원장님께 수련원의 이름에 대해 물어본 적이 있습니다. 찾아보니 알프스라는 지명을 넣은 곳이 많더군요. 알프스 펜션, 알프스 세차, 알프스 마트…… 알프스의 뜻은 희고 높은 산이라고 합니다. 저희 수련원과는 아무런 상관이 없죠. 크게 신경 쓸 일은 아닐 겁니다. 누가 신경이나 쓸까요. 국도를 따라가다 보면 흔히 보이는, 특별히 하얗지도, 높지도 않은, 그런 산중에 자리 잡고 있습니다.

3년 정도 일했습니다. 딱히 정해진 일은 없었습니다. 가끔 수련생들을 인솔하거나 손이 부족한 식당을 돕기도 했습니다. 잡부에 가까웠다고 해야 할까요. 정식으로 채용된 직원은 아니었죠. 보수가 그리 많지도 않았고, 그저 숙식이 제공된다는 점이 좋았습니다. 그리고 혼자 쓸 방이 있다는 것에 만족했습니다. 제게는 집과 같은 곳이었죠. 단순히 밥을 먹고 잠을 잔다고 해서 그렇게 느낀 것이 아니라, 말로 설명할 수 없는 아늑함과 평온함을 느꼈습니다. 저는 할 수만 있다면 그곳에서 오랜 기간 지내고 싶었습니다.

2

탁은 저보다 네 살이 많습니다. 교관들 중에서도 나이가 제일 많아 다들 잘 따랐죠. 뭐랄까, 흐트러진 모습을 찾아보기 어려운 사람이었습니다. 그리고 뭐든지 결정이 빨랐어요. 고민하거나 궁리하는 모습을 자주 보진 못했습니다.

그날 수련생이 사라졌을 때에도 탁은 침착했습니다. 아니, 오히려 저를 보고 웃고 있었어요. 정말로요. 가지런한 앞니를 활짝 드러낸 채 말입니다. 저는 탁이 저를 안심시키기 위해 웃는 줄 알았습니다. 실제로 그땐 안도감을 느꼈죠. 큰일이 아닐 거다, 탁이 다 알아서 해 줄 거다, 그런 기분을 느꼈습니다.

극기 훈련이 끝나는 날이었습니다. 수련회 마지막 날이었고 다들 지쳐 있는 상태였어요. 통솔을 잘 따르는 편이었습니다. 누군가 대열을 이탈한다거나 지시에 대해 반감을 드러내는 법도 없었죠. 간혹 그런 경우들이 있거든요. 단독으로 행동하고 분위기도 흐리는. 조금 달랐던 것 같습니다. 교관들도 모여서 그렇게 얘기하는 걸 들었고요. 모든 일정이 무난하다, 생각하던 참이었습니다.

저는 훈련을 마친 수련생들을 본관으로 인솔하던 중이었습니다. 그날 아침에 탁이 시켰어요. 줄을 맞춰 세운 뒤 앉아 번호를 외쳤죠. 인원이 맞았습니다. 십 분 동안 쉬었다가 출발하자고 말했습니다. 모두 그 자리에 주저앉아 숨을 골랐어요. 훈련장을 감싼 능선 너머로 해가 저물고 있었습니다. 서로가 서로의 그림자를 깔고 앉아 소곤소곤 대화를 나누기 시작했죠.

대열 끄트머리 쪽에 있던 수련생이 갑자기 손을 들었습니다. 화장실에 다녀오고 싶다고요. 시간이 얼마 남지 않았으니 얼른 다녀오라고 했습니다. 급하게 뛰어가는 뒷모습을 멀거니 보고 있다가, 탁의 말이 불현듯 떠올랐습니다. 수련생이 어딜 가든지 꼭 동행하라고 말했거든요. 지침 같은 거였죠. 지키지 않았다간 탁에게 확실한 이유를 줄 것 같았습니다. 맞을 이유를 말입니다. 이유는 매번 달랐지만, 그럴 때마다 탁은 걱정스러운 눈빛으로 저를 쳐다봤어요. 그래서일까요, 참을 수 있었습니다. 몸이 뜨거워지는 건 항상 그 이후였죠. 그 생각을 하자 발바닥에 땀이 났습니다.

서둘러 수련생을 쫓아갔습니다. 화장실로 들어가는 게 보였어요. 조금은 안심이 됐습니다. 제자리에 서서 나오길 기다렸어요. 면적이 넓은 구름 떼가 짙은 노을로 번져 산맥을 넘어오고 있었습니다. 뒷목이 아플 정도로 한동안 하늘을 바라봤습니다. 두껍고도 얇은 구름이 시시각각 다른 형태로 흩어지고 있었습니다.

그러다 문득 정신을 차렸는데, 아직 수련생이 나오지 않았다는 것을 깨달았습니다. 시간이 얼마나 지난 지도 모른 채로 넋을 놓고 있던 탓에 아차 싶었죠. 화장실 문 앞으로 다가가 안에 대고 물었습니다. 아직입니까, 크게 외쳤습니다. 아직입니까, 아직인가요. 답은 들려오지 않았습니다. 갑작스럽게 몸을 혹사시켜 쓰러진 건 아닐까 걱정이 들더군요. 주위를 둘러봤습니다. 훈련장 출구 쪽에 옹기종기 모여 있는 수련생들이 보였습니다. 다른 사람들은 보이지 않았죠. 저는 화장실 안으로 들어갔습니다. 헛기침을 크게 하면서 말입니다. 실내등을 켜지 않아 침침했어요. 작은 창문을 통과한 빛이 내부를 겨우 비추고 있었습니다. 소변기 하나가 고장이 났는지 물이 줄줄 흐르는 소리가 났고, 낙엽 몇 장이 바닥에 흩어져 있었습니다. 청소를 한 지가 꽤 된 것처럼 엉망이었어요. 중구난방으로 찍힌 발자국들을 피해 걸음을 옮겼습니다. 긴장이 됐습니다. 이마에서 땀도 났고요. 호흡이 가빠지는 것을 느꼈습니다. 헛기침을 너무 했는지 목도 따갑게 느껴지기 시작했죠.

가까운 곳부터 한 칸 한 칸 노크를 했습니다. 대답이 들리지 않으면 문을 열고 안을 확인했죠. 설마, 하는 생각이 들었습니다. 어떤 불안감이, 열 감기에 취해 새어 나오는 식은땀처럼, 몸 이곳저곳에 퍼지고 있다는 사실을 느꼈어요. 차근차근 확인했습니다. 마지막 다섯 번째 칸까지 확인하고, 저는 몸이 굳는 것을 느꼈어요. 말 그대로 딱딱하게 말입니다.

수련생이 보이지 않았습니다. 배설물이 잔뜩 묻은 휴지들만 변기 위에 가득 쌓여 있었죠. 갑자기 역한 냄새가 풍겼습니다. 냄새가 고약해 절로 인상이 찌푸려졌어요. 왜 들어올 때는 몰랐다가 그제야 냄새를 맡았을까요. 저는 코를 막고 다시 화장실 안을 뒤졌습니다. 청소도구함이라고 표시된 칸도 열었습니다. 몸을 움직일수록 토를 할 것 같았지만 겨우겨우 속을 달랬습니다. 아무리 뒤져도 수련생은 보이지 않았어요. 결국 화장실을 뛰쳐나왔습니다.

녹색으로 반사되는 구름이 점점 낮아지며 밤을 불러오고 있었습니다. 혹시 내가 착각을 했나, 다른 건물로 들어간 건 아닐까, 아니면 애초에 화장실을 간다는 수련생은 없었던 게 아닐까. 하지만 그런 게 아니었습니다. 분명하게 보고, 들었으니까요. 저는 이제 저를 의심하기 시작했습니다. 생생했던 감각과 짧은 시간의 기억을요. 눈앞에서 갑자기 사람이 사라진다는 게 흔한 일은 아니지 않습니까. 혼란스러운 마음을 다잡기 위해 심호흡을 반복했습니다.

알프스 수련원은 다른 곳에 비해 규모가 큰 편입니다. 시설도 많고요. 다른 수련원에 가 본 적은 없지만 원장님께 익히 들어서 압니다. 사설로 운영되는 곳들 중에는 전국에서 손가락에 꼽힐 정도라고 하더군요. 본관을 포함해서 대강당, 별관 세 채, 체육관, 식당, 통나무집, 세미나실, 직원용 숙소까지 건물도 많습니다. 야외에는 운동장, 서바이벌 체험장, 극기훈련장도 있죠. 다른 교관들과 함께 수련원 전체를 빙 둘러서 아침 구보를 따라 뛴 적이 있는데 반나절 이상이나 걸릴 정도였습니다.

다른 수련생들에게는 잠시만 그 자리에서 대기하라고 말한 뒤 훈련장으로 뛰어갔습니다. 벼랑 건너기 아래를 살피고 터널 통과하기 원통 안에도 들어가 봤죠. 허공에 매달린 그물도 살피고 수돗가에도 가 봤습니다. 보이지 않았어요. 결국 조장에게 인솔을 맡기고 저 먼저 본관으로 달려갔습니다. 헐레벌떡 현관을 지나쳐 탁을 찾아 사무실로 들어갔죠. 탁은 소파에 앉아 있었습니다. 숨을 몰아쉬며 탁에게 상황을 전했어요. 없어졌다고. 사라졌다고. 탁은 뭔가를 생각하는 듯 일순 말이 없더니 자리에서 일어났습니다.

없어진 게 아니야.

탁은 제 어깨에 손을 올리며 웃었습니다. 어이가 없지 않습니까. 마치 행방을 아는 사람처럼 말을 하는 것이 이상했습니다. 저는 탁을 정면으로 바라봤습니다. 입술 끝에 희멀건 침이 고여 있었죠. 저에게 물이나 한 잔 마시라며 손수 컵에 물을 따라 줬습니다. 탁은 곧바로 교관들을 소집했고 구역을 나눠 찾아보라고 지시했습니다. 긴박함이랄지 긴장한 모습은 찾아볼 수 없었습니다. 고민하거나 궁리하지도 않았죠. 저는 또다시 저를 의심했습니다. 아니면 교관들이 짜고 장난을 치는 건 아닐까. 그러는 사이 다들 빠르게 사무실을 빠져 나갔습니다. 텅 빈 사무실이 무척 낯설게 느껴졌죠.

해마다 많은 사람들이 수련원을 찾습니다. 중학교, 고등학교의 수련회는 물론 운동선수들의 전지훈련, 기업의 워크숍, 회사 연수, 단합 대회 등 수련원을 이용하는 목적이 제각각이죠. 하지만 이런 일은 처음이었습니다. 제가 수련원에 들어오고 나서는 처음이요. 탁을 비롯한 다른 교관들에게는 자주 있는 일처럼 느껴졌습니다. 순전히 제 느낌이지만 말입니다.

3

이 자리를 허락해 주신 재판장님과 배심원 여러분.

저는 오늘 진실만을 말하겠다고 약속했습니다. 하지만 저의 이야기를, 이런 자리와, 이런 상황에서 말한다고 해서 곧바로 진실이 될 수 있을까요. 여러분은 여러분이 알고 싶은 진실에 대한 근거와 이유를 제 이야기 속에서 찾으려 할 것입니다. 그러니 가능한 한 모든 것을, 기억하는 전부를 말하겠습니다. 어떤 사실들에 대해서요.

저는 사라진 수련생과 같은 조인 수련생들을 한자리

에 모았습니다. 어떻게 말해야 하나 걱정이 들었죠. 영양사는 문단속을 당부하면서 키를 맡겼고, 식당 바닥은 걸레질을 막 끝냈는지 물기가 흥건했습니다. 의자들이 전부 뒤집어진 채로 테이블에 올려져 있었어요.

수련생들은 테이블에 길게 두 줄로 앉아 고개를 돌린 채 저를 바라봤습니다. 뜸 들이지 않고 곧바로 실종 사실을 알렸습니다. 금방 찾을 테니 너무 걱정하지 말라고도 말했죠. 혹시 수련생들이 놀라서 울진 않을까 긴장됐습니다. 걱정이 들지 않게끔 말하는 게 어떤 방식인지는 몰랐지만, 최대한 그렇게 들리게끔 말했습니다. 말을 마치고서는 눈치를 살폈어요. 마치 저의 죄를 고백하는 것처럼 죄스러운 기분도 들었습니다. 죄라니. 제가 한 일이라곤 인솔한 것밖에 더 있겠습니까? 그때 누군가 손을 들고 물었습니다.

내일 제시간에 집으로 갈 수 있나요?

저도 궁금했습니다. 찾지 못한다면 인근 경찰서에 연락을 해야 할 거고, 추후에 닥쳐올 일들을 생각하니 머리가 지끈거렸습니다. 여기저기서 추궁을 받을 게 뻔했습니다. 실종된 수련생의 안위를 걱정하지는 못할망정 나중 일이나 생각하는 저 자신이 한심했습니다. 모두들 제게 확실하고 분명한, 어떤 말을 원하는 것 같은 상황이었는데 말이에요. 하지만 걱정하는 분위기는 아니었어요. 딱히 놀란 것 같지도 않았고요.

교관들이 수색 중이니 금방 찾을 거라는 말밖에 하

지 못했습니다. 그리고 혹시 별다른 점은 없었는지, 특이한 행동을 보였다거나, 무슨 말을 하진 않았는지 질문했습니다. 모두들 제게서 시선을 거두고 서로를 바라보며 어리둥절한 표정을 지었죠. 들릴 듯 말 듯한 목소리로 대화를 주고받더군요. 너, 걔 알아? 같은 동네 출신 아냐? 누구 짝이지? 아니, 걔 말고, 옆에서 쟤가 같이 잠들지 않았어? 너 아냐? 하는 식으로요. 저는 조장을 불렀습니다. 고개를 갸우뚱하면서 앞으로 나왔죠.

죄송하지만 기억이 잘 안 나요.

조장은 말했습니다. 얼굴은커녕 어떤 인상도 떠오르지 않는다고요. 어떻게 같은 조의 수련생을, 며칠 밤을 같이 지낸 조원에 대해서 이렇게들 모르는지 답답했습니다. 할 수 없이 자리를 정리하고 수련생들을 숙소에 데려다줬습니다. 캠프파이어를 하기 전까지 숙소에서 대기시키라고 탁이 말했거든요.

수련원 외부는 완전한 어둠에 잠겨 있었습니다. 듬성듬성 세워진 가로등만이 각자 다른 명암으로 빛나고 있었어요. 밤이 되면 정말 어둡습니다. 손전등이 없다면 한 치 앞도 분간이 가지 않을 만큼이요. 어둠 속에서 혼자 떨고 있을 수련생의 모습이 떠올라 견디기 힘들었습니다. 저는 뛰다시피 원장실로 향했습니다. 저녁 시간 이후에는 원장님 동석하에 조회 및 보고가 진행되고, 교관들만 참석하게 되어 있죠. 원장실이 있는 대강당 건물로 향했습니다.

예상대로 조용했습니다. 다들 수색 작업 때문에 바쁠 테니까요. 원장실 앞에서 문을 두드리려 했는데, 살짝 문이 열렸어요. 누군가 고개를 빼꼼 내밀었습니다. 녹이 슬어 끼이익 하고 요란한 소리가 났습니다. 원장님이었어요. 주위를 살피곤 얼른 안으로 들어오라고 손짓했죠.

4

알프스의 전경을 담은 그림이 벽에 걸려 있습니다. 처음 봤을 때는 사진인 줄 알았는데 자세히 보니 그림이더군요. 가까이 다가가면 군데군데 칠이 벗겨진 부분이 보입니다. 문을 열면 바로 정면에 있죠. 원장님 책상 뒤에요. 벽의 반 이상을 채울 만큼 큽니다. 처음 일을 하게 된 날, 원장님은 저를 앉혀 놓곤 그림에 대한 자랑만 했습니다. 유명한 화가가 그렸다, 경매에서 내가 얼마까지 부른 줄 아느냐, 비싸 보이지 않냐, 여기까지 눈발이 날리는 것 같지 않냐, 같이 가 보고 싶지 않냐, 하는 식으로요. 언제 알프스에 오른 적이 있는 건가 싶었지만 나중에 알고 보니 알프스는커녕 외국을 가 본 적도 없다고 하더군요.

원장님은 제게 소파에 앉으라고 권했습니다. 자리에 앉자 직접 전기 포트에 물을 올리고 컵을 꺼냈죠. 몸을 일으키려는데 손가락 하나를 까딱까딱 움직였습니다. 앉으라고요. 저는 속으로 지금 한가롭게 차나 마실 때가 아닌데, 하고 생각했습니다. 창밖을 보니 손전등을 들고 왔다 갔다 움직이는 교관들이 보였어요. 그들의 그림자와 불빛이 교차되면서 건물 외벽에 어떤 무늬를 만드는 것 같았습니다. 제가 원장님과 함께 있는 걸 알면 다들 이를 박박 갈 게 뻔한데, 그런 걱정을 할수록 한쪽 다리가 저절로 떨렸습니다. 최대한 창문을 등지고 앉았어요.

원장님은 차를 준비하면서 콧노래를 흥얼거렸습니다. 믿어지십니까. 콧노래라니요. 흥흥거리며 콧노래를 불렀는데, 웬일인지 다른 날보다 기분이 좋아 보였습니다. 평소에는 직원들의 흠을 잡기 위해 안달이 난 사람처럼 보였었거든요. 청소할 때 팔을 더 빨리 움직이라는 둥, 국에 감자가 많다는 둥, 수련생들의 보폭이 일정하지 않다는 둥 이유도 다양했습니다. 한번은 제게 담배 냄새가 심하다며 양치질 좀 하라는 겁니다. 담배를 입에 물어 본 적도 없는데 말이죠.

커피 잔이 앞에 놓였습니다. 원장님은 앉자마자 담배를 입에 물고 말했어요. 라이터를 달라고. 저는 주머니를 뒤지는 척했습니다. 됐어. 테이블 위에 놓인 호리병 모양의 라이터로 불을 지피곤 잠깐 동안 말이 없었습니다. 그 침묵이 제 몸을 꾹꾹 누르는 것 같았습니다. 뜨거운 커피를 천장이 데일 정도로 빨리 삼켰어요. 원장님은 갑자기 박장대소를 했습니다. 뭐가 그리 웃긴지 눈물까지 찔끔 흘리는 게 보였죠. 초조해할 거 없다고 말했습니다. 다른 교관들이 발바닥에 불이 나도록 찾고 있으니 저는 걱정하지 않아도 된다고요.

그보다 그 수련생에 대한 얘기 좀 해 봐.

원장님이 물었습니다. 왜 제게 묻는 걸까요. 아니, 제가 무슨 말을 할 수 있었을까요. 대답은 담당 교관인 탁이 해야 하지 않나 싶었습니다. 저는 잠시 인솔만 맡았던…… 아닙니다. 자꾸 핑계 같네요. 그런 게 아닙니다. 저는 없는 말을 지어내기 시작했습니다. 주변 사람들을 잘 챙겼다, 앞장서서 행동했다, 다른 수련생들의 본보기가 됐다, 교육을 잘 받은 것 같다라는 식으로요. 원장님은 고개를 끄덕거렸습니다. 자기가 보기에도 그랬다고 했죠. 저는 없는 말을 지어내는 것이, 마치 저 스스로 사라진 수련생을 숨기는 것처럼 느껴졌습니다.

별안간 눈이 부셔 하마터면 찻잔을 떨어뜨릴 뻔했습니다. 누군가 창밖에서 저를 향해 손전등을 비추고 있더군요. 자세히 보이지는 않았습니다. 그 자리에 서서 안쪽을 보고 있었죠. 창문에 얼굴을 가까이 댄 채로요. 서둘러 자리에서 일어났습니다.

더 있다가 가지.

원장님은 나지막하게 말했습니다. 커피를 후루룩거리면서요. 찻잔 너머로 저를 가는눈으로 바라봤습니다. 그 소리가 참, 뭐랄까, 온몸이 간지러운 느낌이었습니다. 원장님은 달뜬 사람처럼 얼굴이 불그스름해진 채로 담

배를 꼈어요. 손전등 불빛이 자꾸 얼굴을 비추는 바람
에 눈이 시렸습니다. 얼른 문으로 향했죠. 서둘러 원장
실을 빠져나왔습니다.

　복도를 걸어가며 생각했습니다. 나가서 교관들을 돕
자, 처음부터 함께 움직일걸, 그러자 마음이 조금은 진
정되는 것 같았습니다. 걷다 보니 벌레 한 마리가 보였
습니다. 수련원에서 종종 보는 벌레인데, 그날 본 건 유
난히 몸뚱이가 큰 녀석이었어요. 다리가 여덟 개나 됩니
다. 더듬이가 없는 대신 기다란 배 끝에 촉수가 달려 있
죠. 계단에서, 운동장에서, 훈련장에서, 옥상에서 보이
곤 합니다. 가끔 잡아서 손등에 올려놓았죠. 가느다란
촉수로 살을 찌르곤 했는데 따갑거나 아프진 않았습니
다. 촉수를 눈알에 갖다 대면 팍, 하고 터졌어요. 그런데
도 잘만 다녔습니다. 오히려 더 빨리 움직였죠. 이 근방
에서만 나타나는 벌레라고 누군가 얘기해 줬습니다. 누
군지는 기억이 나질 않네요. 안내판에서 본 것 같기도
합니다. 끓는 물에 한 번 데친 가재처럼 몸뚱이가 빨간
데 징그럽지는 않았어요.

　아무튼 그 벌레가 복도 한가운데에 멈춰 있었습니다.
인기척을 느꼈는지 제게서 달아났어요. 졸졸 따라갔죠.
잠깐이지만 재밌는 기분이 들었습니다. 그때 갑자기 발
걸음 소리가 들렸습니다. 반대편에서요. 왼쪽으로 꺾이
는 모퉁이에서 들리기 시작했는데, 처음 들렸을 때는 대
수롭지 않게 생각했습니다. 교관 중 누군가 화장실에

가려고 왔나 싶었죠. 하지만 생각해 보니, 그쪽은 대강당으로 들어가는 입구가 있는 곳이었습니다. 그 시간에는 순찰하는 경비도, 청소하는 직원도 사용하지 않았어요. 소리는 점점 커졌습니다. 구두 같기도, 운동화 같기도 한 발소리가 가까이 들리기 시작했습니다. 제가 있는 쪽으로 오는 것 같았어요. 혹시 뒤에서 원장님이 오는 소리인가 싶어 돌아봤지만 아니었습니다. 정확히 앞에서 다가오는 소리였죠.

설마 하는 마음에 달려갔습니다. 모퉁이를 돌자 아무도 없었어요. 굳게 잠긴 대강당 문만 보이더군요. 역시 문은 열리지 않았습니다. 대신 그 앞에 벌레가 완전히 눌려 있었습니다. 누가 밟은 것처럼 말입니다. 다리들은 전부 몸통에서 떨어져 나왔고, 녹색 액체가 사방에 튀어서 하얀 대리석 바닥이 더러워져 있었어요. 껍질도 전부 으깨졌더라고요. 아주 잘게요. 촉수만이 꿈틀대고 있었습니다. 이 모습을 보면 다들 경악을 하겠죠. 이런 벌레가 있었나 싶을 겁니다. 어쩌면 전부 잡아서 없애라고 할지도 모르죠. 그제야 이곳에 이런 게 살았구나, 알아차릴 겁니다. 촉수는 겨우겨우 기어서 어두운 곳을 향해 나아갔습니다. 계속 지켜봤어요. 몸뚱이로 변해 다리까지 나오는 모습을요.

그나저나 무슨 소리였을까요? 제 발소리를 착각한 걸까요? 갑자기 피로함이 몰려왔습니다. 모든 일이 피곤하게만 느껴졌죠. 밖에서는 소동이 났는데 저는 자꾸 눈이 감겼습니다. 잠깐이라도 눈을 붙인다면 정말 좋을 것 같았습니다. 저는 지친 몸을 이끌고 겨우겨우 방으로 향했습니다.

5

목이 마릅니다. 그때도 지금처럼 물이 마시고 싶었는데…… . 입술이 바짝바짝 타는 것 같네요. 한잔 부탁해도 됩니까? 안 될까요? ……네, 참겠습니다. 보통 물을 준비해 주지 않나요? 계속 서 있어야 합니까?

대강당 건물을 빠져나와 직원 숙소로 향했습니다. 시간이 얼마나 지났을까요. 분간이 잘 가지 않았습니다. 시간이 계속해서 늘어지는 것 같았습니다. 운동장에서 웅성웅성하는 소리가 들렸어요. 수련생들이 전부 나와 있었습니다. 무슨 일이었더라……. 캠프파이어를 하는 시간이었던 것 같아요. 맞습니다. 분명해요. 잠깐 헷갈렸습니다. 중심을 비우고 둥글게 모여 있더라고요. 뭔가를 기다리는 것 같았습니다. 운동장을 가로지르면 빨랐지만, 빙 돌아서 걸었습니다. 마주치고 싶지 않았어요. 진행 상황을 제게 물어볼까 싶어 난처하기도 했고요. 그때 탁과 마주쳤습니다. 교관 몇 명이 뒤에서 수레를 끌고 있었어요. 장작이 쌓인 수레를요.

장작 패는 일은 주로 제가 했습니다. 별다른 일이 없

을 때마다 종종 산에 올라가 나무를 패 왔죠. 지게를 지고, 제 키의 반 정도? 이 정도 높이쯤 되는? 도끼를 가지고 산에 올라갔습니다. 교관들이 도와준다고 해도 거절했어요. 혼자 힘으로 할 수 있는 유일한 일이었거든요. 오로지 제 힘으로 나무의 한 지점을 계속 패다가, 옆으로 넘어갈 때면 나는, 그 소리가 있어요. 그게 좋았습니다. 가끔은 손에서 피가 났지만요. 자루를 잘못 잡은 것 같진 않았는데, 몇 번을 해도 익숙해지지 않더라고요, 그 일은. 비수기 때에도 장작을 쌓아 놨습니다. 누군가 부지런하다고 했죠.

탁은 수레를 멈췄습니다. 저는 잠시 방에 다녀오겠다고 했어요. 눈이 침침해져 감기기 직전이었습니다. 탁은 말이 없더군요. 저를 바라보지만 다른 생각에 잠긴 것 같았습니다. 교관이 옆으로 꺼지라고 소리를 질렀어요. 다시 보니 제가 길을 막아 세운 꼴이었습니다. 옆으로 비켜서자 저를 지나쳐 갔습니다. 수레바퀴에서 돌멩이가 틱틱 튕겨 나왔습니다. 탁은 계속 저를 바라보면서 지나갔고요. 별일 없었다면 저도 같이 갔을 거예요. 뒤에서 있는 힘을 다해 수레를 밀고, 운동장에 도착해 장작들을 태우기 좋게 쌓고, 수련생들에게 조금은 떨어져 비켜서 있어라 말하겠죠. 장작더미에 석유를 뿌리고, 불이 붙은 종이를 던지고, 순식간에 타오르는 갑작스러운 열기에 주춤하며, 뒤에서 들려오는 환호성에 멋쩍은 척 돌아섰을 겁니다.

방으로 돌아와 곧바로 침대에 엎어졌습니다. 잠깐이
라도 눈을 붙이고 싶었어요. 모든 일이 귀찮게 느껴졌습
니다. 저 혼자만 골머리를 앓는 건가 억울한 심정도 들
었죠. 다들 모르는 체하는 건지, 잊은 건지, 아니, 잊은
척을 하는 건지, 숨기는 건지, 도통 알 수가 없었습니다.
몸을 일으켜 창밖을 보니 기다랗고 두꺼운 불길이 보이
더군요. 검은 그림자들이 불규칙하게 좌우로 움직이는
것도 보였습니다. 바깥이 점점 환해졌어요. 어둠을 밀어
내며, 불길은 하늘 높이 치솟았어요. 어디선가 봤는데,
그런 제사 있잖습니까, 죽은 사람을 장작더미에 올려놓
고 태우는. 갑자기 그런 장면이 스치는 겁니다. 불안한
기분이 들었죠. 재수 없게 그런 생각을 하다니. 고개를
양옆으로 흔들었습니다. 잠이 확 달아났어요. 안 되겠
다 싶어 다시 침대에서 몸을 일으켰습니다. 옷도 갈아입
고 손전등을 챙겼어요.

누군가 문을 두드렸습니다. 똑똑. 똑똑똑. 똑. 탁이었
어요. 어떤 신호 같은 겁니다. 탁만 그렇게 두드리거든
요. 방으로 들어오자마자 불 꺼 놓고 뭐 하냐며 전원 스
위치를 눌렀습니다. 딸각 소리가 유난히 크게 들렸어요.
손전등을 거꾸로 쥔 채 탁을 바라봤죠. 탁은 제 뒤로 시
선을 던지며 방을 슥 둘러봤습니다. 무슨 일이냐고 물었
어요. 대답도 없이 들어와서는 옷장을 열어 보고, 침대
에 앉았다 일어나기도 했습니다. 왜 저러나 싶었죠. 평
소에는 안 하던 행동이었거든요. 다시 무슨 일이냐고 물

었습니다. 커튼으로 창문을 가리더군요. 그러곤 물었습니다.

알고 있지?

무슨 말일까요. 무턱대고 들어와서는 뭘 묻는 건지 알 수가 없었습니다.

화장실 간 거 아니라던데.

한 번도 탁에게 대든 적은 없지만, 그때만큼은 아랫배에서 뭔가가 울컥하고 치밀어 올랐습니다. 팔도 부르르 떨렸어요. 탁도 아마 봤을 겁니다.

또 원장실에 갔다며.

저도 모르게 하, 웃음이 나왔습니다. 그러곤 웃음소리에 스스로 놀랐어요. 입을 막고 고개를 숙인 채 가만히 있었습니다. 저를 잡아먹을 듯이 노려보겠죠. 고개를 들어 탁을 마주 볼 자신이 없었어요. 정수리가 뜨거웠습니다. 탁은 갑자기 제 어깨에 손을 올렸습니다. 천천히 어깨를 주무르는가 싶더니 손이 목으로 올라왔습니다. 떨림이 멈추지 않았죠. 목 언저리를 몇 번 두드리고는 손을 거뒀습니다. 저는 서 있는 그대로 움직이지 않았어요. 탁은 문을 향해 걸어갔습니다. 가면서 다시 묻더군요. 화장실에는 대체 왜 간 거냐고. 왜 갔겠습니까. 당연한 걸 묻는 탁을 이해할 수가 없었습니다. 대답할 새도 없이 문을 열고 나갔어요. 부서져라 문을 세게 닫았습니다.

찾지 못하니까 아무래도 저를 의심하는 것 같았습니

다. 생각해 보십시오. 그게 아니라면 왜 제게 그런 말을 하겠습니까. 제가 거짓말을 했다고 생각하는 게 아니겠습니까. 제 잘못으로 뒤집어씌우려고? 만만하니까? 애초에 시작부터 잘못되었다는 걸 깨달았어요.

내가 직접 찾자, 그런 생각이 들었습니다.

6

너무 조용하면 너무 시끄럽게 느껴집니다. 무슨 말이냐고요. 글쎄요, 그냥 머릿속이 복잡했다는 뜻입니다. 운동장에 모여 있어서 건물 안이 엄청 조용했거든요. 수련생들이 묵는 숙소가 그렇게 조용했던 적도 없었습니다. 누가 물었어요, 왜 거기로 갔냐고. 거기 있을 것 같아서 그리로 간 것뿐입니다. 탁이나 교관들이 숙소는 대충대충 둘러봤을 것 같았어요. 숙소에 있을 거라는 생각은 안 했겠죠. 아니라면 다른 수련생들과 함께 움직이지 않았겠습니까?

방을 하나하나 열어 봤습니다. 대부분 잠겨 있지 않았죠. 노크를 할 필요도 없었어요. 불을 켜고, 둘러보고, 불을 끄고, 문을 닫았습니다. 1층에 있는 방들을 둘러보고 2층으로 올라갔어요. 계단에서 창밖을 바라봤습니다. 캠프파이어 불길이 많이 가라앉은 것 같더군요. 대신 그 주위로 점처럼 작고 동그란 불빛들이 보였습니다. 그런 순서였어요. 수련생들 모두 손에 촛불을 드는 순서요. 예정된 거니까 하겠죠. 일정 중에 하나니까. 그것까지 해야 수련회가 비로소 마무리되고 완성되는 것 같다고 해야 할까. 담당 교관은 오랜 기간 써먹어 온 이야기를 하고 있었을 겁니다. 가족이 어쩌니, 우정이 어쩌니 하면서요. 시간이 지나면 다들 퉁퉁 부은 눈으로 돌아올 게 뻔했습니다. 멀리서 바라보니까, 뭐랄까, 불빛들의 일렁거림이, 아름다웠습니다. 처음 봤습니다. 이런 광경이었구나, 싶었죠. 근데 참 신기합니다. 어떻게 매번 같은 이야기인데 다들 그렇게 우는 걸까요. 정말 슬퍼서일까요? 주위 사람들이 울어서일까요? 저는 서둘러 2층으로 향했습니다.

1층과 마찬가지였어요. 찾지 못했습니다. 방마다 상태도 제각각이었어요. 어떤 방은 가방이며 이불이 잘 정돈되어 있었고, 어떤 방은 싸움이라도 한 건지 난리도 아니었습니다. 향긋한 냄새가 나기도, 장마철인 것처럼 꿉꿉한 냄새가 나기도 했죠.

3층으로 올라갔습니다. 3층은 복도 형광등이 전부 꺼져 있었어요. 창고처럼 쓰는 층입니다. 손전등으로 앞을 비추면서 걸었어요. 가까운 방부터 열었습니다. 이불만 가득한 방이었는데 얼마나 빼곡하게 쌓아 놓았는지 조금만 건드려도 이불들이 밖으로 쏟아질 것 같았습니다. 발 디딜 틈도 없었어요. 옆방을 열었습니다. 운동 기구들이 있는 방이었고 바람 빠진 축구공이 보여 발로 슬쩍 차 봤습니다. 다시 다른 방으로 갔고, 계속 방에서 방으로 움직였죠. 역시나 없었습니다. 이러다 영영 못 찾는 게 아닐까 두렵다고 느끼면서도 한편으론 어떻게든 제가 찾아야 모든 일이 끝을 맺을 것 같았습니다.

혹시 저 때문에 벌어진 일이라고 생각하십니까? 그래서 제가 그런 생각을 했다고 판단하시나요? 아닙니다. 그런 게 아니에요. 원인을 갖다 붙이자면 정말이지 끝도 없을 겁니다. 제가 한 일이라곤 인솔을 잠깐만 맡았다는 사실뿐입니다. 설마 탁이 일부러 그때 맡겼을까요? 뭘 하고 있었던 걸까요? 그런 생각들을 하며 로비로 내려갔습니다.

다른 건물을 살피기 위해 밖으로 나왔습니다. 숙소가 아니면 어디에 있을까 생각하던 중이었어요. 누군가 우두커니 서 있었는데, 원장님이었죠. 어떻게 알고 거기 있던 건지 놀랐습니다. 갑자기 울음소리가 들렸어요. 운동장 쪽에서 나는 소리였습니다. 수련생들의 울음소리가 한데 뭉쳐서 들리더군요. 마이크에 대고 속삭이듯 얘기하는 교관의 목소리도 들렸습니다. 집으로 돌아가면…… 믿음과…… 여러분은…… 손을 잡고…… 다시 한 번……. 꼭 몸집 큰 동물이 낮게 우는 소리 같았습니다.

원장님은 입을 뻥긋뻥긋하고 있었어요. 잘 안 들렸습니다. 손을 들고는 다른 건물을 가리켰어요. 그리로 가자는 것 같았습니다. 저는 알고 있었습니다. 원장님이 뭘 하려는지요. 지금은 안 된다고 말했습니다. 할 일이 있다고요. 급해 보였어요. 표정이 사나워졌습니다. 가까이 다가와서 말하려고 하더군요. 뒷걸음을 쳤습니다. 조회 시간까지 없었으니 근질근질했겠죠. 그 목소리가 생생합니다. 허리에 손을 올리는 그 자세도요. 없는 흠을 찾기 위해 핏발이 선 눈빛과 끔찍한 말들도 기억납니다. 왜 유독 저에게만 심한 건지 알 수 없었습니다. 그림 뒤에 세워진 벽처럼 생각했던 걸까요. 다른 사람들은 튕겨 낸다고 여긴 것이겠죠. 다들 원장님을 피했으니까요. 말들을 쏟아 내고 나면, 원장님은 개운한 얼굴이었습니다. 미뤄 둔 일을 치른 사람처럼 말이에요. 감수했습니다. 감수하도록 만들었습니다. 그것은 심한 욕도, 비난도, 무시도, 자존심을 건드리는 말도 아니었습니다. 머릿속에 들어와 마구 휘젓고 나가는 느낌이에요. 멀미가 났습니다. 귀에, 이마에, 관자놀이에, 정수리에, 뒤통수에 부딪친 말들이 침대에 누울 때면 꿈속에서 살아나 식은땀을 흘리게 만들었습니다. 날마다, 하루도 빼놓지 않는 원장님을 보며, 부지런하다고 생각했습니다. 여러분은 누군가의 말에 오랜 기간 사로잡혀 본 적이 있습니까. 어떤 식으로 설명해야 할지 모르겠네요. 직접 들어 보면 아실 겁니다. 그 사람은 그 사람대로 할 말을 준비하고 있겠죠? 아닌가요? 혹시 원장님은 이미 이 자리에 다녀간 건가요?

저는 뛰었습니다. 원장님도 뛰었어요. 졸지에 쫓기는 신세가 됐습니다. 원장님은 평소보다 빨랐습니다. 그렇게 잘 뛰는지 몰랐어요. 아, 달리기는 탁이 정말 빠릅니다. 긴 다리로 성큼성큼 쫓아오죠. 산속에서 항상 저를 제일 먼저 잡는 건 탁이었어요. 다른 교관들은 한 박자씩 느렸습니다. 몸을 잘 쓰는 사람이에요. 묶는 것도, 때리는 것도, 풀어 주는 것도 잘합니다. 고민하거나 궁리하는 모습을 자주 보진 못했죠. 개운한 얼굴만은 비슷했습니다.

도착한 곳은 훈련장 근처였습니다. 저도 제가 왜 그쪽으로 뛰었는지 모르겠더라고요. 잠깐 숨을 고르면서 주위를 보니 훈련장 출구 쪽이었습니다. 네, 화장실 부근이요. 화장실이 맞습니다. 서둘러 안으로 들어갔죠. 갑자기 바람이 많이 불어 화장실 뒤쪽 나무들이 마구 흔들렸습니다. 원장님이 따라오는 소리는 듣지 못했는데 무섭거나 두렵진 않았어요. 그저 안에 들어가 시간을 보낼 생각이었습니다. 여전히 불은 켜지지 않았죠. 환풍기가 빠르게 돌아가고 있었습니다.

그런데 이상하죠. 쭈그리고 앉아 있자니, 갑자기 그 그림이 떠오르는 겁니다. 원장실에 걸려 있는 그림이요. 마치 눈앞에 있는 것처럼 생생했습니다. 만년설이 쌓인 알프스산맥과 흩날리는 눈발 같은 것들이요. 언젠가 데려가 주겠다고 원장님은 말했습니다만 나중엔 자기가 그런 말을 했는지도 몰랐죠. 어둠 속에서 자꾸 생생했습니다. 주머니를 뒤졌어요. 뭔가 잡히더군요. 라이터였습니다. 왜 제 옷에 라이터가 있었을까요. 저는 곧장 청소 도구가 쌓여 있는 칸으로 들어갔습니다. 바닥에 깔린 낙엽도 모아서요.

7

혹시 그런 경험 해 보셨습니까. 온몸이 빠르게 타들어 가는 경험을요.

불은 아주 천천히 번졌습니다. 범위가 넓어질수록 주위가 환해졌어요. 완전히 동떨어진 기분이 들었죠. 차근차근, 급한 기색이라곤 찾아볼 수 없는 불길을 바라봤습니다. 눈이 따끔거리고 콧물이 났지만 신경 쓰고 싶지 않았습니다. 계속 그 자리에 머무르고 싶었어요. 수련생이나, 사방팔방 뛰어다닐 원장님이나, 탁과 다른 교관들은 잊은 채로요. 눈이 감겼습니다. 연기가 환풍기를 통해 새어 나가면서 재가 많이 날렸어요. 방은 불을 켠 것처럼, 아니 그보다 더 밝았습니다. 더 이상 태울 것이 없자 불길은 저를 바라보는 것 같았습니다. 서로의 몸을 덮치면서요.

화염 속에서 수련생의 모습이 언뜻 보이는 것 같았습니다. 아니겠죠. 착각이었을 겁니다. 안색이 좋지 않았어요. 불현듯 지난 일이 떠올랐습니다. 사소하고 일상적인 일들이요. 희미한 장면처럼 스쳐 지나갔습니다.

수련생들은 버스에서 내려 가방을 확인하고 먼 시선

으로 수련원을 살펴봅니다. 조를 배정받는 동안 낯선 곳에 왔다는 사실을 실감하고 조금은 설레기도, 두렵기도 한 기분을 느끼면서. 줄을 맞춰서 걸어오는 교관들을 어떤 눈으로 바라봤을까요. 티가 나지 않게 옆에 선 사람들과 말을 주고받았을까요. 저는 방 안에 있습니다. 침대에 걸터앉아 창밖으로 새로 방문한 수련생들을 바라봅니다. 그들이 어디에서 왔는지 상상합니다. 여기서 가까울까요, 멀다면 얼마나 먼 곳일까요, 버스에서 잠을 잤을까요, 음악을 들으며 경치를 즐겼을까요, 휴게소에서 어묵을 먹었을까요, 아니면 벌써부터 돌아갈 날짜를 세어 봤을까요. 한 번도 말을 걸어 보진 않았습니다. 말을 걸어오지도 않았습니다.

탁과 교관들은 자주 뭔가를 찾아오라고 시킵니다. 그것들은 제 방에 있는 물건이었다가, 훈련에 쓰일 비품이었다가, 의자였다가, 열쇠였다가, 교관 중 누군가로 자주 바뀝니다. 저는 대부분을 찾아내지만 그러지 못하는 날도 있어요. 그럴 때는 원장님까지 저를 재촉합니다. 저는 항상 뭔가를 찾는 사람이에요. 탁과 원장님은 매번 웃습니다. 이를 드러내거나 흥얼거리면서요. 제게 딱히 정해진 일은 없었습니다. 가끔 수련생들을 인솔하거나 손이 부족한 식당을 돕기도 했습니다. 장작을 패기도 하고요. 도망을 다니기도 하고요. 피하기도 합니다. 밥은 맛있고 방은 안락합니다. 제게는 집과 같은 곳이었죠. 할 수만 있다면 그곳에서 오랜 기간 지내고 싶었습니다.

불길은 바닥에서 벽으로, 좌변기에서 소변기로, 창문에서 천장으로 옮겨 갔습니다. 배변이 묻은 휴지는 더 잘 탄다고 어디서 들었어요. 아닌가요. 화장실 구석에 몰래 휴지들을 쌓아 놓곤 했습니다. 아무도 모르는 곳에요. 냄새가 고약해 절로 인상이 찌푸려졌죠. 왜 옷 주머니에 라이터가 있었을까요. 담배를 입에 물어 본 적도 없는데요.

저는 잿더미 속으로 계속 기어들어 갔습니다.

8

여러분은 이제 무엇을 떠올리십니까, 설득이 안 된다고 생각하나요? 빈틈이 많다고 생각하십니까? 서로 다른 진실을 생각하는 중인가요?

이미 알고 계신 사실들을 말해 보겠습니다. 화장실에서 시작한 불길이 다행히 운동장까지는 번지지 않았다고 들었습니다. 다들 빠르게 대피했다고요. 다친 사람도 없었죠. 경찰은 누군가가 마지막으로 산속에서 걸어 나왔다고 했는데, 행색이 길을 잃어 오랜 시간 헤맨 사람 같았다고 말했습니다. 불길을 보고 쫓아서 내려왔다고요. 수련생들은 다음 날 모두 집으로 돌아갔어요. 제시간에요. 다행입니다. 모든 일정이 완벽하게 끝이 났으니까요.

탁과 교관들은 진압을 도왔습니다. 훈련을 받은 사람들처럼요. 그런 것도 매뉴얼에 있었겠죠? 화장실은 애초에 거기 없었던 것처럼 불에 완전히 타 버렸습니다. 저를 찾았을까요? 어디에 박혀서 나오질 않나 궁금했을까요? 탁은 소방관에게 사람 한 명이 보이지 않는다고 보고했습니다. 그건 저일까요, 사라진 수련생일까요. 어떤 것이 사실로 파악됐을까요.

이보다 중요한 게 남았나요? 속으론 중요하다고 생각하지도 않으면서, 뭔가가 더 남아 있길 바랍니까? 보세요. 불에 그슬린 흔적이 남아 있습니까? 그럼 제 말을 믿지 않으실 겁니까? 제 몸에 멍이나 상처 자국 하나 없어서 탁과 교관들이 이 자리에 없는 건가요? 제 말만으로는 부족해 다른 이야기를 상상하는 중입니까??

수련원이 문을 닫았다는 소식은 들었습니다. 아쉽습니다. ……아니요. 같은 걸 반복해서 말하는 것도 지겹습니다. 제가 이 자리에 있는 게 맞는 건가요? 원장님이 저를 화장실에서 빼냈다는 얘기는 들었습니다. 제 몸에 하얀 가루들을 잔뜩 묻힌 채로요. 소화기를 사람한테 뿌리다니 재밌지 않습니까. 불을 끄려고 했던 걸까요? 뭔가를 감추려고 했던 걸까요?

저는 전부를 이야기했습니다. 어쩌면 전부를 이야기하지 않았을 수도 있겠네요. 혹시 궁금하십니까? 그래요. 알겠습니다. 시간을 더 허락해 주신다면,

이제 다른 이야기를 해 보겠습니다.

3부

버 티 고 (Vertigo)

초계비행 중이던 전투기가 조종사와 함께 사라졌다. 바다 위에서, 감쪽같이. 염전의 소금 알갱이처럼, 레이더에서 반짝이던 하얀 점은 마지막 교신만을 남긴 채 갑작스레 실종됐다.

편집장은 음에게 인터뷰가 중요하다고 말했다. 중요한 건 제가 아무것도 모른다는 점인데요. 음이 말하자 편집장은 명함을 슬쩍 내밀었다. 뭐, 언제는 알고 취재를 나갔나. 편집장은 컵을 입으로 가져가더니 요란하게 입 안을 헹궜다. 이 사람부터 만나 봐. 음은 자장면 그릇을 치우다 말고 명함에 적힌 주소를 바라봤다. 두 시간 정도 차를 타고 가야 나오는 지역이었다. 편집장은 명함을 한 장 더 꺼내 반으로 접고는 이를 쑤셨다. 입술 옆에 자장 양념이 묻어 있었다. 좀 닦으세요, 음이 말하자 손으로 입술을 훔쳤고 양념은 그대로였다. 그릇을 사무실 밖으로 갖다 놓는 사이 편집장은 경리에 대해 투덜거렸다. 항상 밥을 먹고 나면 습관처럼 누군가의 흉을 보곤 했는데, 음은 그것이 편집장의 소화를 돕는 트림 비슷한 것이라고 생각했다. 대체 미스 최는 점심시간을 몇 시간으로 아는지 모르겠다고, 아예 저녁까지 먹고 들어올 셈인 것 같다고 투덜거렸다. 언제 출발하느냐고 묻자 빠르면 빠를수록 좋다고 했다. 조종사와 관련한 자료를 주시면 안 됩니까. 음이 물었다. 시일이 조금 걸릴 거야. 자네는 그보다 한 가지만 조사하면 돼. 편집장은 비밀을 말하는 것처럼 소곤댔다. 전투기의 행방을 알아내야 하네. 그걸 제가 무슨 수로 알아냅니까. 편집장은 헛기침을 했다. 도착하면 마중 나온 사람이 있을 걸세. 대체 왜 환경보호와 관련한 기사를 싣는 주간지에서 항공 사고를 취재해야 하는지 음은 의아했다. 편집장은 간혹 뜬금없는 기사를 지면에 싣곤 했는데 반응이 그럭저럭 괜찮은 편이라 자꾸 욕심을 내는 것 같았다. 경마 중에 생기는 인명 사고랄지, 혹은 마라톤 대회에서 음료가 얼마나 팔리는지, 동물원마다 입구가 어떻게 생겼는지 등 음으로서는 고개를 갸웃거리게 만드는 기사들이었다. 음은 그 기사들을 곱씹으며 서둘러 사무실을 빠져나왔다. 그러곤 차에 올라타 명함에 적힌 주소로 향했다.

*

　음은 남자와 약간 떨어진 채로 걸었고 멀찍이서 그의 뒷모습을 바라봤다. 그들은 언덕을 향해 걸었다. 언덕을 넘으면 코앞이라고 남자가 말했다. 걸음을 옮길 때마다 남자의 등이 굽어졌는데 마치 키가 줄어드는 것처럼 보였다.

　마중을 나온 남자는 항공우주원 직원이라고 자신을 소개했다. 음은 차에서 내려 남자를 바라봤다. 양복 상의에 은색 배지가 꽂혀 있었다. 배지에는 위성 레이더를 작게 압축한 문양이 새겨져 있었고, 음의 시선을 느꼈는지 취재가 끝나면 똑같은 걸로 하나 준다고 말했다. 항공우주원까지 얼마나 걸리느냐고 음이 묻자 걸어서 금방이라고 했다.

　혹시 전에 방문한 적이 있으신지요. 남자가 뒤로 돌아 물었다. 음은 없다고 말하려다, 생각해 보니, 어릴 적에 가 본 적이 있다는 사실을 떠올렸다. 세계 박람회를 개최했을 때였는데, 당시 음은 견학인지 소풍인지 지금은 생각나지 않는 목적으로 항공우주원이 있는 과학 단지를 구경했다. 같은 반 친구들과 조를 나눠 자유롭게 구경을 하라는 선생님의 지시가 있었고, 음은 짝꿍이었던 친구와 둘이서만 박람회를 둘러봤다. 음과 음의 친구는 어떤 산업체의 부스에서, 생전 처음 보는 기계 앞에 꽤 오랜 시간 서 있었다. 어디에 쓰는 걸까. 친구가 물었

고 음은 아마도 용도를 착각해 만들어진 기계가 아니겠
냐고 대답했다. 친구는 그게 뭐냐 다시 물었고, 이 기계
는 아마 강에서 물을 길어 올리는 목적으로 만들어졌
다가 중간에 엔지니어가 설계도를 착각해 제작했을 거
라고, 그게 아니면 도저히 이런 생김새가 나오지는 못
할 거라고 친구에게 말했다. 좌우로 달린 날개를 만지
기 위해 다가서다 명찰을 찬 직원의 제지를 받았다. 만
지면 안 돼. 만지고 싶어요라고 말하자 만져서 뭐 하게라
고 직원은 대답했다. 만지지도 못하게 할 거면 뭐 하러
이런 큰 박람회를 하느냐고 친구가 따졌다. 녀석은 마치
준비라도 한 것처럼 직원을 몰아붙였다. 둘은 결국 부스
에서 쫓겨났고 담임선생님의 호출을 받았다. 이런 곳에
서 경거망동하면 안 된다. 선생님은 말했고 친구는 집으
로 돌아가는 버스에서 다시는 박람회니 뭐니 하는 곳에
오지 말자고 속삭였다. 버스 창밖으로 만국기가 바람에
펄럭였다.

음이 그런 얘기를 하자 남자는 조숙했군요라고 혼잣
말을 했다. 언덕을 넘어서자 멀리 격자로 나뉜 과학 단
지가 나타났다. 칸마다 크기는 일정했으나 그 안에 지어
진 건물들은 제각각이었다. 높이도 달랐고 개수도 달랐
다. 각각 다른 모습으로 단지를 조성했다. 들어선 지 얼
마 안 됐어요. 남자는 음 옆으로 다가와 중얼거렸다. 전
에는 공항이었대요. 음은 남자가 거짓말을 한다고 생각
했다. 할 수만 있다면 꿀밤을 먹이고 싶었다. 남자는 잠

간 쉬다 가자고 말했다. 괜찮을까요. 남자가 말했고 음은 옆길을 향해 움직였다.

그런데 이 일은 왜 취재하시는 건가요. 남자가 물었다. 음은 잔디밭에 앉아 신발을 벗고 있었다. 양말까지 벗어 탁탁 털고 잔디 위에 올려 두었다. 편집장이 성화예요. 그러니까 왜요. 왜라니요. 남자는 잔디를 쓰다듬었다. 음은 대꾸할 마음이 생기지 않아 그대로 드러누웠다. 하늘에는 구름 한 점 보이지 않았다. 바닷물처럼 보이기도 했다. 음은 갑자기 몸이 뒤집힌 것처럼 느껴졌는데, 바다에 빠지기라도 한 듯이 사지를 허우적거렸다. 남자가 음을 보고 진정하라고 말했다. 장난치실 거면 빨리 움직이죠. 그들은 자리에서 일어나 다시 단지 쪽을 향해 걸었다. 단지와 가까워질수록 주변 풍경이 점점 어떤 구조를 갖추는 것 같다고 음은 생각했다. 공항이라고 하셨죠? 음이 묻자 남자는 처음 들어 본다는 식으로 눈을 동그랗게 떴다. 아까 공항이라고 하셨잖아요. 남자는 딴짓을 하기 시작했다. 돌멩이를 주워 멀리 던지기도 했고 가까운 건물에 다가가 손으로 벽을 짚기도 했다. 음이 대답 듣기를 포기할 즈음에 남자는 가던 길을 멈추고 음에게 물었다. 솔직히 말씀해 보시죠. 취재할 마음은 있으십니까. 음은 신속하게 취재를 마치고 본사로 가야 했다. 남자는 자꾸 음을 추궁했다. 말씀해 보시라구요. 음은 답답한 마음에 그에게 윽박을 질렀다. 과학 단지 안으로 좀 더 빠르게 갈 수 있는 방법에 대해서 얘기해 봐요, 그럼. 남자는 손가락을 들어 올리며 말했다.

저 강을 건너면 됩니다.

음은 장난이 심하다고 생각했다. 갑자기 강을 건너라
니 헛웃음이 나왔다.

그들은 내리막길을 지나 한참을 더 걸었다. 남자의
말대로 강이 나타났고 강 건너편에는 희뿌연 안개에 가
린 과학 단지가 보였다. 높은 곳에서 볼 때와는 사뭇 다
른 느낌이었다. 외곽을 둘러싼 채 높게 나열된 소음 흡
수판들이 성벽처럼 느껴졌다.

남자는 턱에 손을 괴고 잠깐 동안 말이 없었는데 건
너갈 방법에 대해 고심하는 듯했다. 강물은 바람이 없
는데도 일정하게 출렁였고, 시시각각 변하는 강물을 바
라보다 해가 점점 지고 있다는 사실을 깨달았다. 생각에
잠긴 남자를 뒤로하고 음은 걸었다. 나루터가 나타났는
데 금방이라도 부서질 것처럼 보였다. 갈까 말까 하는
사이 등 뒤에서 남자가 다가왔고 조금만 기다리면 배가
올 거라고 했다. 이 방법밖에는 없냐고 묻자, 그러지 않
으면 많은 시간을 들여 돌아가야 할 거라고 했다.

둘은 나루터로 올라갔다. 나무로 만들어진 탓에 걸
을 때마다 삐거덕삐거덕 소리가 났다. 썩은 내가 올라와
코를 막았다. 간간이 수면 위로 물고기가 튀어 올랐다.
그러는 사이 음의 주머니에서 진동이 울렸다. 편집장의

전화였는데 받을지 말지 고민했다. 한참 있다 전화를 받았고 편집장이 묻는 말에 대답했다. 사실대로 얘기했는데도 편집장은 화를 냈다. 배를 기다리는 중이며 이제 곧 있으면 도착할 거라고 하자, 갑자기 웬 배냐고 했다. 배가 와야 강을 건널 수 있다고 했더니 뜬금없이 무슨 강이냐며 음더러 뭔가 착각을 하는 건 아닌지 물었다. 멀리서 배가 들어오는 것이 보였다. 지금 배가 왔어요라고 음이 말하자 편집장은 말이 없었다. 음은 전화를 끊고 배를 좀 더 자세히 보기 위해 나루터 끝으로 이동했다. 자세히 보니 배라고 하기에는 뭔가가 엉성했다. 오히려 뗏목에 가까운 모습이었다. 누군가 그 위에서 기다란 장대로 강바닥을 밀며 다가오고 있었다. 이제 타시면 됩니다. 멀뚱히 서 있던 남자가 말했다.

두꺼운 나무판자를 연결해 만든 배에 올라서자 갑작스럽게 선체가 기우뚱했다. 음은 중심을 잡기 위해 다리를 벌렸고 그러는 사이 배는 출발했다. 장대를 밀어 배를 운전하는 사람은 수염이 긴 사내였는데 말을 하기 싫은 건지 말할 필요를 못 느끼는 건지 입을 굳게 닫고 하는 일에 열중했다. 둘은 바닥에 앉았다. 배가 강물을 가르며 나아갔다. 다들 아무 말이 없었다. 안개가 슬슬 걷히고 있었다. 음은 배의 끝으로 가 강물 속을 들여다봤다.

강물 속은 강바닥이 안 보일 만큼 뭔가가 잔뜩 쌓여 있었다. 음은 그 뭔가를 자세히 보기 위해 몸을 숙이다,

강물로 떨어질 뻔했고, 그런 음을 잡아 주기 위해 남자
가 다가왔다. 음은 몸의 중심을 잡아 괜찮다는 신호를
보냈다. 방금 뭘 본 거지, 순간 음은 자신의 눈을 의심하
며 마음을 다잡은 채 다시, 침착하게 강물을 들여다봤
다. 강물 속에는 기계, 아니 기계보다는 기계가 되다 만
듯한 모습의 기계들이, 다양한 크기의 기계들이 쌓여 있
었다. 물살에 일렁이는 그것들이, 마치 꿈틀대는 것처럼
느껴졌는데, 단지와 가까워질수록, 강물 속은 점점 확
연해졌다. 아주 큰 오토바이와, 날이 상한 톱니바퀴, 골
격만 남은 자동차, 공장의 굴뚝 같은 것들이 보였다. 손
에 잡힐 듯, 가깝고도 확실하게, 만지고 싶다는 강한 충
동이, 음의 마음속에서 스멀스멀 피어올랐다. 그런 음의
마음을 알아채기라도 한 듯이 바닥에 앉아 있던 남자가
다가와 음의 어깨를 붙잡았다. 음은 손을 뿌리치고 다시
강물 속을 들여다봤고, 순간 머리가 멍해질 만큼의 광경
이, 지금까지 본 것과는 다른 광경이 다시 펼쳐졌다. 음
은 굽혔던 몸을 세우고 고개를 들어 한숨을 쉬었다. 그
러자 옆에 있는 남자가 흐느끼기 시작했다. 왜 울어요,
묻자 자기도 모르겠다고 했다. 음은 방금 본 광경을 잊
지 않기 위해 다시 들여다보려 했으나 배를 운전하던 사
내가 그만 보라고 다그쳤다. 그러곤 이제 도착하니 하선
을 준비하라고 했다. 단지 쪽을 바라보자 많은 사람들이
도열해 있었다. 배를 향해 손을 흔들었다. 울던 남자가
일어나 펄쩍펄쩍 뛰었다. 선체가 요동쳤다.

음은 편집장에게서 받은 명함을 꺼내 그에게 건넸다. 그들은 활주로 끝에 서 있었다. 멀리서 새 떼가 날아올랐다. 주변에서 수상한 냄새가 난다고 음은 느꼈는데 기름 냄새 같기도 생선 비린내 같기도 한 냄새였다.

그들은 배에서 내린 후 단지 안으로 들어서기 위한 입구를 찾느라 많은 시간을 허비했다. 남자는 오랜만에 와서 길이 헷갈린다고 했고 자주 걸음을 멈췄다. 가까이서 보자 소음 흡수판들은 드문드문 서 있었고, 음이 보기에 사람이 지나다닐 만한 넓이의 구멍은 모두 입구처럼 보였지만, 그럼에도 남자는 정해진 입구로 가야 한다며 음을 재촉했다. 과학 단지 외곽은 강물의 유입을 막기 위한 암벽들이 들쑥날쑥 솟아 있었다. 음은 금방 지쳤고 남자 역시 숨을 헉헉댔다. 그만 갑시다, 음이 말하려는 순간 남자가 찾았다, 하고 소리를 질렀다. 입구라기보단 그저 다른 구멍들보다 넓은 크기의 샛길이 보였다. 남자는 신이 나는지 껑충껑충 뛰어갔다.

명함을 받아 든 남자가 뭔가를 골똘히 생각할 때쯤 음은 활주로를 따라 걸었다. 그러다 숨을 헉하고 들이켰다. 이륙을 포기한 항공기들이 각기 다른 모습으로 활주로를 따라 늘어서 있었다. 꼬리날개 한쪽이 부러진 항공기가 옆으로 엎어져 있었고, 어떤 것은 아예 하늘을 향해 뒤집어져 있었다. 활주로 옆 풀들은 사람 키만큼 자라 바람에 흔들렸다. 그 사이로 바닥을 쪼는 새들이 보였다. 거 봐요. 진짜 공항이었다니까. 남자가 명함을 도로 음에게 건네주며 말했다. 신 대위는 지금 유라시아 체험관에 있을 텐데. 그리로 가 보죠. 음은 손가락으로 항공기들을 가리켰다. 저렇게 방치해도 되는 겁니까. 그러자 남자는 방침이 그래요, 방침이, 하고 대답했다.

과학 단지가 조성될 당시 시에서는 공항의 잔재들을 어떻게 처리할지 오랜 시간 논의했다. 흑자를 기대하는 의원들 입장에서는 어떻게든 비용을 줄이는 것이 숙제였고 그대로 두자는 의견으로 결론이 모아졌다. 구관이 명관이라고 누군가 말하자 다들 박수를 치며 웃었다. 운치가 있을 겁니다. 의원 대표가 시장에게 설명했고 임기가 끝나 가던 시장은 결재 서류에 서명했다. 완공 시기에 맞춰 박람회가 개최됐는데 시민들 중 많은 사람들이 폐공항에 대해 민원을 넣었다. 민원의 주된 내용은 폐공항에서 흘러나오는 폐수며 악취가 피해를 준다는 것이었고 담당 부서에서는 이에 대해 별다른 방안을 제시하지 못했다.

음과 남자는 단지 내 순환 버스가 정차하는 정류장으로 향했다. 활주로의 중간 지점이었고, 얼마 지나지 않아 버스가 빠른 속도로 정류장을 향해 달려왔다.

*

아침이 됐을 거라고 음은 생각했다. 잠에서 깬 채 눈을 감고 있다가 전날 강을 건널 때 봤던 광경이 불현듯 떠올라 자리를 박차고 일어났다.

체험관에 도착하자 신 대위는 퇴근을 했다고 안내 데스크의 여직원이 말했다. 그러곤 손님용 숙소로 안내했다. 남자는 따로 할 일이 남았다며 음과 헤어졌다. 숙소 높은 곳에서 바라본 과학 단지 안은 마치 하나의 거대한 기계처럼 느껴졌다. 어둠에 가려 형체를 가늠할 수는 없었지만, 작동 스위치를 내린 것처럼 사위가 조용했다. 음은 커튼을 내리곤 바로 침대에 누웠다. 잠들기 어려울 거란 생각과는 달리 금방 잠에 들었다. 잠결에 음은 창밖으로 언뜻 깜빡깜빡 비치는 불빛을 바라봤다. 사람들의 고함 소리와 함께 간간이 기계음이 들렸다. 꿈을 꾼다고 음은 생각했다.

아침 일찍 일어난 음은 데스크톱의 전원을 켜고 메일을 확인했다. 편집장에게서 메일이 와 있었고 첨부된 파일을 열었다. 조종사가 관제탑과 마지막으로 교신한 내용이 녹취된 파일이라고 본문에 적혀 있었다. 음은 스피커의 볼륨을 키웠다. 가방에서 펜과 노트를 꺼내 받아적을 준비를 했다. 스피커에서는 밥 먹을 시간이다, 지구는 둥그니까, 신문을 보고 싶다, 바다로라는 말들이 지지직거리는 잡음과 함께 흘러나왔다. 섬뜩하지도, 그렇다고 두렵지도 않은 그 문장들이 마치 피를 빨아 먹으려는 모기처럼, 호시탐탐 자기를 노리는 것 같다고 음은 느꼈는데 어느샌가 재생이 뚝 끊겨 더 이상 들을 수도 없었다. 음은 몇 번이고 파일을 반복해서 재생했고 그러다 노트에 머리를 대고 잠에 들었다. 입에서 흘러나온 침이 노트를 적셨다.

남자는 해가 중천에 떴을 때쯤에야 음을 찾아왔다. 피곤하신 모양입니다. 음을 안쓰럽게 쳐다봤고 꼭 그런 건 아니라고 음은 대답했다. 신 대위님이 기다리십니다. 머리가 좀 어지러운데. 음이 말하자 남자는 안내 데스크에서 약을 구해다 준다고 했다. 음은 간혹 현기증에 시달리곤 했는데 병원에 가도 딱히 원인이라고 할 만한 것을 알아내진 못했다. 먹는 것과 자는 것을 규칙적으로 하라는 것 말고는 달리 들은 말도 없었다. 현기증이 시작된 것은 놀이 기구를 처음으로 타고부터였고, 며칠 지나면 괜찮아지겠지 하던 것이 아예 몸에 자리를 잡았다. 음이 한사코 거절하는 것을 친구들은 억지로 기구에 앉혔고 기구가 출발하자 음은 멀어져 가는 의식의 끈을 겨우 붙잡은 채 다리를 떨었다. 음이 탔던 놀이 기구는 그해 처음 만들어진 것이었는데 음과 친구들이 기구에서 내리고 얼마 지나지 않아 사고가 발생했다. 아폴로라는 이름 덕에 사람들은 우주를 상상했고, 대기 시간이 한 시간이 넘어도 대기 줄에서 벗어나지 않았다. 탑승객 중 한 명이 매표소 지붕 위로 떨어지고 나서야

아폴로는 오랜 시간 운행을 중지했다. 음은 어쩌면 매표소 지붕에 떨어진 게 자기였을 수도 있다고 남자에게 설명했다. 굉장한 우연이네요. 남자가 말했고 음이 무슨 말이냐고 묻자 자기도 그 사고가 있던 날 기구를 타기 위해 순번을 기다리는 중이었다고 했다. 안 타길 잘한 거예요. 음이 숙소를 나서며 중얼거렸다.

유라시아 체험관은 단지 변두리에 위치해 있었다. 건물 전체가 유리로 된 탓에 밖에서도 내부를 쉽게 볼 수 있었다. 장교복을 입은 사내가 관람객들을 인솔했는데 음은 그를 어디선가 본 적이 있는 것 같았다. 안으로 들어서자 안내원이 티켓을 요구했고 음의 옆에 있던 남자가 귓속말로 뭔가를 속삭였다. 안내원은 잠깐 기다려 달라 말하곤 자리를 벗어났다. 기다리는 동안 음과 남자는 체험관 내부를 구경했다. 기다랗고 울퉁불퉁한 구조물이 가장 먼저 눈에 띄었고, 그것은 로비 중앙에 기둥처럼 서 있었다. 음이 가까이 다가가 손으로 슥 밀었다. 구조물 아래에는 "문명을 덮는 천막", "손대지 마시오"라는 문구가 적혀 있었다. 체험관은 유라시아 대륙의 느낌으로 꾸며졌다고 남자가 설명했는데, 그 느낌이 정확히 어떤 건지 설명해 달라고 음이 말하자 남자는 보이는 대로라고 말했다. 보이는 거라곤 천장에 덕지덕지 설치된 파이프, 바닥에서 영상으로 재생되는 철로, 허허벌판의 모습이 담긴 액자들 따위였다. 이게 답니까, 음이 물었다. 이 정도면 훌륭하잖아요. 남자가 대답했다. 얼마 뒤 제가 신 대위입니다라고 자신을 소개하는 사내가 다가왔다. 음이 손을 내밀었다. 취재를 나오셨다구요. 둘은 악수를 나눴다. 음과 같이 온 남자는 자리를 피해 준다며 안내원과 로비를 벗어났다.

신 대위는 체험관 2층에 마련된 응접실로 음을 안내했다. 창문을 모두 열어 놓은 탓에 책상에 있던 서류들이 바닥에 흩날렸다. 음은 소파에 앉아 차를 내온다는 신 대위를 기다렸는데, 맞은편 소파의 찢어진 구멍에 자꾸 신경이 쓰였다. 사실 구멍보다는 구멍 안의 누런 솜에 시선이 쏠렸고 꺼내 보고 싶은 충동을 겨우겨우 참고 있었다. 신 대위가 구멍을 엉덩이로 깔고 앉은 탓에 더 이상 보이지 않게 되자 쩝쩝 입맛을 다셨다. 취재하신다는 일은 어떤 겁니까. 자신의 하반신 쪽을 지그시 바라보는 음에게 신 대위가 물었다. 음은 자초지종을 설명했다.

아, 그 일이라면. 신 대위는 자세를 고쳐 앉았다. 제 사관학교 동기생입니다. 조종사요? 네. 신 대위는 자리에서 일어나 테이블에 기대앉았다. 뭔가를 생각하는 듯한동안 창밖을 바라봤다. 어떤 얘기가 듣고 싶은 겁니까. 신 대위가 물었고 음은 당연히 그 사고에 관한 일이죠, 답했다. 이미 아시지 않습니까. 음은 중요한 단어들만 노트에 받아 적었다. 꼭 그렇게 적어야 합니까. 신 대위가 마땅치 않다는 듯이 물었다. 기록하는 게 제 일입니다. 음은 노트에 가장 먼저 동기생이라고 적었다. 참웃긴 일이죠. 현대 기술의 집약이니 최첨단이니 떠들어

대던 전투기가 그렇게 순식간에. 조종 하나는 기가 막히게 했습니다. 그 친구 잘못이 아니에요. 분명 기계가 오작동을 일으켰을 겁니다. 신 대위가 쯧쯧 혀를 찼다. 조종사의 잘잘못에 따라 보상금의 액수가 달라진다고 말을 이었다. 음은 노트에 실종이라고 적었다. 결국 실종으로 마무리된 건가요. 그게 정확하지가 않다는 겁니다. 그러니 가족들도 여기까지 와서 그 난리를 피운 거죠. 어디로 간 건지 알 수가 없어요. 음은 추측이라고 이어 적었다. 그럼 혹시 신 대위님 생각은 어떻습니까. 신 대위가 음에게 가까이 다가와 물었다. 뭐가 말입니까. 음은 그를 똑바로 바라본 채 말했다. 비행 중이던 그가 어디로 갔는지 말이에요. 신 대위님도 조종 경력이 있잖습니까. 신 대위가 후, 하고 한숨을 쉬었다. 비행착각이라고 혹시 들어 봤습니까. 관자놀이를 손가락으로 누르며 음이 대답했다. 알아요. 이미 봤습니다. 음은 마지막으로 뭔가를 노트에 적고 가방에 넣었다. 이미 봤다면 더 말할 필요도 없겠군요. 제 생각도 마찬가지입니다. 그 친구는 착각한 겁니다, 바다를. 음은 인터뷰가 중요하다고 했던 편집장의 말이 떠올랐다. 그보다 구경은 좀 하셨습니까. 어제 늦게 도착하셨다고 들었는데. 신 대위가 앞섶을 풀며 물었다. 신 대위는 음에게 신식 전투기를 볼 기회를 준다고 했다. 일반인들에게는 관람이 제한되지만 취재에 도움이 될지도 모른다는 것이 그의 생각이었다. 아직 보급되지 않은 전투기입니다. 여기서만 볼 수 있죠. 같이 나갑시다. 음은 고개를 끄덕였다.

　음은 조감도를 바라봤다. 구역별로 테마가 있다고 신 대위가 귀띔을 했고 그게 뭔지 스스로 알아보려 했다. 가늠하기 어려웠다. 음의 눈에는 아무렇게나 배치된 것 같았다. 안내원에게 가이드 맵을 한 장 받아 올걸, 후회했다.

　과학 단지는 박람회 개최 이후 도시를 대표하는 상징적인 곳으로 자리 잡았는데 찾는 이는 많지 않은 편이었다. 지역 주민들조차 드문드문 올 정도였고 간혹 인근 학교에서 견학을 오기는 했으나 그 횟수가 많지도 않았다. 주민들이나 학생들은 지겹다는 말을 자주 했다. 과학 단지가 아닌 세금이나 축내는 애물단지, 혹은 유행 지난 골동품과 같다고 입 모아 얘기했다. 그게 우리 잘못은 아닌데. 신 대위는 억울한 듯 하소연했다. 관람회의 주제는 뭐였습니까. 음이 물었다. 입구에 적혀 있는데 못 보셨나 봐요. 음은 기억이 날듯 말듯 했다.

　전투기가 있는 우주원까지 걷자고 제의한 것은 신 대위였으나 땀을 비 오듯 흘리는 탓에 음은 왠지 미안한 마음이 들었다. 날씨가 그리 더운 편이 아니었는데도 신 대위는 연신 손으로 부채질을 했다. 장교복 상의 등 쪽에 얼룩이 점점 번져 갔다. 어디선가 기계음이 들려왔다. 둔탁하고 규칙적인 그 소리가 점점 가까워지는 것 같다고 음은 생각했다. 그러자 오한이 들었다. 왜 오한

이 드는지는 알 수 없었지만 어쩐지 눈앞이 핑핑 도는 것 같았다.

야외에 설치된 기계들은 각자 나름의 자세로 침묵을 지키고 있었다. 어떤 지시를 기다리고 있는 것은 아닌지 음은 막연히 생각했다. 얼굴에 땀이 흥건한 신 대위가 옆으로 다가와 말을 걸었다. 이상하게 덥네요. 전엔 이렇게 덥지 않았는데. 더위를 잘 안 느끼시나 봅니다. 이 주변은 전부 야외 전시관이에요. 주로 다른 곳에서 가져온 것들이 많습니다. 음은 그의 말을 흘려들으며 앞으로 계속 걸었다. 벌판처럼 시야가 트인 야외는 인도를 제외하곤 잔디가 넓게 깔려 있었다. 곳곳에 놓인 기계들을 바라보는 것만으로도 정신이 없었다. 기계들은 음이 생전 처음 보는 모습으로 자리 잡고 있었는데 공통된 것이라고는 찾아볼 수 없었다. 크기뿐만 아니라 색, 재료도 달라 보였다. 신기하죠. 신 대위가 물었다. 신기하진 않은데. 음이 대답하자 신 대위는 땅을 앞발로 툭툭 찼다. 이것들은 다른 나라에서 왔어요. 변신한 것들뿐입니다. 원래 어떤 모습이었는지 기억도 안 나요. 음은 그를 돌아봤다. 개조를 했다는 말입니까. 받아들이기 나름이죠. 신 대위가 상의를 벗어젖히며 답했다. 아, 참기 어렵네요. 옷 좀 갈아입고 오겠습니다. 먼저 저쪽으로 가 계시죠. 그렇게 말하곤 멀리 한 건물을 손으로 가리켰다. 음은 알겠다고 대답했다. 그러곤 뒤뚱뒤뚱 뛰어가는 신 대위의 뒷모습을 지그시 바라봤다.

혼자가 된 음은 지금이 편하다고 생각했다. 그는 기계들을 더 가까이서 보기 위해 잔디 안으로 들어갔다. 그러다 문득 한 곳에서 걸음을 멈췄다. 설명문에는 박람회 당시 관객들에게 가장 인기가 좋았던 기계라고 적혀 있었다. 언제더라. 음은 중얼거리며 기계에 가까이 다가갔다. 생김새가 어쩐지 만들다 만 것 같은 느낌이었다. 만져 보려 손을 뻗다가 문득 누군가 자신을 제지하는 것은 아닌지 주위를 살폈다. 그러다 눈앞의 기계가 어릴 때 견학을 와서 봤던 그 기계라는 것을 깨달았다. 주변의 다른 기계들 역시 전부는 아니어도 일부는 예전 모습 그대로였다. 당시 선생님은 각자 구경한 것을 연습장에다가 스케치하라는 숙제를 내줬는데, 어쩐 일인지 집으로 돌아오자 뭘 봤는지 도통 기억이 나질 않아 음은 애를 먹었다. 다른 친구들도 마찬가지였다. 다들 기억이 잘 안 난다고 했다. 선생님은 역정을 내며 본인이 직접 칠판에 그림을 그렸고, 그 그림이 얼마나 우스꽝스럽던지 반 아이들 모두 배를 잡으며 웃었다. 그러곤 운동장을 오후 내내 돌았다. 음은 그때의 기억이 떠오르자 머리가 다시 핑 돌았다.

음은 다시 걸음을 옮겼다. 멀리 작게 보이는 건물에서 사람들이 쏟아져 나왔다. 줄을 맞춰 이동했다. 음과 함께 온 남자가 안내원과 함께 사람들을 인솔하고 있었다. 남자는 음을 확인했는지 손을 번쩍 들어 흔들었다. 다른 사람들도 모두 음을 보고 손을 흔들었다. 음은 시야가 일그러지는 듯한 착각이 들었다. 눈앞의 광경이 아스팔트의 아지랑이처럼 흐물흐물해지기 시작했다. 자리에 주저앉아 머리를 세차게 흔들었다. 왁자지껄하는 소리가 들렸다. 웃음소리 같기도 아니면 뭔가를 보고 놀라 지르는 소리 같기도 했다. 음은 뒤통수를 두어 번 탕탕 치고 자리에서 일어났다. 그러곤 속을 게워 냈다. 형체를 알 수 없는 검은 토사물이 바닥으로 쏟아졌다. 음은 발로 흙을 끌어와 토사물을 덮었다. 기름 냄새가 코를 찔렀다.

우주원 입구에서 신 대위가 손짓했다. 차양이 만든 그림자 밖으로 나올 생각이 없는 듯했다. 좀 지치네요, 바닥을 보며 음은 얘기했다. 이거 좀 곤란하게 됐습니다. 음이 왜 그러냐고 묻자 전투기가 새벽에 이미 비행단으로 출고됐다고 말했다. 기자님이 주무실 때 이동한 것 같습니다. 아쉽게 됐습니다. 음은 아쉽지는 않다고 말하려다 속으로 삼켰다. 대신 여기 모의 조종실이 있으니 그리로 가자고 신 대위는 말했다. 일반 관람객들은 구경도 못 해요. 거기서 뭘 하라는 건지 음은 의아했다.

모의 조종실은 사방의 벽이 전부 흰 페인트로 칠해진 방이었는데, 방 가운데에 조종석을 그대로 옮겨 놓은 듯한 모양의 기계가 있었다. 음이 자리에 앉자 앞 벽면에 화면이 켜지며 활주로의 모습이 보였다. 옆에 서 있던 신 대위가 고글 비슷한 안경을 음의 머리에 씌웠다. 혹시 멀미가 나면 말씀해 주세요. 음은 괜한 짓을 하는

건 아닌지 후회했으나 이미 기계가 작동되고 있었다. 오
퍼실로 올라간 신 대위가 이제 시작하겠습니다, 하고 스
피커를 통해 말했다. 음은 허둥지둥 안전벨트를 찾았
다. 신 대위의 지시에 따라 조종 레버를 올리자 시동을
거는 엔진 소리가 방 안 가득 울렸다. 음은 이륙과 동시
에 으어어, 하며 소리쳤다. 실제라면 정말 이런 기분인
지 음은 궁금했다. 전투기는 빠르게 활공했고 옅은 구
름들이 음을 스쳤다. 고개를 내리자 육지가 보였는데 어
쩐지 조악하게 느껴졌다. 그대로 계속 피트 유지하면 됩
니다. 신 대위가 말했고 음은 레버를 꽉 잡았다. 혹시 미
사일 같은 걸 발사할 수 있지 않을까 기대했다. 레버를
좌우로 돌리며 기수를 바꿨다. 배면비행을 하자 정말 몸
이 뒤집힌 것처럼 느껴졌고 속이 더부룩했다. 신 대위는
수평을 제대로 맞추라고 지시했다. 음은 이제 바다 위
를 날았다. 정면으로 수평선이 길게 펼쳐져 있었다. 음
은 이대로 계속 날 수만 있다면 좋겠다고 생각했다. 고
개를 내리자 넓고 푸른 바다가 보였다. 순간, 음은 뭔가
이상한 기분을 느끼며 기수를 올렸다. 신 대위가 피트를
그대로 유지하라고 다시 말했다. 음은 자신이 생각하는
착각 속에서 기계를 믿기로 마음먹었으나, 그것보다는
자신의 감을 믿자고 다시 생각을 바꿨다. 음은 계속 위
로 향했고 파란색 배경의 하늘이 가까워질 무렵 쾅 하
는 소리와 함께 기계가 작동을 멈췄다. 음은 우웩 하며
바닥에 토했다. 작동이 끝나자 멀미가 찾아왔다. 겨우

몸을 일으켜 오퍼실을 바라봤다. 신 대위는 고개를 절레절레 저었다. 방금과 똑같았습니다. 스피커를 통해 전해지는 신 대위의 목소리가 음을 더 어지럽게 했다. 똑같았다구요. 여기가 관제탑이라면, 거기, 기자님이 앉아 계신 곳이 그때 그 친구가 앉았던 곳과 똑같아요. 음은 심호흡을 했다. 같은 상황이었습니다. 그도 뭔가 착각을 하고 레버를 당겼죠. 그렇게 바다로 쾅, 들어갔습니다. 음은 그 와중에도 가방에서 노트를 꺼내 멀미라고 적었다. 분명 계기판이 오작동을 일으킨 게 분명합니다. 사고가 있던 날 해상비행은 매뉴얼에 없었거든요. 신 대위는 어느새 오퍼실에서 내려와 음의 옆에 다가왔다. 그는 계기판을 믿었어요. 그런 날이 있습니다. 날씨가 좋으면 위아래가 구분이 잘 안 가요. 하늘인지 바다인지. 자신도 모른 사이에 바다로 전투기를 몰고 들어간 거죠. 신 대위가 조종석을 쓰다듬으며 말했다.

*

우주원 입구에서 음은 서성였다. 밖은 이미 어두워지고 있었다. 안내를 맡았던 남자가 꽤 오래 음을 기다린 눈치였다. 신 대위는 할 일이 있다며 남는다고 했다. 비가 조금씩 내리고 있었다.

남자는 주머니를 뒤지더니 뭔가를 꺼내 음에게 건넸다. 배지였다. 기념품 상점에서 하나 가져왔다고 했다.

음은 배지를 옷에 꽂았다. 취재에는 도움이 좀 되셨나요. 남자가 물었다. 음은 노트를 꺼내 남자를 보며 흔들었다. 된 것 같기도 하고. 조종사는 어떻게 됐는지 그걸 모르겠네요. 탈출을 한 건지. 그들은 출구 쪽으로 걷기 시작했다. 빗줄기가 점점 단지를 적시기 시작했다. 음은 고개를 들어 하늘을 바라봤다. 하얗게 뜬 초승달 옆으로 비행기가 날아갔다. 주기적으로 반짝이는 비행기의 야간 등이 별빛처럼 느껴졌다. 남자는 손가락으로 멀리 한 곳을 가리켰다. 저기, 저곳으로 나가면 됩니다. 곧장 단지 밖으로 나가는 길이 있어요. 화살표로 된 출구 표지판이 희미하게 보였다. 음은 남자의 쭉 뻗은 손가락을 바라봤다. 좀 더 걷자 갈림길이 나왔고 남자는 갑자기 걸음을 멈췄다. 갈림길에는 건물들의 명칭이 적힌 표지판들이 나무의 가지처럼 사방으로 뻗어 있었다. 음은 저쪽에 잠깐 들렀다 가면 안 될까요, 하고 남자에게 물었다. 남자는 시간이 없다고 말했으나 음은 무시하고 출구와는 다른 방향으로 걸었다. 가로등이 빼곡하게 세워져 있었다. 남자는 음의 뒤를 졸졸 따라갔다.

음은 중요한 걸 빼먹었다는 듯 급히 편집장에게 전화를 걸었다. 혹시 마감일이 언제입니까. 편집장은 잠에 잠긴 목소리로 내일 얘기하자고 했다. 녹취한 것도 다 받아 적었습니다. 이제 정리만 하면 돼요. 음은 다급하게 얘기했다. 그러니까 내일 다시 얘기하자고. 편집장은 잠꼬대를 하듯이 대답했다. 금방이라도 땅으로 떨어질 듯한 표지판에 폐적장이라고 적혀 있었다. 돌아가서 자세히 말씀드리죠. 음은 전화를 끊었다. 뒤에서 걷던 남자가 무슨 전화 통화가 그 모양이냐고 말했다. 원래 용건만 간단히 하는 법이죠. 음은 말했다.

한참을 걷자 넓은 대지가 나타났다. 도로가 끊겨 그들은 모래 바닥을 걸어야 했다. 걸을 때마다 사각사각 소리가 났다. 음은 신발을 벗고 걸었다. 그곳에서 뭔가가 자신을 기다리고 있을 것 같은 생각이 들었다. 저 멀리서, 광활하게 펼쳐진 폐적장에서, 무언가, 혹은 누군가 자신의 방문을 기다리고 있을 것만 같았다. 하지만 괜한 기대였고, 기대가 커질수록 음은 자꾸 짜증이 났다. 음은 뒤를 돌아봤다. 남자는 어느새 걸음을 멈추고 제자리에 서 있었다. 전 여기 남겠습니다. 다녀오시죠. 남자는 말했다. 음은 재빨리 걸었고, 얼마 못 가 숨이 컥 하고 막혔다.

수명을 다한 비행기 수백 대가 일정한 간격으로 줄을 맞춰 대기하고 있었다. 대기라기보다 수신호만 떨어지면 곧바로 발진할 것처럼 보였다. 이 많은 비행기들이 전부 어디서 왔을까, 음은 궁금해하며 비행기 사이사이를 지났다. 어떤 것은 엔진이 드러난 채로, 어떤 것은 동체가 반으로 잘린 채로, 또 어떤 것은 날개가 접힌 채로 그 자리에 있었다. 어디선가 기계음이, 새벽에 들었던 소리와 비슷한 기계음이 들렸다. 비행기들에 가려 잘 보이지 않았다. 음은 소리가 나는 곳으로 재빨리 뛰어갔다. 그러곤 눈을 비볐다. 전투기 한 대가 멀리서 질질 끌려오고 있었다. 물에 흠뻑 젖은 채로 천천히 폐적장을 향해 다가오고 있었다. 전투기 주위로 자동차들과 사람들이 사위를 밝혔다. 사람들의 손에 들린 야광봉이 횃불처럼 느껴졌다. 음은 가까이서 보기 위해 걸음을 옮겼다. 가방에서 노트를 꺼내다 바닥으로 떨어뜨렸다. 물에서 금방 건져 냈는지 전투기의 기체가 매끈했다. 음은 손을 들어 올려 관자놀이를 눌렀다. 조종석에 누군가 앉아 있었다. 캐노피가 깨진 탓에 확연히 보였다. 조종 헬멧이 어깨에 대롱대롱 매달린 조종사가 고개를 푹 숙이고 있었다. 꽉 조여진 안전벨트가 살을 파고 들어가 뼈가 드문드문 보였다. 왼손은 비상 탈출 레버를 여전히 꽉 쥐고 있었다. 음은 할 수만 있다면 조종사와 인터뷰를 하고 싶었다. 조종사의 녹아 버린 입술이 피딱지처럼 턱에 묻어 있는 것을 보고 음은 걸음을 멈췄다. 전투기가 지나가는 곳마다 웅덩이가 생길 정도로 물이 많았다. 어디선가 짠내가 전해졌다. 조종복에 달린 견장에 어떤 문양이 새겨져 있었으나 훼손이 심해 뭔가를 떠올리기가 힘들었다. 음은 더 이상 다가가지 못하고 남자에게 되돌아갔다.

배가 나루터에 정박하고 있었다. 수염이 긴 사내는 이미 배에 올라 음에게 손짓했다. 외곽에서 비추는 여러 개의 조명 탓에 강물 위가 환했다. 남자는 다음에 기회가 된다면 다시 방문해 달라고 말했다. 못 본 곳이 많다고 했다. 음은 배에 올랐다. 둥그런 빛이 남자를 비추다가 사라졌다. 남자는 손을 번쩍 들어 떠나는 음에게 인사했다. 배가 시야에서 사라질 때까지 계속 손을 흔들었다.

배는 강물을 헤치고 나아갔다. 사내는 여전히 말이 없었고, 강물이 뒤척이는 소리만 주위에 퍼졌다. 음은 잠이 쏟아졌다. 선체 밖으로 머리를 내밀어 물결을 바라봤다. 불빛이 옮겨질 때마다 강물 위가 잘 닦아 놓은 철반처럼 반짝였다. 음은 몸을 반 정도 내밀었다. 강물 속에서 뭔가가 보였다가 사라졌다. 사내는 음을 막지 않았다. 조명들이 이동을 멈췄으면 좋겠다고 음은 생각했다. 돌아가면 사표를 내야겠어. 더 이상 이런 일만 도맡아서 할 수는 없지. 이번 기회에 아예 이쪽으로 일을 옮겨 볼까. 음은 강물 속을 바라보며 중얼거렸다. 두 눈을 똑바로 뜬 채 강물 속의 광경을 주시했다. 멀쩡한 모습의 비행체가 물 안에 정박해 있었다. 양옆으로 길게 펼쳐진 날개와 매끄럽게 제작된 동체, 불빛에 반짝이는 캐노피, 당장이라도 이륙을 준비할 것 같은 기체를 음은 멍하니 바라봤다. 조종석에 누군가 자리 잡고 있는 것 같았다.

음은 눈을 비볐다. 피곤하군. 고개를 들어 사내에게 혹시 두통약이 있느냐고 물었다. 사내는 손을 휘휘 저었다. 음은 다시 강물 가까이 몸을 숙였다. 그래도 확인하고 싶은걸. 주위가 갑작스레 어두워졌다. 강물을 비추던 조명들이 일제히 꺼지자 주위가 순식간에 깜깜해졌다. 음은 어둠에 적응하기 위해 눈을 여러 번 감았다 떴다. 배가 물살을 가르고 앞으로 나아가는 소리에 의지한 채 다리에 힘을 주고 서 있었다. 사내의 뒷모습이 어렴풋하게 보였다. 음은 점점 헷갈렸다. 어둠에 익숙해질수록 까만 허공에 붕 떠 있는 것만 같은 착각이 들었다. 밤하늘을 비춘 강물이 현기증을 일게 했다. 음은 자리에 주저앉았다. 그러곤 더듬더듬 손을 짚어 옆으로 움직였다. 손바닥을 아래로 뻗었다. 강물이 느껴졌다. 음은 한숨을 길게 쉬었다. 그사이 가방이 강물 위로 떨어졌다. 동그란 파문이 넓게 퍼져 갔다.

붉은 증기

대령은 자리에서 일어나 몸을 더듬는다. 찢긴 계급장이 양어깨에서 안간힘을 쓰고 있다. 기억이 뒤숭숭하다. 대령은 뭔가를 찾는 것처럼 사지를 주무른다. 그는 교각 위에서 정신을 잃었고 이제 막 감각이 돌아오는 중이다. 매캐한 연기가 굉음과 함께 그를 어지럽히고 있다. 그는 손을 휘저어 난간에 몸을 기댄다. 기차가 교각 아래를 지나간다. 굴뚝을 단 기차가. 증기를 내뿜으며 멀어지는 기차는 마치 왜소한 굴뚝이 달려가는 것처럼 보인다. 대령은 자신의 생각이 만족스럽다. 기적이 조용하다. 검게 변색된 수건을 목에 두른 인부들이 보일러에 석탄을 교대로 쑤셔 넣는다. 차륜이 척척척 멀어진다. 대령은 그 소리를 듣고 허기를 느낀다. 자리에 주저앉아 느슨해진 군화 끈을 고쳐 맨다. 이윽고 연기들이 달아나고, 세 사람이 널브러져 있다. 그들에게서 기름 냄새가 난다. 기름통을 뒤집어쓴 것처럼 냄새가 지독하다. 대령은 술 냄새를 기대했지만 따끈해진 코언저리를 주무를 뿐이다. 이 시간부터 누워 있다니. 그는 어둠이 밀려드는 철로의 끝을 바라본다. 이탈한 전선이 까마득하다. 엎어져 있던 남자가 몸을 뒤집어 대령을 바라본다. 대령은 그 사실을 모르고 있다. 총알이 빗발치는 것 같다. 실제로 대령은 몸을 웅크리고 머리를 무릎 사이에 끼우는데 몸을 뒤집은 남자가 엉금엉금 기어 그에게 다가간다. 낮게 포복한 자세가 우스꽝스럽다. 대령은 남자에게 뭘 하는 중이냐고 묻는다. 남자는 말없이 머리를 숙이고 다시 잠에 취해 잠꼬대인지 주문인지 모를 소리를 흥얼거린다. 거수하듯 뻗은 왼손에 쇠로 된 장갑을 착용하고 있다. 대령은 남자를 폴짝 뛰어넘어 교각을 벗어난다. 손가락들이 돌바닥을 긁는 소리가 심상치 않다.

아무리 품을 뒤져도 지도가 보이지 않는다. 그런 대령을 보고 있자니 뭐라도 손에 쥐여 줘야만 할 것 같다. 대령은 주위를 둘러본다. 철교를 따라 걸으면 되잖아. 지도에서 철교를 본 것 같기도 하다. 걷다 보면 방법이 생기겠지. 철교 건너편에서는 작은 불빛들이 하나둘 자리를 잡고 있다. 혹시 기차가 올지도 몰라. 그럴 땐 어쩌지. 뛰어내릴 수는 없는데. 대령은 재빨리 걸음을 옮긴다. 철교 아래에서 불어온 바람이 그를 위태롭게 뒤흔든다. 간혹 철교를 지탱하는 기둥에 물살이 부딪히는 소리가 바로 옆에서 들려온다. 마수를 찾아라. 대령은 누가 자신에게 그런 명령을 했는지 가물가물하다. 하지만 방금 기억이 떠올랐고 망명한 자들의 이름이 적힌 명단에서 그의 이름을 언뜻 본 것 같기도 하다. 망명과는 아무런 관련이 없다. 없던 국경이 솟아날 리는 없고 대령은 다시 뛰는 것에 집중한다. 빛들이 점점 다가오고 있다. 기차를 두려워하지 않아도 되는 이유는 석탄을 보급받기 위해 역에서 정차하고 있기 때문이다. 가열된 실린더의 냉각기를 교체할지 말지 기장과 정비사가 팔짱을 낀채 얘기를 나누는 중이지만 대령은 이 사실을 모른 채, 게다가 계급장 한쪽이 떨어져 나간 것도 모른 채 뛰고있다. 밤에 문을 여는 공장들의 입구. 인부들이 하나둘 모여 불을 쬐는 중이다. 그들은 공장에서 생산되는 기계들이 어디에 쓰이는지 알 수 없다. 용도를 가늠만 할 뿐이다. 야간작업을 위해 철교에 들어선 작업자들이 허겁지겁 뛰어오는 대령을 발견한다. 누군가 허리에 둘렀던 팔뚝만 한 스패너를 손에 쥐고 대령의 이마를 주시한다. 연장들이 대령의 이마를 주시한다. 대령은 걸음을 멈추고 재빨리 손을 휘젓는다. 이 중에 마수가 누구요. 연장을 제자리에 돌려 놓은 인부들이 고개를 가로젓는다. 아마도 탄광 쪽에 있으려나. 누군가 대답한다. 다른 인부들이 말을 뱉은 인부를 쏘아본다. 갈색 모자챙에 고글을 두른 남자가 방금 그들의 뒤를 지나갔다. 대령과 인부들이 서 있는 자세를 비교하자면 약간 기운 경사 위에서 대령은 본부에서 하달받은 명령을 부대원들에게 읊조리는 것처럼 입을 오물거리고, 반대로 인부들은 고개를 조금 든 채로 대령을 바라보다가 왜 이자에게 시간을 낭비해야 되는지 암묵적으로, 대령의 어깨 너머로 하나둘 불이 들어오기 시작한 야간등을 바라보는 것으로 의견을 좁히며 서서히 자리를 벗어난다. 고글을 내려 낀 남자가 승강기에 올라타 층수를 고심하고 있다. 인부들이 철교 위에 올라서자 톱니바퀴들이 맞물리며 끅끅 소리를 낸다. 마수가 거의 유일하지. 대령은 골목들을 향해 뛰어간다.

*

　반파된 불상이 줄에 묶여 이동한다. 공중에 흩날리는 자잘한 부스러기들을 바라보고 있으면 옆으로 누운 불상이 곧 허물어질 것만 같다. 녹색 전구들이 만든 사각지대에는 거미줄에 엉킨 폐유가 그늘 밖으로 점점 흐르고 있다. 영업을 시작한 가게들의 문이 일제히 열리고 물건을 팔거나 사는 사람들이 앞을 다투며 골목을 누빈다. 골목이 빼곡하다. 그들은 서로의 복장에는 관심이 없다. 머릿속에는 사고팔 것들이 가득하다. 여긴 화장실이 없습니다. 좌판에 앉은 사람이 여행객들에게 설명한다. 그보다 여행 중이라면 이게 더 필요할 텐데. 그는 손가락으로 좌판에 올려진 망원경을 가리킨다. 우린 산맥으로 가는 중이에요. 그게 필요할까요. 여행객들이 등을 돌리고 수군댄다. 골목을 지나던 사람들 역시 걸음을 멈추고 좌판을 바라본다. 좌판에서 좌판으로 시선이 이어지고, 대령은 초병에게 하소연을 하고 있다. 왜 못 들어가나. 잠깐 비켜서 주시죠. 거대한 트럭이 암석들을 싣고 시장으로 들어선다.

대령은 뿌연 먼지를 손으로 휘휘 저으며 초병을 설득하기 위한 궁리를 시작한다. 초병은 그가 누군지, 그의 군복이 진짜인지 가짜인지, 그가 누굴 찾으러 왔는지 관심이 없다. 노목 뿌리처럼 엉킨 담벼락의 배관 사이로 수리공들의 정수리가 언뜻 보인다. 아무래도 증기가 압축이 잘 안 되는 모양이야. 초병이 수리공들을 향해 소리친다. 망원경을 판매하는 남자가 그 소리에 놀라 대령을 바라보는데 곤란한 표정을 짓는 대령의 얼굴이 어디서 본 듯하다. 그럴 리 없다. 전쟁은 아직 아무런 영향을 끼치지 않았다. 개가 폐유를 핥다가 재채기를 한다. 고철로 만든 뒷다리로 배를 벅벅 긁는 중에 무언가에 놀라 재빨리 반대편으로 뛰어간다. 초병이 수리공들과 농을 주고받는 사이 대령은 입구를 지나 시장 안으로 달린다. 개를 따라 뛸 생각이었지만 잠시 제자리에 서서 주위를 둘러본다. 바닥이 질척인다. 파이프와 파이프 사이를 메운 천막이 바람에 흔들리며 대령의 시선을 뺏는 동안, 녹색 빛을 뿜는 조명 중 하나가 폭발하고, 불똥이 튄 배가 집채만 한 여자는 앞치마를 들어 올려 머리를 감싸는데 그의 남편은 펍 안에서 한 움큼 손에 쥔 나사들을 이번 게임에 전부 걸며 짝수를 외쳤지만, 딜러의 얼굴에 번지는 미소를 무시할 수는 없고 별수 없이 뒷문으로 빠져나와 라이터를 찾는 사이 위를 바라보며 어슬렁거리는 대령과 마주친다. 이 근방에서 처음 보는 얼굴인데. 대령은 못 들은 척 반대편 골목으로 걸어가고, 시장 전체를 돌아보려면 아무래도 높은 곳으로 올라가는 것이 좋겠다고 생각하지만, 계속 졸졸 따라오는 남자가 거슬려 뒤로 돌아 난 군인이오, 말하자 남자는 난 도박꾼이오, 하고 대답하는 소리에 기가 차 다음 말을 고민한다. 도박꾼은 그사이를 틈타 대령에게 가까이 다가간다. 뭘 찾는 중이오. 대령은 대답하지 않는다. 찾는다고 찾아지는 게 아니지. 빗소리들. 사선으로 쏟아지는 빗금들을 후려치며 도박꾼은 대령을 잡아끈다. 해가 다시 지고 있구나. 대령은 눈을 가늘게 뜬 채 도박꾼의 등에 번진 그림자를 바라본다. 전선이 떠오른다. 이미 점령당했습니다. 보시다시피 시가지 쪽은 전부. 검은 펜으로 지도 귀퉁이에 빗금을 긋던 부하가 뒤로 돌아 말했다. 막을 수 있을까요. 부하는 다른 곳에도 벌써 빗금을 칠 자세를 취했다. 어차피 철판으로 몸을 감싼 병사들은 일부 아닌가. 책상에 걸터앉아 담배를 말던 참모가 말했다. 그 일부가 지금 전체를 쑤시고 다닙니다. 참모는 담뱃잎 부스러기를 후후 털어 냈다.

　그걸 당신이 아는가. 잊을 만하면 들리던 포격 소리

는 마치 짐승의 단말마 같았다. 무슨 수로 압니까, 제가. 술집 창문의 커튼을 젖혀 밖을 확인하던 도박꾼이 말한다. 어찌 됐든 이렇게 함부로 돌아다니면. 바닥으로 떨어진 술병이 깨지고 바텐더들은 술잔을 닦기 바쁜데 마이크를 사이에 두고 싸우는 노인들, 침을 흘리며 수군대던 수리공 하나가 엉덩이를 뒤로 빼고 다가가지만 곧 부어오른 뺨을 부여잡고 일행에게 돌아와 하소연을 할 때 대령의 기척을 지우기 위해 노력하던 도박꾼은 이 시간에 돌아다니는 건 미친 짓이오, 밤이 좀 더 깊어지면 그때 움직이시구려, 대령에게 말한다. 여기서 한가하게 술이나 마실 때가 아니라. 대령은 계획을 세울 필요가 있다. 전장에서 통하던 막무가내는 여기선 아무런 쓸모가 없다. 하지만 대령은 막무가내로 자리에서 일어나 사람들을 휘젓기 시작했고 그에게 부딪힌 사내 몇몇이 눈을 부라리며 욕을 내뱉는다. 제자리에 멈춰 서는 대령. 펍이 정지한다.

길가에 대기 중이던 택시가 대령을 보고 후진한다. 범퍼에선 연기가 새어 나오고 있다. 초병은 택시에 올라타는 대령을 잠시 바라보다가 등을 돌린다. 차체가 흔들리자 좌석이 도로로 쏟아질 것 같다. 마수라고 혹시 아시오. 기사가 백미러로 흘깃 바라본다. 모르는 사람이 없죠. 그나저나 이 차는 왜 이렇게 흔들리는 겁니까. 증기를 가득 채워서 그럽니다. 실린더를 갈아야 한다. 버티다가 조만간 보일러가 폭발할 것이다. 하지만 대령은 재채기를 뱉는 동시에 속히 도착지가 나타나길 고대한다. 손님, 도착지를 말씀하셔야죠. 탄광이 있다고 들었는데. 대령은 손바닥에 묻은 콧물을 시트에 슥 문지른다. 그사이 기사가 키를 빼며 시동을 끈다. 내리세요, 안 갑니다. 차가 정지한다. 안 간다고, 대령은 되묻는다. 택시에서 내리자마자 택시는 쏜살같이 멀어진다. 반대편에서 여행객들이 손을 흔들고 있다. 발을 동동 구르는 대령에게 누군가 진정하라고 말해 줘야 할 것 같다. 매연이 둥글게 휘몰아친다. 밤이 깊어질수록 골목들은 연기를 게워 낸다. 매연과 연기가 오랜 시간 엉킨다. 그사이 대령은 탄광에 도착한다.

저건 기중기다. 아닌가. 눈을 의심하는 대령이 흥미롭다. 저렇게 컸나. 대령은 평평한 암석에 앉아 생각에 잠긴다. 엉덩이를 타고 뜨거운 기운이 올라와 항문이 간질간질하다. 오물오물 말을 하는 것 같다. 항문이 입체적으로 느껴진다. 암석뿐만 아니라 땅, 대기가 뜨끈하다. 군복을 벗을 수는 없고 마른세수만 연거푸 반복하는 중이다. 땀방울이 손바닥에 홍건하다. 기중기에 시동이 걸리면 나도 움직여야지. 탄광촌 전체가 잠잠하다. 저 능선을 따라 병사들을 도열하면 포위하기가 쉬울 텐데. 대령은 지형을 구경하다가 사위가 어두워지는 것을 느낀다. 고개를 들자 거대한 풍선이 보인다. 집채만 한 풍선. 후미를 지느러미처럼 움직이며 비행선이 지나가고 있다. 낮게 부양하는 비행선은 유유히 능선을 벗어난다. 총을 쏘면 펑, 하고 터지지 않을까. 구멍이 작아도 추락하겠지. 대령은 펑펑펑, 혼잣말을 하며 자리에서 일어난다. 전방은 흑백과 흑백이 엉킨 암회색의 풍경이다. 공중에 재가 날린다. 재에 싸인 탄광촌이 흐느적거린다. 분화구처럼 파인 곳으로 내려가야 하는데 입구는 따로 없고 곳곳에 사다리가 배치되어 있다. 이런 개고생을. 울화가 치밀어 사다리를 발로 차며 군가를 부른다. 붉은 빛을. 문득 대령은 후렴을 부르다 말고 중얼거린다. 붉은 빛을. 총알은 적군의 몸을 뚫지 못했다. 반대로 그들은 우리의 몸을 뚫을 수 있지. 이런 사다리가 대안이 될 수는 없는데. 사다리가 무기력하게 넘어간다. 제자리로 돌아오는 사다리를 보며 대령은 한숨을 쉰다. 아래에서부터 분수처럼 재가 솟구치고 있다.

겹겹이 교차하는 삼각형들로 만들어진 기둥이 보인다. 기둥은 기둥을 받치고 모로 누운 기둥들과 길이 좁은 계단들이 탄광촌 전체에 규격을 만들고 있다. 빈틈마다 증기를 내뿜는 배관이 뿌우뿌우 기계음을 낸다.

별안간 인부들이 쏟아져 나온다. 헬멧을 왼쪽 옆구리에 끼고 한곳으로 줄을 맞춰 이동 중이다. 행렬은 우호적이며 대령에게 어떠한 위협도 가하지 않는다. 그들은 앞사람의 뒤통수에만 시선을 고정하고 있다. 대령은 행렬의 중간쯤에서 자신을 곁눈질로 훔쳐보는 인부에게 다가간다. 인부는 슬쩍슬쩍 대령을 곁눈질하다가 화들짝 놀란다. 왜 자네만 나를 보고 있지. 인부를 궁지로 모는 것 같다. 여기선 꼭 헬멧을 쓰셔야 해요. 기름과 땀으로 범벅이 된 인부의 얼굴에서 물이 뚝뚝 떨어진다. 그러다 반장한테 혼날 텐데. 다들 어디로 가는 중인가. 인부들이 척척척 멀어진다. 비행선이요. 대령은 흑백과 흑백이 뒤섞인 암회색의 풍경을 떠올린다. 마수가 도착했대요.

비행선의 배면이 개방되고 줄을 선 인부들이 턱에 고인 땀을 닦는다. 피로 물든 붕대를 머리에 두른 사람과 인공 다리를 단 사람이 서로를 부축하며 걸어 나오고 있다. 서로의 관절이 동시에 굽어진다. 가까이서 바라본 비행선은 목을 한참 꺾고 돌리고 숙여야 전체가 눈에 들어온다. 8기통으로 만들어진 건 처음이래요. 인부는 대령에게 귓속말을 한다. 전장의 하늘에서 폭발하던 아군의 비행선들이 하나둘 대령의 눈앞에 떠오른다. 폭격이 어렵겠습니다. 참모는 직접 폭탄을 들고 전선으로 가겠다고 말했다. 우리가 알던 대공포가 아닙니다. 타격이 될 거라 생각하나. 네 몸 안에 수소를 잔뜩 넣어서 공중에 띄워 주길 바라는 건가. 적의만 있다. 적의만 가득. 로프를 말뚝에 묶어라. 인부들이 우르르 몰려간다.
갑작스럽게 돌풍이 불고 비행선이 휘청거린다. 배면을 통해 지상으로 내려오는 사람들과 중구난방으로 흔들리는 나무들 그리고 채찍처럼 휘둘리는 고정 로프들 사이로 드럼통만 한 허벅지를 가진 거구의 남자가 콧수염을 더듬으며 대령에게 걸어와 마수, 대령이 묻자 남자는 대령을 한참이나 굽어보면서 군인은 처음 본다고, 인부들을 전부 불러 모았고 구경거리가 된 대령은 주위를 둘러싼 인부들 하나하나를 노려본다. 마수는 대령에게 저들을 봐, 소시지처럼 두꺼운 마수의 손가락이 가리키는 곳을 바라보자 사람과 기계가 몸싸움을 하듯 엉켜 있다. 저들 동시에 저것들이야말로 패잔병의 몰골이지. 대령을 부축해 줘야 한다. 흉골에 알루미늄을 덧댄 사람이 마수에게 손을 흔든다. 피스톤이 스스로 펌프질을 하며 이동 중이다. 환기팬에 지탱해서 걷는 사람, 끊어진 캐터필러를 연결하기 위해 휠체어에서 내리는 사람, 어깨에 달린 기관총, 표창처럼 날아가는 톱니바퀴, 모두가 나무들을 뭉개며 숲으로 들어가고 있다. 새 떼가 날아오르고 동시에 기적이 멀리서 들려온다. 우리도 가지.

마수는 앞서 걷는다. 시간이 없어. 주위가 황량하다. 어느새 인부들도 사라지고 소란을 멈춘 비행선만이 후미로 가스를 배출하고 있다. 마수에 대한 기억이 떠오를 듯 말 듯하다. 대령은 쥐어짜듯이 무전기를 생각해 낸다. 송출지가 어디였더라. 마수의 넓은 등만 하염없이 바라보며 숲의 가장자리를 따라 걷는다. 오른편으로는 자로 잰 듯이 일정한 단면의 절벽이 높낮이를 다르게 한 채 파도를 맞고 있다. 스슥 사삭 하는 소리가 덤불 속에서 들려온다. 마수는 갑작스럽게 걸음을 멈추고 대령은 그의 등에 코를 박는다. 쉿. 검지를 입에 댄 마수의 눈빛이 날카롭다. 빨간 게들이 재빠르게 그들의 앞을 지난다. 경계를 만들며 뭔가를 막기 위해 안간힘을 쓰는 것처럼 보인다. 세 줄로 열을 맞춘 게들은 끝이 없다. 한 놈이 엎어지면 다른 놈이 몸을 밟고, 엎어진 놈은 집게를 까닥거리며 등껍질을 땅에 비빈다. 게들은 절벽으로 몰려간다. 구경은 나중에 하고. 속이 파헤쳐진 덤불을 바라보던 마수가 뒤로 돌아 말한다. 우리는 어디로 가는 거요. 우리는 달린다. 연착. 전함은 우리 배가 아니다. 파도가 휘몰아치는 바다 위의 전함이 항구를 찾는 중이다. 포구를 만들며, 닻을 수거하고, 송진 같은 선체를 서서히 신호로 만들고 있다. 우리는 다시 달린다. 절벽이 열리며, 포탄이 날아가고, 느닷없는 물기둥들과 불발이 된 채 심해를 향해 떨어지는 포탄을 피해 뱃머리를 돌리는 전함은 보일러가 터지도록 물을 끓이고 있다. 배의 양옆에 달린 수차가 활발하게 움직인다. 굴뚝들에선 검은 연기가 쏟아진다. 저런 증기력이면 배가 곧 폭발한다. 마수는 달리기를 멈추고 대령에게 외친다. 기대와 달리 전함은 유유히 점으로 멀어진다. 다시 절벽이 닫히고 빨간 게들은 보이지 않는다. 둘은 이제 산책하듯 걷는다.

마수의 작업장은 탄광과 거리가 멀다. 산맥의 중턱에 임의로 뚫은 동굴 안이다. 동굴의 초입에는 바짝 마른 종유석들이 뾰족한 끝으로 한 방향을 겨냥한 채 가지런하게 놓여 있다. 좀 더울 거요. 흐르던 땀방울들이 바짝바짝 타들어 간다. 대령은 말라비틀어진 콧수염을 만지작거린다. 모두들 마수에게 알은체를 한다. 대령은 설명을 원하지만 마수는 휘휘 걸으며 작업장 이곳저곳을 둘러보는 중이고 혼자 남겨진 대령은 손으로 부채질을 하며 최대한 놀란 기색을 티 내지 않고 모두에게 인사를 건네지만, 군화 밑창에 쩍쩍 달라붙는 기름이 자꾸만 신경 쓰여 바닥을 살펴보니 음각처럼 박힌 발자국들 그리고 동물들의 흔적, 바퀴자국, 자잘한 홈, 나뭇잎, 파이프, 철근 자국 따위가 작업장 바닥 전체에 새겨진 것을 보고 급하게 화장실을 찾는다. 주황빛의 야간등이 대령을 몰아내기라도 할 것처럼 그의 등을 비춘다. 떠밀려 간 화장실에서 대령은 종아리에 숨긴 나이프를 꺼내 심호흡을 한다. 수도꼭지를 돌리고 거울을 바라보며 축축해진 콧수염을 정성스레 깎는다. 전에도 이런 걸 본 적이 있지. 후발대를 지휘하던 중이었고 늦게 도착한 고지는 이미 전투가 끝난 상황이었지. 죽어 가는 병사는 없었고 모두가 죽은 상태로 죽은 몸으로 엎드리거나 누워 있었는데 발자국만으로는 아군과 적군을 구별할 수가 없었지. 말의 배에서 쏟아진 내장 사이에는 새끼의 내장도 섞여 있었고 악취가 심하진 않았지만 모두 얼굴을 찌푸린 채 총을 어깨에 둘렀다. 진흙 속에 파묻힌 탄피를 살펴보던 참모가 허공에 욕을 했고, 군장 안에는 채 뜯지도 않은 비상식량이 포장지 구멍 밖으로 멀건 물을 줄줄 흘렸지. 낙엽들이 날아와 시체들을 툭툭 건드렸다. 지금처럼 표정이 답답해 가만히 있을 수가 없었지.

대령은 개수대에 쌓인 수염을 바라보며 예전 일을 곱씹는다. 수도꼭지를 돌리자 갈색 털들이 벌건 녹물과 함께 사라지고, 나이프를 닦으며 그는 생각을 멈춘다. 누군가 문을 두드린다. 대령은 빨리 마수에게 가야 한다. 마수는 급하게 화장실로 뛰어가는 대령을 바라보다 처음 봤을 때와는 다른 호기심을 느꼈고 변덕이 심한 마수로서는 언제 마음이 쉬이 바뀔지 모른다. 뭘 훔치러 온 작자가 아닐까, 문밖에서 그들이 말을 주고받는다. 대령은 나이프를 숨기고 나가야 한다. 그들이 문을 다시 두드리려던 찰나 대령이 화장실을 나선다. 얼굴이 좀 바뀐 것 같네요. 누군가 대령에게 묻는다. 땀이 끈적거려서 세수를 했습니다. 어푸, 어푸. 그들이 웃는다. 재밌는 분이시군요. 마수가 기다립니다. 마수에게 가는 길에 대령은 작업장을 훑어본다. 모두 뭔가를 만들고 있다. 수술대와 링거가 보인다. 철을 깎는 선반과 밀링머신이 불꽃을 튀며 돌아간다. 저게 다 뭘까. 대령은 마수가 있는 방 앞에 선다.

문을 열자 기다란 책상 모서리에 걸터앉은 마수가 보인다. 책상이 기우는 건 아닐까. 이제 얘기해 보라고 마수는 손가락을 까닥거리며 말한다.

잠깐 동안, 둘은 말을 주고받는다. 대령은 침을 튀기고 마수의 얼굴은 점점 일그러진다. 아무런 소리도 들리지 않는다. 별안간 마수가 주먹으로 책상을 쾅 내리친다. 그런 건 없소. 마수가 눈을 부라린다. 왜 날 찾아왔는지도 모르는 사람한테 별 해괴한 소리를 다 듣는군. 방금 전투의 본질이 바뀌어야 한다고 했소. 우스워. 그게 다 뭐요. 나 같은 사람이 참견할 일이 아니지. 다시 말하지만 전쟁은 나와 상관이 없소. 대령은 담배를 꺼내 입에 문 채 대답이 없다. 마수가 지구본의 태엽을 돌린다. 소리 없이 움직이는 지구본. 돌아앉았던 마수가 책상에서 일어나 대령에게 다가온다. 방음이 잘되는 탓인지 밖에선 아무런 소리가 들리지 않는다. 천장에 매달린 모빌들이 간혹 다른 방향으로 흔들린다. 모빌에는 한 줄에 하나씩 기계 조각들이 매달려 있고, 각자 스스로 원을 만든다. 계속 바라보다간 정신을 잃을 것 같다. 양상이 바뀔 순 있겠지. 하지만 난 개입하고 싶지 않소. 그래 봤자 잠깐이고 국면을 바꿀 순 없소. 대령은 담배를 바닥에 버리고 발로 비빈다. 저쪽은 생전 처음 보는 것들로 가득합니다. 마수가 깔고 앉은 책상에는 책상 전체를 덮고도 남을 만한 설계도가 넓게 펼쳐져 있다. 대령이 설계도로 눈을 돌리자 마수는 재빨리 도면을 둘둘 말아 책상 아래로 던진다. 잠깐뿐이라고. 생선 배를 갈라도 눈알이 움직이는 것과 같소. 대령은 숨을 크게 들이쉰다. 당신은 그 배를 부품들로 채우지 않습니까. 그런 걸 말하는 겁니다, 지금. 대령의 방 창문 너머로 땅거미가 진다. 산맥의 능선들이 하늘과 분간을 두고 있다. 둘은 말이 없고 서로의 생각을 엿보고 싶지만 마수의 머릿속에는 갓 잡아 올린 물고기가 꼬리로 팔딱팔딱 도마를 쳐 댄다. 대령은 기억을 불러오기 위해 다시 안간힘을 쓰는 중이다. 비등점이 다른 머릿속이 팔팔 끓고 있다.

*

기차가 교각 아래를 지나간다. 칸마다 석탄이 가득하다. 기차는 교각을 지나고 시가지를 벗어나 평원을 달린다. 온통 검다. 검게 페인트칠한 각목 같다. 동작은 지속적이고 소음 또한 변함이 없다. 운전실 한가운데에 서 있는 기장은 가끔 모자챙을 만질 뿐 별다른 움직임이 없다. 그는 지금 기차를 자신의 몸처럼 느끼고 있다. 몇 달 전 후미에 딸린 탄수차가 떨어져 나갔던 사고를 떠올리며 운전대를 꽉 잡는다. 평원에 박힌 협곡 너머로 펼쳐진 지평선이 기차와 간격을 좁히고 있다. 자잘한 암석들이 달아난다. 다음 역에서 기차를 기다리는 대령과 마수는 마주 앉아 서로의 등 너머를 바라본다. 대합실이 한산하다. 간혹 군복을 입은 남자들이 개찰구를 통과할 뿐이다. 커다란 시계탑의 분침이 예정된 시간을 벗어나고 있다. 연착이 익숙하다. 노란 벽돌로 지어진 시계탑

안에서는 시계공의 조수가 구리 배선을 걸레로 닦고 있다. 조수는 귀가 먹을 듯한 초침 소리에 귀를 기울인다. 뻑뻑하다. 소리와 소리가 고무줄처럼 늘어졌다가 빨라진다. 큰 죄를 지은 것 같다. 시계공이 오기 전까지 원인을 찾아야 하지만 이미 늦은 일이다. 조수는 가방을 챙겨 계단을 내려온다. 머리가 핑핑 돌 정도로 계단이 어지럽다.

기차가 역에 도착한다. 기장은 모자를 벗고 허겁지겁 이마의 땀을 훔친다. 기차 안에서 일을 하던 사람들도 전부 내려 옷을 턴다. 석탄 가루가 흩날린다. 일어나지. 마수가 먼저 개찰구로 향한다. 검수원은 표를 받고 어디까지 가느냐고 묻는다. 전선으로. 마수를 따라오던 대령이 대신 대답한다. 저 기차는 화물용입니다만. 그래서 타는 거야. 마수는 검수원을 지나쳐 철로로 다가간다. 철로 옆에 앉은 시계공이 마수와 눈을 마주친다. 시계탑은 비어 있을 것이다. 또 시장엘 갔겠지. 시계공은 틈만 나면 내빼는 조수가 익숙하다. 알려 줄 기술이 없다. 시간을 조절하는 일은 사실 손가락만 멀쩡하면 가능하다. 일어나 봐, 일어나 봐. 앉아 있지도 않은데, 자꾸 일어나라고. 기차 밖에선 시계공만 서성인다. 대령이 차창을 통해 밖을 지켜보고 있다. 옆 좌석의 마수는 품에서 망원경을 꺼내 평원 쪽을 바라본다. 마수를 말려야 한다. 렌즈를 통해 보이는 것은 협곡의 무늬다. 푸석푸석한 결이다. 저쪽은 아직 피해가 없군. 피해가 없는

곳은 없소. 기적이 운다. 곧 기차가 출발하고 시계공이
대령에게 눈인사를 한다.

터널을 정면에서 바라보면 터널은 정말 볼품이 없다.
그렇지 않은가. 어두워서 보이지도 않습니다. 이 기차
는 전력이 부족한 모양이야. 전력으로 대체할 방법이 있
어야 말이죠. 기장이 엿들었을지도 모른다. 어딜 지나고
있는 건가. 가늠이 되겠습니까. 차라리 이 기차가 날 수
있게 해 달라고 하지. 기장이 슬쩍 뒤를 돌아본다. 아크
릴로 만든 투명한 막을 향해 마수는 손을 흔든다. 이렇
게 많은 양의 석탄이 움직인 적은 없지. 마수가 으르릉
거리듯 대령에게 말한다. 도박을 하는 거라고, 무전기에
서 들었던 기억이 납니다. 누군지는 모를 테고. 가서 물
어보면 되겠죠. 똑. 기장이 투명막을 두드린다. 이제 창
문을 닫아 주셔야 합니다. 시끄럽다. 눈보라가 친다. 불
덩이 같던 몸체가 서서히 식어 간다. 대령은 마수를 바
라보며 종전의 기미를 훑는다. 눈보라에 섞이기 시작한
모래들. 달아나는 암석이 가까스로 돌풍을 이겨 내고,
숲은 더 멀어지고, 대공포의 탄환을 폭죽으로 착각한
아이들이 전속력으로 돌진하는 기차를 보며 소리를 지
른다. 대령은 확답을 미룬 마수의 대답이 성에 차지 않
는다. 그를 더 독촉해야 한다. 보채듯이, 조르듯이. 근처
까지 가서 두 눈으로 확인해 보겠소. 평원이 끝나 간다.
평원에 남은 게 없다. 평원이었던가. 철로는 갑자기 울
퉁불퉁해지고 진동이 강해진다. 마수는 딱딱거리는 턱

을 손으로 받치고 여전히 창밖을 보고 있다. 석탄 중 일부가 기차 밖으로 굴렀다. 내 잘못이 아니잖아요. 기관사가 운전실로 연결된 배관에 대고 소리친다. 연기가 자욱하다. 온통 연기에 휩싸여 한 치 앞도 구분할 수가 없다. 마수는 창문을 닫고 아이들의 환호성을 의심한다. 환호성은 착각이다. 착각이 만든 주파수다. 마수는 그러거나 말거나 대령의 눈치를 본다. 좁은 객실에 겨우 몸을 구겨 넣었더니 허리가 끊어질 것 같다. 객실 천장에 등을 대고 있다. 대령의 눈에는 마수가 대롱대롱 매달려 있는 것 같다. 저건 연기인가, 안개인가. 뿌리가 뽑힌 나무들이 안개 속에서 기차를 가로막기 위해 가지를 필사적으로 휘두른다. 기장은 노련하게 레버를 당긴다. 속도는 더 빨라지고 그럴수록 연기가 짙어진다. 연기까지 달리는 꼴이다. 전선이 가까워지고 있소. 얼른 내리고 싶군. 요새까지 그리 멀진 않을 겁니다. 기차가 멈추고 문이 열린다. 연기가 자꾸만 객실로 몰려든다. 마수와 대령은 손을 휘저으며 기차에서 내린다.

일정한 거리를 두고, 땅이 파헤쳐져 있다. 기차와 함께 연기가 달아나자 마수는 눈을 비빈다. 열 대가 넘는 굴삭기가 작업에 몰두 중이다. 하얀 깃발들이 바람 없이도 나부낀다. 소매를 걷어 올린 사람들이 작업 지대 주위를 에워싼다. 저마다 삽을 들거나 물을 뿌리거나 벽돌을 나르고 웃는 얼굴로 서로를 격려하고 있다. 전투는 며칠 전이었으며 흔적을 찾아볼 수가 없다. 오히려 이게 더 끔찍합니다. 대령은 마수의 뒤에 몸을 숨기고 작게 얘기한다. 마수가 동요하길 기대하지만 그런 낌새가 보이지는 않는다.

마수는 아주 흥미로운 광경을 보고 있다는 듯이 눈을 크게 뜨고 턱을 쓰다듬는다. 전쟁이 끝나면 이런 건 더는 못 보겠지. 파쇄 작업을 마친 굴삭기 한 대가 지면을 정리한다. 암석을 조각내는 브레이커. 작업이 더딘 탓에 운전기사가 소리를 지르고 있다. 네모난 본체는 배기구로 증기를 내뿜으며 위태롭게 움직인다. 도면을 손에 든 사람들이 바닥에 둥그렇게 모여 앉아 언성을 높이고, 크레인에 매달린 철근을 바라보며 수신호를 보내는 사람은 꼭 체조를 하는 것처럼 느껴진다. 저 멀리 골격만 형성된 건물을 대령은 아득하게 바라본다. 만들면 허물어지고, 다시 만들면 다시 허물어지는 일련의 시간들이 대령의 눈에는 보이는 듯하다. 포격이 기록된 셈이다. 이제 그들은 작업 지대를 벗어나야 한다.

마수는 탄광을 나오며 요새에서 확인해 볼 것이 있다고 말했다. 다시 눈보라가 칠 것 같습니다. 산맥을 넘어온 먹구름이 점점 진해지고 있다. 왜 그런 요새를 만들었습니까. 작업 지대를 뒤로하고 마수와 대령은 걷고 또 걷는다. 앞뒤로 나란히 선 그들은 도무지 상대의 보폭에 관심이 없다. 앞서거니 뒤서거니 자리를 옮기며 걷는다. 대령의 우려와는 달리 눈보라는 오지 않고 허연 입김만 간간이 공중에서 흩어진다. 군화 끈이 너덜너덜하다. 담배를 꺼내려 바지 주머니를 뒤진다. 잡히는 거라곤 작게 뭉쳐진 실밥뿐이다. 마수는 대령의 표정을 언뜻 보다가 왜 그러느냐고 묻는다. 대령은 화를 낼 것 같다. 실밥 뭉텅이에서 비롯된 분노가 아랫배를 바짝 조이고 있다. 다짜고짜 소리를 지르고 발길질을 하고 침을 뱉고 욕을 하고 옷을 찢을 것 같다고, 마수는 예상한다. 대령은 붉어진 얼굴로 마수를 노려보다가 한숨을 길게 쉰다. 뭔가 꼴이 좀 사나운 것 같소. 대령은 군복을 단정하게 정리한다. 단추와 구멍들을 확인하고 옷에 새긴 주름의 각을 빳빳하게 세운다. 군화를 닦지 못하는 것이 아쉽다. 마수는 대령이 긴장을 한 것 같다고 생각한다. 대령도 자꾸 뒤를 돌아보는 마수를 보며 같은 생각을 한다. 긴장을 느끼는 건 둘이 아니다. 요새에서는 그들을 맞이하기 위해 개문을 준비하고 있다. 톱니가 돌아가기 시작한다.

요새는 숲에 둘러싸여 있다. 나무가 없는 헐벗은 숲에. 둔덕을 조장하고 자신의 몸집을 은폐하기 위해 노력 중이다. 눈에 확 띄네요. 대령은 요새를 가리키며 말한다. 마수는 어깨를 늘어뜨린다. 꼭 구름에 가린 것 같습니다. 요새 주위로는 일몰 속의 구름 띠처럼 연기 무리가 포진되어 있다. 요새 상층부는 돔으로 만들어졌으며 기름칠을 했는지 반들반들하다. 크기가 다른 부품들을 덕지덕지 연결한 모습이다. 계속 외관을 바꾸고 있다. 네모 같기도 세모 같기도 한 모습이 눈을 어지럽게 한다. 요새에 가까이 다가자자 반대로 뭔가가 점점 다가온다. 누굽니까, 저 사람은. 대령은 눈을 가늘게 뜨고 묻는다. 누가 아니야. 대령은 잠시 생각한다. 그럼 저건 뭡니까. 회색 빛깔의 자갈과 흙으로 펼쳐진 길 위로 통통 점프를 하듯이 걸어 나오는 기계를 보며 대령은 고개를 갸웃한다. 형태가 다른 인간형의 오토마톤들이 대령과 마수에게 다가온다. 요새까지 한달음이면 달려갈 거리에서 그들은 대치 중이다. 언덕 위에 모래바람이 분다. 언덕은 헐거워 보인다. 감쪽같지. 전기선이 엉킨 두 다리로 땅을 지탱하던 기계가 고개를 심하게 저으며 안절부절 상체를 흔든다. 전부 기계로 된 건 아니네요. 대령은 인상을 쓴다. 이거 때문에 날 찾아온 게 아니었나. 오토마톤의 어깨와 허리에 대령은 손을 올린다. 살이 물컹 잡히고 감촉이 생생하다. 전투 중에 팔다리가 떨어져 나갔던 부하들의 몸이 생각난다. 누구는 칼에 베인 듯이 단면이 깨끗하게, 누구는 짐승에게 물어뜯긴 것처럼, 사지가 잘렸고, 몸통에서 바닥으로 힘없이 툭 떨어졌다. 그 소리를 들은 적은 없고, 핏줄과 힘줄은 분간이 어려웠다. 축 늘어진 채 벌건 핏물을 줄줄 흘려 댔지. 정신을 잃은 의무병들과 뚜껑이 열린 약통을 참호 안으로 겨우 밀어 넣으며 밀려오는 최루탄의 냄새, 공중에서 조준하는 헤드라이트, 그리고 형형색색의 연기를 피해 분대장들에게 소리를 질렀다. 손은 계속 움직였고 발은 땅에 박힌 채 제자리였는데, 흙을 파헤치고 나온 두더지 한 마리가 머리를 내밀었다가 다시 굴속으로 들어갔다. 웃음이 터져 몸을 숙이고 굴에 얼굴을 가져다 댔지. 기억이 더 떠오르려는데 마수가 대령의 손등을 딱, 치며 요새에는 들어갈 수 없을 것 같다고 말한다. 무전기는 쓸수 있겠습니까. 대령이 묻자 마수는 고개를 끄덕인다. 마수는 대기 중이던 다른 오토마톤의 머리를 열고 뭔가를 누른다. 그럼 저 안에 이런 것들이 잔뜩 있다는 말입니까. 요새를 향해 걷는다. 장막을 걷어 낼 때가 온 것같다고 마수는 생각한다.

요새에 다다르기 전, 목재 합판으로 지어진 움막으로 마수는 대령을 안내한다. 무전기는 알아서 쓰시오. 일단 내일까지 여기에 있는 게 좋겠군. 나는 나대로 준비를 해야지. 동이 트면 움직입시다. 대령은 고개를 끄덕인다. 마수가 기계들과 사라지자 주위는 갑자기 어두워진다. 전선과 가까워질수록 해가 일찍 지는 법이라고 들었다. 군복은 이제 넝마에 가깝다. 계급장은 물론 부대표식까지 보이지 않는다. 군화 앞코 사이로 발가락이 삐져나와 있다. 움막 안에는 옅은 빛의 전등이 간간이 깜빡거린다. 시멘트로 덧칠된 벽에 그림자가 생겼다가 사라진다. 그림자가 없어질 때마다 부스러기가 떨어지는 것 같다. 대령은 창이 없는 창틀에 몸을 기대 밖을 바라본다. 밤하늘에는 유성우가 쏟아진다. 요새 안에서 새어 나오는 붉은빛은 유성우가 사라진 자리를 채우고, 무전기의 주파수를 맞추는 대령은 평온한 얼굴이다. 이제 전선으로 돌아갈 수 있다는 생각이 웃음으로 바뀌어 킥킥 입 밖으로 삐져나오는데, 주파수는 단번에 잡히지 않고 요새는 시끌벅적하고 밤은 끝없이 이어질 것만 같다. 다이얼을 돌릴수록 잠음이 뚜렷해지는 무전기를 대령은 인내심을 가지고 기다린다. 유성들은 언젠가 다시 올 테고. 대령은 혼잣말을 한다. 잠음이 서서히 사그라든다. 대령은 혼잣말을 멈추고 수화기 너머로 말을 한다. 지직거리는 잠음과 대령의 목소리가 하나의 주파수처럼 엉키기 시작한다. 전투 중인가. 계급을 대라. 들리지 않는다. 그곳을 벗어나서 말하라. 이건 기름 냄새인가. 총에 맞았다고. 더 말하라. 지도는. 온통 검게 칠했다고. 후퇴를 명령한 건 누구인가. 후퇴하라. 후회하라. 곧 복귀한다. 복귀를 명령한 사람이 없나. 눈이 따갑다. 자네도. 뭔가 터졌는데, 증기가 가득하다면, 그곳을 벗어나서 말하라. 벗어나라니까. 참모는 어디에 있나. 시계탑으로. 아니다. 너는 아직 그곳을 사수해야 한다.

동이 틀 무렵, 대령은 잠에서 깨어나 몸을 더듬는다. 계급장이 바닥에 떨어져 있다. 밝은 빛이 움막 안으로 밀려든다. 기억이 선명하다. 자리에서 일어난 대령은 옷을 털고 움막을 벗어난다. 밖에선 마수가 그를 기다리고 있다. 여명을 등진 마수는 입을 굳게 다물고 대령을 맞이한다. 밤을 새운 모양이다. 요새 안에서 뭘 하셨습니까. 마수는 눈곱을 떼며 뒤를 가리킨다. 마수의 거대한 몸 뒤로 시커먼 형체들이 무리 지어 있다. 각자 다른

빛들을 쏘아 댄다. 대령은 발걸음을 옮긴다. 흙이 튄다. 마수는 대령의 발자국을 바라보며 그를 따라간다. 대령은 수를 세어 보다가 포기한다. 무리가 대령을 바라본다. 전선을 바라본다. 하나하나 스스로 작동을 확인하며 기계음을 내고 있다. 모두 증기를 압축하고 있다. 붉은 증기가 서서히 주위에 퍼져 나간다. 마수가 손을 올린다. 일순 무리가 정지한다. 시동을 끈 탓인지 동상처럼 굳어 있다. 요새를 비워도 되겠습니까. 요새는 벌써 출발했소. 요새가 사라진 곳은 운석이 떨어진 곳처럼 둥글게 파였다. 출발하지. 마수가 앞서 걷고 다시 시동을 켠 무리가 그 뒤를 따른다. 전선으로 가는 길에는 아무것도 없다. 대령은 제일 뒤에서 그들을 지켜보며 걷는다. 매연이 지독하다.

정점 관측

정문 앞에 모였어. 다 같이 박물관에 들어갔지. 우리
는 초면이었고 누군가 탁의 가방을 대신 들었는데 무게
가 꽤 나가는 탓에 낑낑 소리를 냈다. 유물들 앞에서 각
자 시간을 보냈고 사진이나 찍자는 탁의 부탁을 딱히
거절할 이유가 없어 거대한 비석 앞에서 포즈를 취했다.
사진을 찍고 나서 누군가 비석에 적힌 문장들을 큰 소
리로 읽었다. "이곳에 묻힌 것을 다시는 꺼내지 말아야
할 것이며 돌아가려는 이들은 이보다 더한 숨과 땀과 기
억의 국물을 삼켜라. 제가 해석한 뜻이 맞나요." 모두 고
개를 저었다. 학회가 시작하기까지는 한 시간이 남아 있
었다. 경비원이 다가와 주의를 줬고 나는 그들과 동행이
아닌 척 자리를 벗어났던가.

조깅에도 규칙이 있다.

그는 커피를 마신다. "규칙이 있어. 알고 있나." 나는 후드 부분만 하얀 윈드브레이커를 벗는다. 창밖으로 자전거와 차들이 우르르 지나가고 그는 별다른 말을 하지 않은 채 멀거니 나를 바라보고 있다.

박물관에서 봤던 유물 중에는 청동으로 만들어진 자기와 마구잡이로 엉킨 전선 그리고 이음새가 엉성한 석상이 많았는데, 천변을 따라 나란히 뛰면서 그는 나에게 인상 깊었던 물건이 있었느냐고 물었지만 딱히 떠오르는 게 없었다. 오리 한 마리가 뒤뚱뒤뚱 쫓아오는 바람에 피식피식 웃음이 새어 나왔다. 나는 거짓말을 하고 있다. 사실 오리를 본 적은 없고 오리가 박물관 옥상에서 날아올랐던 것을 기억해 냈는데 오리의 똥이 탁의 가방으로 떨어져 다 같이 웃었다. 탁의 장례식에서 누군가 그 얘기를 했을 때 탁의 아내는 꽥꽥 소리를 질렀다.

탁의 연구를 이어받기로 한 나는 연구실을 정리하다가 아침까지 잠이 들었고 눈을 떴을 때는 운동복 차림의 그가 신발 끈을 고쳐 매고 있었다. "깜짝 놀랐지. 탁이 살아난 줄 알았어. 엎드려 자는 자세가 아주 똑같더군." 그는 할 말이 있다고 했는데 자꾸 딴말만 늘어놓는다. 카페 가까이에 자전거를 세운 여자가 아까부터 나를 쳐다본다. "땅만 보고 뛰다 보면 주변을 바라보기 힘든 법이지. 특히나 자네는 이 동네가 처음이야." 탁의 장례식은 일주일 동안 치러졌는데 어마어마한 액수의 조의금을 가방에 넣던 그의 아내가 나에게 봉투를 내밀었다. "타지라서 힘들 거예요." 나는 그 자리에서 돈을 셌다. 수중에 있는 돈은 얼마 되지 않았는데, 그러고 보니 창밖의 여자를 장례식에서 본 것 같기도 하다. "아무튼 어려운 점이 있으면 날 찾아오게. 필요한 자료가 있으면 전화를 해도 좋고."

거리는 이제 한산하다. 광장을 돌며 바닥을 확인하던 미화원들이 도로를 건너고 있다.

우리를 구해 주십시오. 이 칠흑 같은 구렁텅이에서 제 발로 기어 나가게끔 사다리를 내려 주시길. 전쟁은 끝났지만 전쟁은 끝없이 지속 중이고 거부할 수 없는 재난들이 앞을 다투며 차례를 기다리고 있습니다. 우리는 덩어리입니다. 조각난 유리컵이고, 우기에 길을 잃어 정처 없이 헤매는 중입니다. 우리의 속셈은 들통 난 적이 없지만 시간을 내왕하는 이들에게 우리는 항상 떼어 내야 할 증상으로 묘사되고, 언제부턴가는 숲을 나와 또다른 숲을 향해 가고 있습니다. 천막이 바람에 펄럭인다. 평원을 가로지르던 소 떼가 재빨리 방향을 틀어 물가로 향한다. 천막에서 새어 나오는 소리들로 대기가 찢어질 것 같다. 그들은 옆 사람만 겨우 들릴 만큼 소곤거리는 중이다. 몇 달째 해가 보이지 않는다. 소를 바칩시다. 우리가 가진 걸 바칩시다. 우리를 바칩시다. 그들은 어제를 기다린다. 어제는 오해가 만들었다. 다시 소 떼가 달린다. 막연하게 달린다. 소 떼가 물가에 몸을 처박는다.

탁이 수집한 연구 자료들을 들춰 보다 하루가 지났다. 안개가 낀 것처럼 하늘이 흐리다. 제공받은 숙소는 혼자 지내기에는 지나치게 넓었는데 침대보다는 소파에서 지내는 시간이 많았고 끼니를 거르는 일이 잦았다. 가끔 발코니 난간에 새가 날아와 앉거나 고양이가 어슬렁거렸다. 탁이 남겨 놓은 유서를 훔쳐보는 마음으로 그의 메모장을 들춰 봤는데 단서가 될 만한 것들을 찾아보기 어려웠다.

초인종이 울린다. 조수였던 사내가 찾아온 모양이다. 이곳에 도착하자마자 그에게 여러 가지 자잘한 부탁을 했는데 손이 느린 건지 의욕이 없는 건지 항상 일이 늦었다. 문을 열자 검은 가죽으로 덧댄 큰 가방이 먼저 보인다. 조수는 어깨에 쌓인 눈을 털고 있다. "말씀하신 도면들입니다." 그는 자연스럽게 안으로 들어와 주전자 뚜껑을 열어 보더니 고개를 가로저었고 거실 이곳저곳을 어슬렁거린다. 내가 별다른 반응을 보이지 않자 문을 닫고 나간다.

가방에서 도면들을 꺼내 책상에 펼친다. 완성된 형체가 가늠이 되지 않는다. 생각보다 규모가 큰 것 같기도 하고, 아마도 이 건물보다는 높지 않을까 얼추 상상할 수 있는데, 그렇다고 도면 자체가 조악한 건 아니지만, 도면마다의 용도를 알아내기가 어렵다. 나는 의자에 기대 잠깐 눈을 감고 탁의 동료들을 떠올린다. 그들의 탐탁지 않은 표정과 술에 찌든 목소리, 바닥에 깨진 화분 따위가 생각나고, 밖이 소란스럽다. 하루도 싸움을 거르지 않는 부부가 오늘은 복도에서 일을 벌이는 것 같다. 나는 여태 아무런 주의를 주지 않았지. 곧 있으면 관리인이 쿵쿵거리며 올라올 것이다.

광장 중앙에 하얀 제단이 놓여 있다. 사람들이 몰려온다. 타원형 광장을 둘러싼 숲에선 새들이 날아오르고, 새들이 날아오른 둥지에는 빈 알껍데기만 바람에 뒹구는 중이다.

제단이 갈라지면서, 아니 열리면서 뭔가가 서서히 모습을 드러내는데 아직은 그 정체에 대해 딱히 이렇다 할 설명이 떠오르지 않고, 제단 앞에서 가부좌를 튼 사내 몇몇이 머리를 까닥거린다. 광장 가까이 날아간 새 한 마리가 공기총에 맞아 땅으로 떨어질 즈음 비가 내리기 시작하고, 살짝 맛을 보니, 기름 냄새가 혀에 퍼져 퉤퉤 마른침을 뱉게 되는데, 믿을 건 이제 저것밖에 없어, 그 말은 어떻게 믿지, 지령을 받았습니다. 제단 자체를 날려 버리라고. 광장으로 쏟아진 사람들, 저들 중 누구에게 초점을 맞춰야 할지, 누구의 눈을 빌려야 할지, 잘 모르겠지만, 제단이 초점이다, 그렇게 생각하면 이 모든 일들이 눈에 선한 미래를 요구할 것만 같다. 사람들은 점점 더 많아지고, 숲이 일정한 간격으로 물러난다.

관리인과 대화를 나누면 바보가 되는 기분이다. 분명 탁과 가까운 사이라고 했다가도 어떤 날엔 안면만 있는 사이라고 한다거나 말을 자주 바꾼다. "그가 진행한 연구에 대해서 나도 많이 알고 있죠. 종종 의견을 물었으니까." 관리실에서는 향긋한 냄새가 난다. 관리인은 주로 팔짱을 끼고 벽에 기대 말을 쏟아 낸다. "사실 나는 그 분야에 대해선 아는 게 없어요. 하지만 익히 들었어요. 그 제단과 관련된 사람들을 이제는 찾기가 어렵다고. 당신도 알지 않나요." 매일 비슷한 얘기를 꺼낸다. 지금도. 앞뒤만 다를 뿐 맥락이 비슷하다. 탁을 알기는 하는 걸까. 인사를 하고 관리실을 나선다. 탁이 이해가 가지 않는 건 아니다. 밤새 내린 눈이 녹고 있다. 자동차 타이어에 엉겨 붙은 눈덩이들이 먼지에 섞여 거리를 더럽히고 있다. 어디선가 휘파람 소리가 들려온다. 사거리로 삼륜차 무리가 쏟아진다.

"그런 게 정말 있었을까." "가능성만 있으면 돼." 탁은 등을 돌리고 누워 말했다. 듬성듬성한 새치들이 스탠드 불빛에 간간이 반짝였고 날개 뼈 주위로 얼룩덜룩 무늬를 만든 정체 모를 흉터가 몇 세기 전의 지도처럼 느껴졌는데 가을장마가 시작되는 시기에는 하루 종일 창밖 나뭇가지에서 진을 치던 새들도 사라지고 가끔 낙엽 더미가 노크하듯 창을 두드리면 탁은 알몸으로 책상에 앉아 책을 펼치면서 나를 바라보거나 갱지를 빼곡하게 적어 내려갔다. 새끼를 깐 고양이가 천장을 자주 지나다녔다. "이런 게 적혀 있어. 당시 전선에서 부상을 입고 군 병원으로 이송된 병사의 수첩에서 발견된 건데. 화재가 진압되고 나서 겨우 찾았나 봐. '제단이 곤두박질친다.' 이거 한 줄이야." 나는 잿더미가 된 병원에서 꼬챙이를 들고 바닥을 쑤시는 사람들을 떠올렸고, 탁에게 생활비를 언제 줬는지 곰곰이 생각해 봤지만 언제부턴가 기억이 나지 않았고, 적어 두면 편하지 않겠냐는 말을 한 귀로 흘려들으며 소파에서 일어났다. 옷을 챙겨 입으며 당분간은 오지 않겠다고 하자 탁은 마침 잘됐다고, 누군가 자기를 쫓고 있는 것 같다고 했다. 이건 무슨 수작인가, 그런 생각을 하며 탁의 집을 나왔다.

*

그는 반쯤 무너져 내린 건물 옥상에서 망원경을 들여다본다. 엎드린 채로 3일 동안 물만 마셨고, 마신 물의 양보다 더 많은 오줌을 흘려보냈다. 위장을 해 볼까. 벽돌 가루에 침을 묻혀 얼굴에 바른다. 피부가 찢어질 것 같다. 사실 그를 예의 주시하는 사람들이 있는 건 아니다. 그럼에도 그는 건물을 포위당한 상황처럼 움직임 하나하나에 주의를 기울인다. 숨도 거의 쉬지 않고 있는데, 간혹 혼잣말을 하다가 흠칫 놀라 사방을 둘러본다. 제단이 막 열리기 시작할 즈음 그는 자리에서 일어나 자세를 고쳐 앉았다. 이제 그의 망원경을 들여다보면, 렌즈 안에선 지금 거대한 암석들이 빠르게 휘몰아치는 중인데 속도가 빨라질수록 손에 잡힐 듯한 소용돌이가 그의 눈을 어지럽히고 있다. 망원경에서 눈을 떼면 광장에 모여든 인파 속에서 탁을 찾을 수 있을 것 같기도 하고 그보다는 오히려 탁이 먼저 자신을 찾게 되는 건 아닌지 막연한 두려움이 생기면서 따뜻한 욕조가 간절해진다.

연방에서는 아직 별다른 연락이 없다. 그에게 탁을 추적하는 일을 맡겼을 때부터 성패에 대한 잡음이 많았지만 그는 별다른 사고 없이 착실히 지령을 이행 중이다. 사실 일이 너무 쉽게 풀렸고, 누군가 나를 도와주고 있군, 그렇게 받아들이면서 알게 모르게 놓친 정보들과 의도적으로 누락시킨 과정의 일부에 대해서는 깊게 생각하지 않았다. 매뉴얼의 어떤 항목에서도 융통성을 찾아볼 수가 없어. 그리고 폭탄. 제단 안쪽에 설치해 놓은 폭탄들이 떠오른다. 나에겐 스위치가 있고, 이걸 누르는 일은 지금껏 맡았던 그 어떤 일들보다 쉬운 일이지. 제단을 쌓을 때 사용된 벽돌을 빼는 일보다. 집중하자. 그는 망원경을 고쳐 쥐곤 상황을 주시한다. 저 사람들 어제부터 절을 했던 것 같은데. 돌을 던질 수도 있다. 모두 나를 바라보겠지. 반대로 건물이 무너질 수도 있다. 광장 뒤에 자리한 진지에서는 이미 요격을 준비했지만 아직은 대기 중이다. 우리에게도 스위치가 있지. 좀 더 상황을 지켜보기로 하고 결정을 미룬다.

이런 일촉즉발의 대치 상황 중에서도 유일하게 태평한 인물이 있는데, 탁은 지금 거실에 자리한 흔들의자에 앉아 잡지를 들여다보고 있다. 기사로 접하는 연방의 입장이 흥미롭고 편집장을 만나면 술을 사야겠다고 생각 중이다. 이렇게 사람들이 몰려온 날은 언제나 무료하다. 어쩐지 괜히 나선 것 같고 모든 일이 귀찮아진다. 남쪽으로 세 블록 떨어진 건물 옥상에 그가 잠복 중이라는 사실도 알고 있다. 한둘이 아니다. 모두들 뭔가를 기다리지만 할 수 있는 일이라곤 바라보는 일이 고작이다.

다시 광장을 바라보면, 아니 시간을 거슬러, 지금보다 훨씬 이전의 광장을 들여다보면, 시간의 불모지 혹은 끝없이 펼쳐진 지평선이 떠오르고 지하에 묻힌, 묻혔다가 다시 묻힌, 기억들, 누가 나의 오토바이를 끌고 사라졌나, 조개껍데기를 모아 짐칸에 싣고, 이곳은 테니스장이 반쯤 지어졌다가 뭉개졌지, 이 많은 화강암들은 어디서 구했으며, 그전에 화산이 터졌고 장마가 시작되면서 동시에 가뭄이 들었는데, 대체 왜 재난은 이 땅에만 지속되는지, 그동안 벼르고 있었는지, 모두 궁금했지만 다시, 광장으로 시선을 돌리면, 제단이 있던 자리에 뭔가가 나타났다. 아직은 이름을 붙이기가 난감한 형태의 물체처럼 모습을 드러낸 그것은 광장에 모여든 사람들을 내려다보는데, 그는 놀라 망원경을 떨어뜨리고, 잡지를 읽다 잠이 든 탓이 정신을 차리고 창문을 열었을 때, 기억 속의 진지에서 발사된 미사일이 광장으로 향한다.

그는 간판을 바라본다. 한동안 그렇게 서 있다가 걸음을 옮긴다. 자잘한 골목들이 뒤죽박죽 펼쳐져 있다. 평상에서 밥을 먹는 사람들이 그를 돌아봤다가 어디선가 풍겨 오는 고기 굽는 냄새에 코를 벌렁거리며 모두들 그리로 달려가고, 개에게 물을 끼얹은 아이는 집으로 들어가 다시 바가지에 물을 채운다. 대문 가운데에 빨간 부적을 붙인 집 앞에 서서 안을 기웃거리자 양복을 입은 여자가 울며 뛰쳐나온다. 대머리가 앉아 있다. 링 귀걸이를 한 대머리가. 그에게 용무를 물어보고 어깨에 앉은 앵무새를 바라본다. 대머리는 가르마를 정리하듯 정수리를 쓰다듬는다. "여긴 왜 왔냐니까." 이 집에 살고 싶다. 그가 잠깐 그런 생각을 하는 와중에 대머리는 탁자를 사이에 두고 마주 앉아 손을 붙들고 있다. 왼쪽에는 창호지를 덧댄 커다란 문이 있고 오른쪽에는 네 개의 향로가 일정한 간격으로 놓여 있으며 천장에 달린 촛대에서 촛농이 뚝뚝 떨어져 그들의 발 주변을 어지럽힌다. 식탁 밑 다리를 붙들고 앉아 있던 노인에게 그는 나가라고, 그렇게 계속 숨어 있다가는 못 볼 꼴을 볼 거라고 말하지만 노인은 손가락들을 배배 꼬며 얼굴을 가린다. 날이 흐리다. "신자는 당신이 마지막이오." 그가 묻는다. "그런 걸 신자라고 부르나." 대머리가 대답한다.

그는 종이 뭉치를 꺼내 대머리에게 들이민다. 앵무새가 언제부터 이 안에 있었는지 생각이 나지 않는다. 깃털이 자꾸 탁자로 떨어진다. 푸드득. 날개를 움직이지도 않는데 대머리는 화들짝 놀라 그의 어깨를 바라본다. 앵무새가 가짜라는 사실을, 혹시 그가 눈치채는 건 아닌지 전전긍긍하고 있다. 하지만 그는 이미 그 사실을 알고 있으며 별다른 감흥을 느끼지 못한다. 앵무새라고 믿으면 그만이지. 주머니에서 녹음기를 꺼내 전원 버튼을 누른다. "당신이 도와주지 않으면 진행이 안 됩니다." 이미 할 말은 다 했다고 대머리는 설명한다. "나를 찾아오는 건 시간 낭비요. 탁을 빨리 찾는 게 더 도움이 될 것 같은데." 처마 밑으로 물이 뚝뚝 떨어진다. 탁한 물줄기가 점점 거세지면서 집을 침범한다.

집을 나서자 골목이 끝나는 곳에서 누군가 그를 기다리고 있다. "연방에서 나를 보냈다. 당신은 지금 헛다리를 짚고 있는데 그 사실을 아는가." 땅이 질척거린다. "당신에게 경고를 줄 생각이다." "경고. 경고라고." 그는 연방 요원을 무시하고 지나친다. 요원이 더 빠르게 움직인다. 요원이 들고 있던 우산이 바닥에 떨어지자마자 그는 바닥에 고꾸라지고 잠깐 누운 채로 상황을 파악하다가 뒤늦게 반응한다. 그가 하는 반응이란 목이 쉬도록 소리를 지르며 헤엄을 치듯 사지를 흔드는 것인데 요원이 다가오자 재빨리 자리에서 일어난다. "다시 일어나라." 이 말을 어디서 들었더라. 사방이 막힌 곳에서, 뻥 뚫린 천장으로 목소리만 들렸는데, 이 낚시터에서 나가려면 다시 일어나라, 손바닥만 한 스피커에서는 그 소리가 규칙적으로 흘러나왔고, 지금 나의 꼴이 그때와 비슷하지 않은가. 요원은 그에게 바짝 다가가 말한다. "당신뿐만 아니라 당신들 전체를 지켜보고 있다. 당신들은 서로 모르지만 우리는 당신들을 알고 있지. 판에 박힌 이야기야. 이런 이야기일수록 더 심혈을 기울여야 하는 법이지. 모두가 알고 모두가 익숙하다는 건 위험한 거라고." 요원은 왔던 길을 돌아간다. 창문을 열고 밖을 구경하던 사람들이 문을 닫는다. 그는 거리에 남아 네온사인에 갇힌 침묵을 바라본다.

*

사이렌이 길게 세 번 울렸고, 나는 방공호를 향해 뛰고 있다. 거리로 쏟아진 사람들은 익숙한 모습으로 길고 긴 행렬을 만들었는데 육교 아래서 현을 켜던 남자는 자리를 떠나지 않고 계속해서 같은 노래를 반복한다. 그의 앞에 놓인 속이 빈 화분 속에는 동전이 수북하고 누군가는 걷고 누군가는 기다시피 서로의 등을 향하면서 도로를 건넌다. 방공호를 가리키는 표지판이 보이지 않아 잠깐 당황했는데 하얀 블라우스를 입은 여자들이 내게 손짓하며 이리로 오라고 소리를 지르는 중이다.

회색 빛깔의 운하에는 폐타이어를 줄줄이 엮은 통통배가 정박 중이고 교각 아래 몸을 숨긴 사람들이 있다.

방공호에 들어서자 문이 닫힌다. 언제 열릴지는 알 수 없다. 눈썹 언저리와 가슴팍에서 호흡이 느껴지는데 우리는 서로의 얼굴을 확인하기가 힘들고 온통 어둠뿐인 방공호 안에서 자꾸 머릿속에 떠오르는 건 유채꽃으로 가득한 초원과 듬성듬성 자리 잡은 주택들 그리고 빨랫줄에 매달린 고깃덩어리들. 그때의 냄새를 기억하는 일이 시간이 지날수록 힘들어졌고 탁이 소매를 걷고 만들었던 음식은 주로 아이들이 좋아했다. 아이들을 불러 모아 일을 주면 언제나 웃으면서 허리춤에 매달린 연장을 만지작거렸고 나사를 풀고 조이고 해체했다. 탁은 연구 기간 중반쯤 직접 도면을 만들어 뭔가를 설계하기 시작했다. 어른의 손으로는 조작이 힘든 좁고 세세한 설비들이 짜증 날 만큼 많았다.

돔으로 만든 천장에서 흙 부스러기들이 떨어진다. 사면이 흔들린다. 입으로 웅웅 소리를 내는 사람들, 방공호 전체에 소리가 퍼지고, 진흙이 바닥으로 떨어지는 것처럼 속을 게워 내는 남자, "무사한 거죠." "무사하지 않아." 아무도 재난을 직접 두 눈으로 본 적이 없고, 다시 문이 열리길, 아무 일도 없던 것처럼, 다시 줄을 맞춰 집으로 돌아가는 골목을 상상하며, 누군가 기도를 하자 기도는 순식간에 퍼져 마치 기도를 하기 위해 모인 사람들처럼 팔을 벌린다. 탁이 생각하던 건 어디에도 없다.

들어라. 들리지 않는다. 말하라. 말이 아니다. 탁은 송전탑 아래 낚시터에서 시간을 재고 있다. 시간이 지나간다. 시간이 지날수록 시간을 가늠하기가 힘들다. 시간이 걸어온다. 발이 달렸는가. 꼬리처럼 보인다. 시간의 꼬리를 물고 무는 꼬락서니다. 향이 타들어 가고 밤낮이 기약 없이 사라질 때 제단의 소리 제단의 운동 제단의 추임새가 기억에 연루되어, 다시 말해, 들린다고 다시 말해 봐, 낚싯바늘에 걸린 시간이 파닥거린다. 비가 내리고, 제단은 여유가 넘친다. 제단은 어디에나 있다. 탁은 믿는다. 믿지 않으면 아득해진다. 우리는 믿었습니다. 뛰고 걷고 날고 헤엄치고 먹고 입고 자고 일어나고 죽고 죽이고 잡고 잡히는 세계가 멀어진다.

탁은 눈을 뜬다. 꿈을 꾸고 나면 뭔가 돌이킬 수 없는 잘못을 저지른 것 같다. 고백을 하면 고백은 꿈을 향하는데 고백이 던져 주는 것을 언제까지 받아먹어야 하나, 문득 그런 생각이 들고 나를 처음 추적했던 그는 지금쯤 뭘 하고 있을까, 제단 안으로 들어갔던 것 같고 신자들에게 잡혔다가 도망을, 아닌가, 애초부터 없던 사람이었나, 아무래도 꿈자리가 흉흉했던 모양이야, 이상한 생각이 드는군. 탁은 이런 생각들이 왠지 낯설어 의자에서 일어나 천장을 바라본다. 누군가 나를 조종하고 있어, 내 머릿속까지 침투해서 자기 대신 움직이길 바라는 거지. 거짓말이야. 모두들 머리보다 위에 있다고 착각하지. 아니면 그보다 위, 더 위, 가늠할 수 없는 곳까지 고개를 치켜올리면서 주문을 만든다. 광장 쪽에선 아무런 소리도 들리지 않는다. 얼른 집 밖으로 나가야 한다. 탁은 알면서도 모르는 척 딴청을 피우지만 속으론 기회를 엿보고 있다. 아무도 눈치채지 못하게 다른 곳으로 갈 계획이지만, 그것은 탁도 모르는 일이고 남 일 같다. 하지만 탁이 의자를 돌려놓는 사이, 장소가 바뀌었고, 탁은 어정쩡한 자세로 잠깐 서 있다가 울화가 치민다.

모든 게 한눈에 들어온다. 까마득하게 높은 곳, 산맥들이 간간이 몸을 뒤집는다. 광장이 보인다. 광장 근처까만 얼룩이 우왕좌왕하는 날파리 떼처럼 이리저리 움직이고 있다. 시시각각 흩어졌다가 다시 모이고 뾰족해졌다가 둥그렇게 바뀌는 중인데 면적이 점점 늘어난다. 아니, 수가 점점 늘어난다.

학회에서의 대화. 뜬구름을 잡는 그들의 대화가 귀에 들어오지 않았다. 연구비를 분담하는 과정에서 고성이 오갔다. 나는 재빨리 자리에서 일어났다. 모두 나를 바라봤고 복도에서는 오줌 냄새가 진동했는데 게시판에 붙은 종이들이 펄럭이며 나를 부추겼고 연구실 칠판에 붙은 도표들과 익숙한 지명들이 아른거리기 시작했다. 진행될 사항들을 발표해야 했지만 성과라고 부를 만한 실적이 없었다. 한계가 보이기 시작했고 연구에 관련된 사람들을 만나 보거나 자료를 찾는 일이 어둠뿐인 밀실에서 손을 더듬는 일처럼 막연해졌다.

통유리로 된 건물 바깥으로 갑작스럽게 돌풍이 불어 낙엽들이 사방으로 흩날린다. 쓰레기통을 붙들고 비틀거리는 사내. 구름들이 몰려온다. 나는 가방을 앞으로 메고 뛰기 시작했는데 어쩐 일인지 방향을 가늠하기가 힘들다. 시간이 꽤 지났을 무렵 급한 대로 눈에 보이는 집 앞으로 뛰었고 지붕과 창문이 낯설어 문을 두드리기가 난감할 때 그사이 누군가 문을 열고 나를 잡아끈다. "이런 날씨에 싸돌아다니는 건 미친 짓이야." 둥그런 테이블에 둘러앉아 마작을 하던 남자들이 나를 향해 혀를 찬다. "누가 새로 왔다더니 당신이군." 문을 열어 준 남자가 수건을 던지며 묻는다. 백 개가 넘는 패가 새로 섞일 때마다 새소리가 들린다. 새들이 지저귀는 소리는 잠을 불러오고 그들은 나를 보며 웃고 있다. "할 줄 알면 여기 앉지." "머릿수도 모자라는데." 패를 섞던 남자가 손짓한다. "그나저나 그 친구는 어디 갔지." "누굴 더 데려온다고 했나." 나는 어느새 그들 사이에 앉아 상아로 만든 패를 붙잡고 눈을 찌푸리고 있다. "이건 운이 아니야, 그러니 기도는 필요 없지, 짝짓기만 하면 돼." "이렇게 하릴없이 아무도 믿지 않고 빌지 않은 채 시간이 가는지 오는지 신경을 끄고 서로의 돈에만 관심을 두는 게 광장으로 우르르 몰려가는 것보다 흥미 있는 일이지." "몰라서 사단이 난 거야." "탁도 여기 자주 왔어." "와서 마작은 하지 않고 잡지만 얻어 갔지." "나중엔 탁을 뒤쫓던 사람도 다녀갔어." "탁을 추적한다는 사실을 숨기지 않더군." "우리 돈을 다 땄어." 그때 누군가 문을 부술 듯이 두드려 남자들은 입을 다문다. 창문 너머로 사람들이 보인다. 높낮이가 다른 머리들이 보인다. 열까지 세고 그만뒀는데, 경첩 하나가 바닥으로 떨어진다. 저 사람들은 누구냐고 묻자 다들 난감한 표정을 짓는다. "광장에서 돌아온 사람들." 내가 문을 열려고 하자 그만두라는 소리가 들린다. "어차피 대화를 나누지도 못해." 2층으로 향하는 계단 아래 문이 있고 모두들 그리로 몸을 숨긴다.

당시 사람들은 빨간 천에 흰 글씨로 뭔가를 적어 깃발처럼 흔들고 다녔다. 자기들만 알아볼 수 있는 기호와 그림이 많았고 측정해 둔 위치에 제일 먼저 다다른 자가 그곳을 지평선으로 정하자는 의견을 제시했는데 며칠 뒤 그는 사라졌다. 사라지면 발견되고 발견되면 다시 사라지는 모종의 담합이 반복됐다. 바다에 배를 띄워 파고계와 같은 장비를 바닷물에 욱여넣던 선원들이 자꾸만 변해 가는 기상 현상에 대한 대비책을 내놓았지만 읽는 사람이라곤 화장실에서 일을 보거나 손님을 기다리는 택시 기사들이 전부였다. 몇 번의 포럼을 개최했다는 기록이 있지만 선상에서 이뤄지는 모임들이 대개 그렇듯 종합 의견이라는 것은 항상 해안선의 포말처럼 기약 없이 잊히곤 했다.

이제 알려지지 않은 정점이 필요했다. 이미 알려진 관측 구역은 그들의 믿음과 상관이 없어졌는데 조사자로 편성된 자들은 이 세계를 두꺼운 해류라고 생각하자, 염분이 가득한 세계, 이런 문구를 적어 그래프 상단에 명시했다.

그는 인파를 헤치며 걷는다. 제단이 개방되자 고여 있던 소음들이 뒷걸음치듯 광장 너머로 사라졌다. 그는 주머니 속 스위치를 만지작거리며 눈으로는 탁을 찾고 있지만 사실 그에게 필요한 건 다음 지령이다. 두리번거리며 시간을 허비하기보다는 속히 일을 끝내야 한다. 초조한 그의 모습이 답답하고 한심하다. 그는 뭔가를 눈치챈 사람처럼 제자리에 서서 제단을 노려본다. 그러곤 말한다. 귀찮아. 꿇어앉은 사람들이 그를 바라본다. 미친 짓이다. 교육이 허사로 돌아가고 있다.

그렇다. 스위치를 눌러야 한다. 하지만 그는 누르지 않을 것이고 연방에 전화를 걸어 자신의 실패에 대한 변명을 지어낼 것이다. 그렇지 않다. 매번 변명을 지어냈지만 씨알도 안 먹혔으니. 이렇게 가정해 보자. 폭탄을 터트려 제단을 날려 버리고 광장을 유유히 벗어나면 간부들은 그를 소환해 그간의 행적과 성과를 보고받은 뒤 노고를 치하하는 자리를 마련해 그를 격려해 주며 그를 교육한 사람들에게도 적당한 포상을 제공할 것이다. 다음 지령까지 휴가를 받은 그는 비행기에서 폐허가 된 광장 위를 바라보며 수면 안대를 가방에 넣어 두고 잠을 청할 것이다. 이런 상상을 그의 의식에 심어 두고 싶다. 하지만 그는 지금 멀어지는 기억의 변두리를 전전하며 아무에게나 책임을 떠넘기고 싶다는 욕구에 사로잡혀 있다.

무심코 걷던 그는 탁의 은신처를 발견한다. 아니, 탁이 머물렀던 곳이란 사실을 아직은 모르고 있다. 그는 문을 열고 들어간다. 사람이 사용한 흔적이 보인다. 누구의 집일까, 다른 요원이 잠복하던 곳인가, 아니면 이미 오래전에 도시를 떠난 사람일까, 내가 여기서 주인 행세를 할 순 없을까, 현관을 지나 거실에 놓인 흔들의자에 앉아 반쯤 펼쳐진 잡지를 읽으며 이대로 아무 일도 일어나지 않았으면 좋겠다, 따듯한 맥주, 욕조, 침대를 차지하고 음모, 혈통, 믿음을 저버린 채 잠이나 잤으면. 하지만 그가 마음대로 할 수 있는 일이라곤 시간을 버는 일인데, 임의대로 탁을 방관하며 내가 아닌 다른 요원에게 발각되지 않을까 하는 기대감이다. 그는 문득 궁금하다. 광장에 모인 저들은 대체 뭘 기대하고 있는 건가, 이런 세계에서 믿을 거라곤 사라지는 일뿐 아닌가, 이미 사라진 이들인가, 정말 사라질 수는 없나, 그는 꼭 누구에게 묻는 것 같다.

보일러가 돌아가고 탁은 눈을 떴다. 어떤 표식에 대한 생각을 꿈에서 본 것 같다고, 두 손으로 얼굴을 감싸며 생각했다. 너무 많은 사람들과 너무 많은 날들이 지나갔는데. 보일러에서 웅웅거리는 소리가 들리자 허기가 일었다. 탁은 보일러실 구석에 넣어 둔 마른 옷가지를 몸에 걸치고 문을 열었다. 눈이 부셨다. 눈물이 쏟아졌다. 울면서 계단을 올랐다. 사람들이 보이지 않았다. 왁자지껄 소리를 지르며 뛰어가던 아이들도 보이지 않았다. 문 닫은 상점들을 지나 계속 걸었다. 눈물이 마르지 않았다. 길가에 흙먼지가 일었다. 탁은 집으로 가는 길을 잠깐 헷갈렸다가 겨우 기억해 냈다. 집으로 가는 골목이 낯설었다. 항상 꼬리를 흔들던 개가 보이지 않았다. 문에 빨갛고 기다란 종이가 붙어 있었다. 아주머니, 탁은 낮게 말했다. 집이 엉망인데 아주머니는 보이지 않았다. 향로는 꺼졌고, 종이 뭉치들이 바닥에 널브러져 있었다. 바닥에 주저앉았다. 모두들 무엇을 믿었나. 그 후에는 무엇이 남았나. 추호의 의심도 없었나. 이제 그 사람들은 남았다고 하지 않는데, 수집한 자료들은 모두 한 방향을 가리켰다. 제단을 만들고 제단 안에 믿음을 만들고 바라보고 무릎 꿇고 서로의 손바닥을 확인하며 집으로 돌아가는 그들의 모습이 눈에 선했다. 탁은 집을 정리했다. 다시 눈이 내리기 시작했고 사위는 금방 어둑해졌다.

새벽 중에 전화가 울렸다. "잠깐 나와서 바람이라도 쐬지." 동료들은 술에 취해 소리를 질렀다. 갈색 코트를 두르고 문을 열자 어느덧 동이 트기 시작하는 하늘이 보였고 자주 모이는 술집 앞에서 동료 중 하나가 맨홀 뚜껑에 대고 토를 하고 있었다. 탁은 그의 등을 두드려 주다가 "저리 꺼져라, 샌님아." 이런 말을 들었고, 발로 엉덩이를 밀어 그대로 바닥에 얼굴을 비비는 동료를 내버려 둔 채 술집 안으로 향했다. 왁자지껄한 실내가 갑작스럽게 조용해졌다. 바텐더가 눈치를 보다가 조용히 주방으로 들어갔고 누군가 잔을 바닥에 던졌다. "뒤꽁무니나 빠는 새끼." 탁은 다가갔다. "요즘은 추종하던 자들을 추종한다던데." "오란다고 바로 나왔네요." "염치 불구한 날들이지." 바텐더에게 술을 시켰지만 주방에서 나올 생각을 안 했다. 누군가 홀 뒤에 자리한 세션 맨에게 손짓했고 그는 졸음을 가까스로 물리치며 건반을 연주했다. "지겹군." 서로 말없이 술을 마셨다. 희미한 전등 불빛 아래서 서로의 얼굴을 확인하며 술을 들이켜는 게 마치 유일하게 남은 일처럼. 화장실에 가서 토를 하고 다시 마시고 바닥에 토를 하고 그 위에서 춤을 추며 마시고 세션 맨을 집으로 돌려보낸 뒤 직접 악기들을 연주하다 때려 부수고 동료들이 힘을 모아 탁을 때리고 탁도 탁을 때리고 겁에 질린 바텐더가 사람들을 부를 때까지. "그래서 너희가 믿는 건 뭐야." 탁은 비틀거리는 동료들의 등에 대고 혼잣말을 했다.

*

    그러나 멀리서 보려는 의지가 내게는 없다. 연구는 난관에 봉착했고 이를 해결할 돌파구가 보이지 않는다. 나는 탁이 짜 놓은 결과물에 대한 근거들을 한데 모을 재주가 없어. 탁의 행적을 좇는 일이 더 중요해 보이지. 거기서 어떤 실마리를 찾으려고 했다.

    마작을 하던 남자들의 집을 뛰쳐나와 탁의 집에서 그를 기다리고 있다. 그는 탁의 뒤를 캐던 사람이다. 벽 한쪽이 완전히 허물어졌고 그나마 있던 가구들도 노숙자들이 훔쳐 갔는지 보이지 않는다. 연방에서 나를 보자고 한 용무는 뻔하지. 자료를 넘겨 봤자 그들이 알아낼 수 있는 건 없다. 나는 거의 확신한다. 의심받고 있다. 찬 기운이 든다. 의심받을 만한 일을 한 적이 있던가. 거리로 몰아치는 눈덩이들. 빼곡한 나뭇가지들이 허공을 휘갈긴다. 가로수를 뿌리째 뽑고 싶다. 그뿐이다. 잠이 오고, 뺨을 때려 가며 전방을 노려본다. 그곳을 빠져나와 탁이 자주 가던 송전탑 아래로 가는 상상을 한다. 상상을. 흙이 바삭거리며 튄다. 멀리 희미한 불빛이 보인다. 빛은 위아래로 조금씩 움직이는 중이다. 일렁이는 중이다. 나는 찌를 유심히 바라본다. 낚싯대가 쓰러져 있다. 텐트도 쓰러져 있다. 찢긴 천이 간헐적으로 흔들린다. 나는 인기척을 느끼고 싶다. 입질 좀 있습니까. 혼잣말을 하고 나니 정말 누군가 있는 것 같다. 옆으로 엎어진 동그란 통에서 뭔가가 꿈틀거린다. 지렁이들이 줄을 맞춰 물속으로 기어간다. 나는 물속에 있다. 지렁이들을 따라 상체를 필사적으로 꾸물거리며 물속으로 들어간다. 나는 탁의 집에 있다. 상상이 시간의 꼬리를 물고 늘어진다. 동이 트고 있다. 건물을 포위한 사람들이 보이고 그들에게서 어떤 적의가 느껴진다. 그들의 실루엣이 점점 더 가까워지고 실루엣 사이의 경계가 흐려질 때쯤 누군가 앞으로 나선다. 그는 대체로 심드렁한 얼굴이다. 심드렁하게 나를 내려다본다. 그가 가고 다른 사람이 온다. 한 명씩 교대로 나를 내려다본다. 그들에게 어떤 순서가 있는 것 같다. "우리를 구해 주십시오. 그는 갔지만 우리는 시간에 떠밀려……." "듣기 싫다." 내가 말했지만 다른 사람이 뱉은 말 같다. 나의 의지와는 다르게 혀가 움직인 꼴이다. 의지는 간혹 나와 상관없는 일 같다.

모두들 떠나가고, 이제 제단은 여유가 넘친다.

다시 광장으로 쏟아진 사람들, 저들 중 누구에게 초점을 맞춰야 할지, 누구의 눈을 빌려야 할지, 이건 누구의 말인가, 누가 주장하나, 다시 처음으로 돌아가서, 경비원은 새벽에 박물관을 순찰하다가, 저 혼자 꿈틀대는 비석을 마주하는데, 비석이 묻는다. 경비원은 들리지 않는다. 전시관마다 불이 들어온다. 놀란 경비원이 손전등을 바닥에 떨어뜨리고 그 소리에 맞춰, 아파트에서 잠을 청하던 관장이 벌떡 일어난다. 재빨리 경비실에 전화를 걸어 보지만 아무도 받지 않고, 꿈에 박물관이 불타고 있었는데 이 일을 어쩌면 좋나, 제발 아무 일도 일어나지 않게 해 주세요, 기도하고, 경비원을 믿고, 그런데 경비원은 언제 고용한 사람이었지, 어제 새로 출근했던 것 같은데, 서둘러 옷과 신발을 챙겨 차에 올라타지만 도로를 점령 중인 사람들. 이 많은 사람들이 어디서 쏟아져 나왔을까, 사람들이 우르르 밀려 나온다. 줄을 나란히 맞춘 사람들 사이로 차를 운전하는 일은 바다 한가운데서 노를 잃어버린 일과 같다고, 자책하며, 대체 왜 경비실은 전화 연결이 안 되는지, 다들 자고 있는지, 경적을 울려도 아무도 비켜서지 않는다. 그대로 밀고 가 버릴까, 이 유령 같은 사람들을 전부 뭉개 버리고 가고 싶지만, 마음만 앞설 뿐, 그때 앞 유리로 뭔가가 툭툭 떨어지는데, 창을 열고 하늘을 바라보자, 수를 셀 수 없을 정도로 많은 오리 떼가 하늘을 가득 채운 채 제단 쪽으로 날아가고 있다. 아, 지금 꿈을 꾸는 중이구나, 관장은 모든 걸 체념한 얼굴로 창을 닫고 안전벨트를 고쳐 맨다. 다 밀어 버리자, 관장은 눈을 질끈 감고 액셀을 밟는다.

경비원은 전시관을 전부 돌며 다시 불을 끄고, 놀란 마음을 진정시키는데, 어디선가 찰칵 소리가 들려와, 그곳으로 가 보지만, 삼면을 가득 채운 액자들, 사진 속 인물들이 모두 그를 바라본다. 별일이군, 이런 일은 없었는데, 무슨 일이라도 생긴 건가, 경비원은 서둘러 경비실로 달려가 CCTV 화면을 바라본다. 온통 어둠뿐인 검은 화면은 미동이 없다. 역시 야간 근무는 건강에 안 좋아, 주간조로 바꿔 달라고 해야겠어, 경비원은 고개를 젓는다. 박물관으로 사람들이 몰려오고 있다.

탁은 숨을 몰아쉰다. 반대편의 그 역시 무릎에 손을 기대고 상체를 구부린 채로 헉헉거린다. 그의 입에서 누런 가래가 길게 바닥으로 떨어진다. "겨우 찾았네." 둘은 꽤 긴 시간 말이 없었는데, 그가 먼저 몸을 쭉 펴며 탁을 내려다보고 말한다. "내게 이러는 이유가 뭐야." 탁이 묻는다. "정말 궁금해서 묻는 건가." 사실 궁금한 건 아니다. 그는 다른 사람들보다 먼저 탁을 발견하곤 속으로 쾌재를 불렀지만 티를 내고 싶진 않다. '연방에 체면치레를 할 수 있게 됐어.' 빨리 모든 일을 마무리 짓고 이곳을 벗어나고 싶다. 저 멀리, 하얀 재가 휘몰아치는 광장이 보인다. 제단이 있던 곳에는 둥그렇게 파인 구멍이 점점 면적을 넓혀 가고 있다.

"내가 스위치를 눌렀어." 그는 바지 주머니에서 스위치를 꺼내 탁에게 던진다. 힘이 없는 탁으로서는 날아오는 스위치가 이마에 부딪혀도 별다른 저항을 하지 못하고 있다.

"예전에도 한번 아작 난 적이 있다고 하던데. 당신도 그걸 아나."

"아무래도 우린 지금 같은 장면을 바라보는 게 아닌

것 같군." 그는 시선을 거둔다. 엎드려 있던 탁이 몸을 추스르고 앉는다. "방금 당신이 던진 건 여기에는 없는 물건인데." 갑작스레 돌풍이 불고 그들은 잿더미에 휩싸인다. 돌풍은 일종의 예감을 부른다. 탁의 몸을 결박하던 밧줄이 어느 순간 분리됐지만 그는 신경 쓰지 않고 있다. "중요한 건 당신과 내가 마주 보고 있다는 사실이지." 그는 한쪽 입꼬리를 올리며 웃는다. 웃음이 새어 나와서 참을 수가 없다. 잠깐 뒤로 돌아 배를 붙잡곤 밀려드는 웃음을 겨우 참아 내며 끅끅 소리를 낸다. 탁은 옷에 묻은 재를 털어 내고 자리에서 일어난다. 다리에 힘이 없다. "조깅에도 규칙이 있어. 알고 있나." 그는 뒤로 돌아선 채 말한다.

숨이 차다. 땀이 자꾸 흐른다. 오리 한 마리가 뒤뚱뒤뚱 그들 쪽으로 걸어온다. 탁은 눈을 비빈다. 그를 지나친 오리가 탁에게 가까이 다가서자 하얀 재로 변해 바람에 날아간다. 암석들 뒤에 각자 몸을 숨긴 연방 요원들이 둘의 대치 상황을 바라보고 있다. 모두들 뭔가를 기다리지만 할 수 있는 일이라곤 바라보는 일이 고작이다. 평원. 그리고 암석들. 그는 지난날 망원경 안에서 휘몰아치던 암석들을 기억해 내고 흠칫 놀라 주위를 둘러본다. 그가 타고 온 오토바이가 바람에 흔들리고 있다. 그 뒤로 천막처럼 펼쳐진 산맥이 보이고, 능선이 너무 높아 고개가 젖혀질 지경이다. "모두들 저 산맥으로 몰려갔을 거야. 그렇지?" "산맥 아래로 들어갔을 수도 있지." "그들이 믿는 건 시시각각 변하는 게 아닐 텐데." "확신해?" "확신이 아니야. 그저 예전과 비교해서 예측해 보는 거지." "너희는 과거가 없다." "미련이 많군." 잠복 중이던 요원들이 서로를 바라본다. 결정이 늦어지는 그에게 불만을 토로하고 싶다. 탁은 그에게 천천히 다가간다. "당신뿐만 아니라 당신들 전체를 지켜보고 있었지. 당신들은 서로 모르지만 나는 당신들을 알고 있다. 어쨌든 위험한 거라고." 그는 뒷걸음을 치고 싶다. 실제로 점점 뒤로 물러서고 있는데 이러다 온 힘을 다해 달아날 것만 같아 입술을 지끈 깨문다. "그만 와." 그는 고꾸라진다. "다시 일어나라." 탁이 말한다. 어쩐지 전세가 역전된 것만 같다. 고개를 절레절레 젓던 요원들이 암석 뒤에서 모습을 드러낸다. 눈 깜짝할 사이에 탁을 포위한다. 다시 돌풍이 불어온다.

이 연구는 효력이 없다. 본 연구의 목적은 그들이 상정하고 스스로 설계한 임의의 건축물 혹은 물체에 대한 의미를 해결하고 재건하려는 것이었지만 그것은 형상화될 수 없는 상상 속의 위치다. 수많은 관측 도구들이 시장에서 판을 쳤고 관측이 행해진 장소들이 해상이든 육상이든 천상이든 간에 위·경도와는 아무런 상관이 없고 중요한 것은 국지적으로 움직인 무리가 지금도 어딘가 또 다른 광장을 만들었을 거라는 가정이다. 연구를 지원한 측에서는 입이 열 개라도 할 말이 없지만 어차피 연구비라는 건 숫자로만 존재하고 다른 의미로 잘 활용했으니 추후 금액에 대한 추궁은 없을 거라 여겨진다. 이 연구를 나의 조수이자 친구 그리고 내 뒤를 뒤쫓던 그에게 넘긴다. 간혹 과학적이거나 종교적인 지식을 앞세워 이 연구에 숟가락을 얹으려는 사람들이 있는데 그런 족속들은 무시하길 바라며 자료 수집에 정진하길 바란다.

나는 우리가 처음 봤던 날 탁이 들고 있던 검은 가방, 그 안쪽 주머니에서 이 글이 적힌 종이를 발견했다. 그날 탁 대신 가방을 들어 준 사람은 도주를 계획했던 것 같은데, 생각해 보니 처음 보는 얼굴이었다. 탁이 종종 얘기했던 사람이었겠지. 누군가 자기를 쫓고 있다고 했는데, 아무튼 그는 가방을 얻지 못했고 지금은 내게 흘러 들어 왔다. 가방에서 흙냄새가 난다. 재에 뒤덮였던 것처럼 먼지가 많다.

다시 밖이 소란스럽다. 부부는 정말 하루도 거르지 않고 싸운다. 눈이 그치지 않는다. 주전자가 팔팔 끓는다. 책상 위에는 생활비를 기록한 수첩이 있다. 탁은 생활비를 받을 때마다 머리를 긁적였다. 기록은 믿을 수 있는 법이지. 탁이 자주 했던 말도 이제는 믿을 수 없다. 며칠 전에는 관리인을 따라 광장에 다녀왔다. 관리인이 말하길 지금은 이렇게 허허벌판이지만 예전에는 지금과 많이 달랐다고. 나는 그곳을 수수밭이나 개척 직전의 평야로 생각했는데 그의 말을 듣고 보니 착각이었던 모양이다. 그는 손가락으로 하늘을 가리켰고 위에서 바라보면 더 장관이라고 했는데, 특히나 어떤 특수한 곳에서 보면 입이 떡 벌어질 만큼 경이로울 거라고 말했다. 경이. 게다가 모든 걸 이해하고 앞으로의 일을 알아낼 수 있을 거라고 말을 이었다. 경이와 예측. 나는 그가 나를 놀리는 것 같았다. 눈 덮인 산맥에서 간혹 눈사태가 일어나 산맥에 빗금을 만들었다.

심부름을 시킨 조수가 또 늦는다. 그는 정말 매일 늦는다. 매일 늦기 위해 조수 일을 하는 것 같다. 주전자를 바닥에 내리고 숙소를 나선다. 불을 끄자 숙소에는 한 점의 빛도 들어서지 않는다. 골목 가득 눈이 내린다. 시야에 온통 흰 점들뿐이다. 눈이 많이 내리지만 쌓이지 않는다. 눈이 흩날리지 않고 직선으로 내리는 광경이다. 거리가 한산하다. 아무도 보이지 않는다. 아니다. 골목 끝 가로등 아래서 누군가 우산을 들고 나를 바라보고 있다. 나도 제자리에 서서 그를 바라본다. 한동안 그렇게 서 있다가, 그는 우산을 접고 내게 다가온다. 눈길에 자국이 생긴다. 천천히, 믿을 수 없는 먼 미래처럼, 점점 가까워지고 있다.

작가의 말

소설에서 가능한.
소설이라서 가능한.

나는 낙관적인 성격은 아니지만, 소설을 쓸 때면 뭔가를 자꾸 믿게 된다.

무드와 물질에 대해 생각했다.

소설을 쓰는 나는, 내게 어떤 의미인가.
뭔가가 달라지고 있다고, 그렇게 생각하며 소설을 썼다.

이 책에 실린 소설들은 2015년부터 2019년까지 썼다.

죽음이라는 사건, 산책과 기계, 불안, 현재와 강박증, 영원한 미래 속, 실종, 유년기.

나의 기분과 기억들.

뚜렷하게 뭔가를 알아냈다면 쓰지 못했을 것이다.

해설을 맡아 준 노태훈 평론가, 추천의 말을 써 준 정지돈 소설가, 진심 어린 관심으로 원고를 살펴 준 박혜진 편집자에게 깊은 감사를 표하고 싶다.

때때로 손을 멈추고
어디선가 읽지 않을까, 그런 상상을 했다.

궤도를 벗어난 위성의 무전과 주파수.

나는 나의 속도로 당신들에게 도착할 것이다.

2020년 봄
민병훈

헤맴의 기록

정지돈(소설가)

나는 문학을 진지하게 받아들이는 사람들을 이해할 수 없다. 다만 그들을 사랑할 수는 있으며 사랑하기도 한다. 이 말은 G. K. 체스터턴이 한 말이지만 내가 한 말이기도 하다. 그리고 민병훈에게 하고 싶은 말이기도 하다. 그는 이제 지구에서 거의 사라지다시피 한 종류의 인간, 다시 말해 소설을 진지하게 받아들이는 사람이다. 이러한 사람들의 소설은 일반적으로 요구되는 덕목에는 관심이 없다. 놀랍고 환상적인 이야기, 몰입감 있는 서사적 구성, 아름다운 문장과 지적인 사유 등은 나중 문제이거나 문제가 아니다. 이들은 소설이 무엇을 위한 도구가 아니라 소설 그 자체가 되는 것을 원한다. 규정하기 힘든 감각과 사유로 뭉쳐진 덩어리, 다시 말해 총체적인 뉘앙스가 되는 것. 미묘한 차이와 분위기를 위해 고정되고 정확한 설명을 버리고 불확실한 언어 속으로 걸어 들어가는 것. 이쯤 되면 그들이 왜 멸종 위기인지 알 수 있다. 그들은 가능한 적도 없고 앞으로도 가능하지 않을 무언가에 빠져서 헤어 나오지 못하는 망상가이거나 신비주의자, 유사 과학자다. 그들은 무엇을 가르치거나 설명하려 들지 않으며 웃게 만들거나 울게 만들려고 애쓰지 않는다. 스스로의 가능성에 몰두할 뿐이다. 그리고 그것이 문학을 진지하게 받아들이는 사람을 이해할 수 없지만 사랑하게 만드는 이유다. 민병훈은 먼저 알고 있는 사람이 아니라 먼저 모르는 사람이다. 그의 소설은 헤맴의 기록이자 일종의 길 잃음이며 다른 무엇이 아닌 자신이 되고자 노력한 흔적이다. 이런 소설을 만나는 일은 드문 일이지만 드문 만남이 존재하기 때문에 우리는 시간을 견디고 있는지도 모르겠다.

난망하는 소설

노태훈(문학평론가)

그 복지원에 수용된 인원은 무려 3,500여 명. 진짜
지체 장애로 수용된 인원은 대략 300~400여 명 정도
였던 것 같고, 나머지는 신체가 멀쩡한 상태로 잡혀와
상당수가 정신 이상자가 되거나 지체 장애인이 되었
다. 사라진 사람들도 많았고, 죽은 사람은 시신해부용
으로 팔려 나갔다.[1]

— 형제복지원 생존자 한종선

국가는 '사회질서유지'라는 이름으로 '정상'의 범주
를 벗어나는 사람들을 마구잡이로 잡아들였다. 민주화

---

[1] 한종선 외, 『살아남은 아이 — 우리는 어떻게 공모자가 되었나?』(문
주, 2013), 10쪽.

의 요구는 갈수록 거세졌으며 경제가 호황을 이루었고 올림픽이 코앞이었다. 폭력으로 제압하고 납치해서 감금하는 것만큼 빠르고 확실한 방법은 없었다. 범죄를 저지를 가능성이 있다는 이유만으로, 행색이 수상하다는 명목으로, 남들과 달라 교정이 필요하다는 지시로 그들은 '시설'로 보내졌다. 군부 독재 정권이 주도하고 그 부역자들이 공모한 '매스게임'의 시대정신은 개별자의 자리를 모조리 없애 버렸다. 그리고 그 거대한 '단체생활'에 대부분의 사람들은 자연스럽게 적응했다.

학교는 매년 비슷한 시기와 비슷한 지역에서 수련회를 열었다. (……) 틈만 나면 수련회 조교들은 조장들에게 인원점검을 명령했다. 앉은 번호, 시작. 수련생들은 도미노처럼 무릎앉아를 하며 번호를 외쳤다. (……) 음식을 남겼다간 오리걸음을 해야 했다. 극기 훈련장에선 모두 올빼미가 됐다. (……) 수련회 마지막 날 밤에는 양초가 담긴 종이컵을 들었다.[2]

이제는 유구하다고 할 수 있을 이 풍경은 바로 그 20세기 한국사회가 만들어 낸 기이한 '기억' 중 하나이다. 식민지를 거쳐 전쟁과 분단, 급속한 산업화와 독재 정권을 정신없이 경험한 이 사회는 가장 효율적이고도 잔인

2 민병훈, 「파견」, 『파견』(테오리아, 2017), 17~18쪽.

한 방식으로 안정되어 갔다. "항상 가족처럼 봉사하겠습니다."[3] 이 말이 전혀 어색하지 않은 사회, 모두가 가족이 되어야만 안심하는 곳, 그렇게 한국사회는 끈끈해져 갔다.

민병훈 소설의 시작이 여기에 있다고 하면 다소 과한 생각일까. 너무도 익숙해서 대체로 심상하게 기억되곤 하지만 바로 저런 순간이, 영원히 지워지지 않는 원체험일 수 있음을 민병훈은 보여 준다. 우리 모두가 경험한 바, '수련원'으로 표상되는 유년기의 집단 체험은 극기훈련, 정신단련, 복명복창, 연대책임 같은 강렬한 트라우마적 기억을 형성한다. 통제의 낮을 견디고 촛불의 밤을 눈물로 보낸 뒤 자신들만의 은밀한 시간을 갖던 그 낯설고도 드라마틱한 기억에는 공포와 불안, 흥분과 욕망이 뒤섞여 있었고 어쩌면 우리는 그 이전으로 결코 돌아갈 수 없었던 것이 아닐까.

자연스럽게 「모두진술」로 가 보자. "재판장님과 배심원 여러분"에게 "가능한 한 모든 것을, 기억하는 전부를 말하겠"다는 '나'의 선언은 그러나 "진실"에 가 닿지 못한다. '알프스 수련원'에 '나'는 언제부터 어떤 이유로 기거하고 있는지, '원장'과 '교관'들은 '나'를 어떻게 대하고 있는지, 화재 사건과 실종된 수련생의 실체는 무엇인지 우리는 끝내 알 수 없다. '나'에게 무언가를 요구하는 '원

---

3 민병훈, 「비저장용으로」, 앞의 책, 60쪽.

장'과 '나'를 묶고 때리고 풀어주던 교관 '탁' 등으로 미루어보건대 '나'가 모종의 학대와 폭력을, 아마도 매우 끔찍하게 당하고 있으리라는 사실은 짐작 가능하다. 하지만 동시에 "밥은 맛있고 방은 안락"한 "집과 같은 곳이"어서 "할 수만 있다면 그곳에서 오랜 기간 지내고 싶었"다고 '나'가 진술할 때, 이 간극은 대체 어디서 오는 것일까? 우리가 민병훈의 "다른 이야기"를 읽어 보지 않을 수 없는 이유이다.

민병훈의 소설에서 두드러지는 것은 단연 공간이다. 수련이나 복지, 형제, 교육이나 수덕(修德) 같은 말을 달고 '언덕 위 하얀 집'으로 자리 잡은 그 공간이 우선 눈에 띄지만 우주원이나 과학단지, 박물관, 탄광촌, 방공호, 광장과 제단 등 낯설고 거대한 시설들, 또 기차, 비행기, 전투기, 기중기 등 육중한 기계들 역시 매우 중요한 소재로 자리매김한다. 특히 이 소설집의 3부는 그러한 공간의 향연이라고 할 수 있을 것이다.

「버티고」는 이 작가의 데뷔작이자 민병훈적 공간, 인물, 사건 들이 총체적으로 그려지고 있는 대표작이라 할 수 있을 것이다. "초계비행 중이던 전투기가 조종사와 함께 사라졌다"는 문장으로 시작해 그 행적을 추적 — 민병훈의 작품 속에서 취재나 조사, 파견 등으로 자주 변주되는 — 하는 인물의 이야기가 그것인데, "대체 왜 환경보호와 관련한 기사를 싣는 주간지에서 항공

사고를 취재해야 하는지" 의아해하는 '음'과 같은 인물 역시 민병훈 소설의 전형이라고 볼 수 있겠다. '음'이 향하는 곳은 매우 기묘한 공간이다. '항공우주원'은 '과학단지' 내에 위치하고 있는데 그곳은 예전에는 '공항'이었으며 '나루터'에서 배를 타고 강을 건너면 빠르게 도착할 수 있는 곳이다. 강물 속에는 "기계가 되다 만 듯한 모습의 기계들이" 잔뜩 쌓여 있고, 드넓은 폐적장에는 "수명을 다한 비행기 수백 대가 일정한 간격으로 줄을 맞춰 대기하고 있"다. 이곳에, 이런 방식으로 당도한 '음'을 따라가며 우리는 그가 모종의 음모에 빠졌거나 환상을 체험하고 있다고 느낀다. 그것은 자연스러운 독해이지만, 민병훈은 이 이야기에 유년기의 기억을 겹쳐 놓음으로써 아주 깊숙한 의식 속으로 우리를 데려간다. '음'은 이곳에 "견학인지 소풍인지" "세계박람회"가 개최되었을 때 친구와 함께 "어떤 산업체의 부스에서, 생전 처음 보는 기계를 보며 꽤 오랜 시간 서 있었"음을 떠올린다. 다분히 '대전 엑스포'의 자취를 떠올리게 하는 이 장면은 '선생님'에 대한 기억으로 이어지는데, 그 기계를 스케치하라는 숙제에 '음'은 "도통 기억이 나질 않"았고, "역정을 내며 본인이 직접 칠판에 그림을 그렸"던 선생님을 반 전체가 비웃다가 "운동장을 오후 내내 돌았"던 것이다. 그 기억을 떠올리고 난 뒤 '음'에게 나타난 풍경은 안내원의 인솔에 따라 줄을 맞춰 이동하는 사람들이 일제히 자신에게 손을 흔드는 모습이다. 곧바로 "검은 토사물"을 게워내고 마는 '음'은 흡사 '기계' 같아 보이며, 그제야 규율에 따라 오와 열을 맞추고 마치 한몸처럼 움직이는 인간들의 모습이 정체를 알 수 없는 기계처럼 낯설다는 것을 우리는 깨닫는다. 그러니까 바다를 하늘로 착각해 추락한 조종사처럼, 기계에 대한 '믿음'과 자신이 느끼는 '감' 사이에서 착각과 오작동은 언제든 일어날 수 있으며 그렇기에 우리는 끊임없이 스스로를 재구해야 할 수밖에 없다는 것이다.

「붉은 증기」에서 '마수'를 찾는 '대령'의 행로 역시 마찬가지다. 전쟁의 포화 속에서 기계음과 연기, 기름 냄새가 지독한 이곳에선 '기계-인간'이 가득하다. 부품들로 배를 채우는 인간, "기차를 자신의 몸처럼 느끼"며 화물용 기차에 몸을 싣는 인간, "살이 물컹 잡히고 감촉이 생생"한 오토마톤들. 이른바 들뢰즈적인 의미에서 그 '기계-신체'는 마음껏 분할하고 '붉은 증기'를 내뿜고 선두에 서기 시작한 '마수'를 '대령'은 뒤에서 따르는데, "매연이 지독"한 이 풍경은 단순한 디스토피아는 아닌 듯하다. '마수'라는 이름에서 연상되는 사악한 손길을 굳이 의식하지 않더라도 "마수가 손을 올린다. 일순 무리가 정지한다"와 같은 문장에서 우리는 이 도열과 행진이 언제고 '오작동'할 수 있다는 불안을 감지하는데, 사실 그 불안은 획일화된 질서 속에서 안정을 느끼는 우리 안의 지배-복종 정서를 건드리는 것이라고도 할 수 있다. 그러므로 우리는 이 소설의 마지막 장면에서 혼란

을 염려하거나 불안에 잠식되는 것이 아니라 반역이나
혁명의 기대를 품어야 하는 게 아닐까.

죽은 "탁의 연구를 이어받"은 '나'와 '탁'을 추적하던
'그'의 이야기가 교차되는 「정점 관측」도 이러한 관점에
서 읽어 볼 수 있다. '그'가 '탁'을 방관하면서 '탁'에게 기
대하던 것은 무엇이었을까. "제단을 만들고 제단 안에
믿음을 만들고 바라보고 무릎 꿇고 서로의 손바닥을 확
인하며 집으로 돌아가는 그들"을 이해할 수 없고 위험
하다고 여기는 '연방 정부'와 '요원'들은 '그'에게 제단을
폭파하라는 지령을 수행하기를 요구한다. '그'가 '탁'을
방조하고 유예하면서 기다리는 것은 자신의 실패일까,
'탁'의 실패일까.

　　이 연구는 효력이 없다. 본 연구의 목적은 그들이
　　상정하고 스스로 설계한 임의의 건축물 혹은 물체에
　　대한 의미를 해결하고 재건하려는 것이었지만 그것은
　　형상화될 수 없는 상상 속의 위치다. 수많은 관측도구
　　들이 시장에서 판을 쳤고 관측이 행해진 장소들이 해
　　상이든 육상이든 천상이든 간에 위·경도와는 아무런
　　상관이 없고 중요한 것은 국지적으로 움직인 무리가
　　지금도 어딘가 또 다른 광장을 만들었을 거라는 가정
　　이다.(269쪽)

무엇을 믿는지, 그 믿음의 실체가 무엇인지가 중요한

것이 아니라 믿음 그 자체, 믿는다는 신념 아래 수반되는 행위들에 주목한다면 '확신'이야말로 외려 텅 비었음을 알게 된다. 자료와 기록을 믿고 과학이나 종교적 지식을 신봉하지 않았던 '탁'은 "효력"같은 것은 없지만 "관측"한다는 것이 어떤 의미인지 알고 있었고, "수집된 자료들은 모두 한 방향을 가리켰"지만 확신하지 않았다. 계속되는 관측을 통한 예측. 그것은 마치 자신의 기억을 되돌아보며 "믿을 수 없는 먼 미래"를 기다리는 일과도 같다. 바꾸어 말하면 기억을 통해서만 이루어지는 미래가 있다는 것이고 그것은 결국 죽음 이후이다.

「여섯 명의 블루」를 읽는다. "특수화물로 분류돼서 화물칸에 적재"된, '천'의 시신을 수습하기 위해 공항으로 향하는 여섯 명의 친구들이 각각의 기억을 쏟아내고 있다. 그 기억들은 모두 '블루'와 관계되어 있다. 푸르다고 생각했지만 사실은 그렇지 않았던 강이나 바다, 혹은 모두 암흑이라고 여겼지만 '천'의 눈에는 파랗고 푸르게 보인다는 밤하늘이나 우주, 그리고 푸른 숲이나 도깨비불 같은 것. 과거의 기억들은 이제 어떤 예감으로 여겨지고, 유튜브 영상이나 문자 메시지로 남아 있는 흔적은 재해석을 기다린다. 어떤 죽음은 여전히 '실종' 같아서 언제고 돌아오리라는 망상을 남기는데 그 "파란 기억"이 그저 애도의 차원만은 아님을, 그 휘청거림과 "파란 기울기"가 지속되는 한 "말을 안 꺼낼수록 기억이 자꾸 떠오"르는 것을 막을 수 없다고 민병훈은 쓰고 있다.

「원인」을 이어서 읽자. 이 소설 역시 강한 죽음의 그림자가 드리워져 있다. '태풍이 형'의 죽음은 "1999년 3월 23일"의 밤과 "3월 24일"의 새벽, "309노후 전투기 보관소"와 관련이 있다. 그 죽음은 '나'로 하여금 일어났거나 '나'의 결과라고, '나'는 생각한다. "의사는 공포가 나를 바꿔 놓았다고 말"하고, "떠올리지 말라고"도 했다. 그러나 '나'는 20여 년 전 그 사건의 '원인'에서 벗어날 수가 없다. "몸에 솟아나는 돌기들", "아무도 듣지 못하는 소리를 새벽마다 듣"는 일, "인과라는 말을 벽보 떼듯 떼고 싶었"던 일, 그러니까 "기억이라고 생각했던 꿈들"이 기억도 아니고 꿈도 아닐 때, '나'에게는 "모든 것이 원인"이며 모든 일은 현재형이다. 단순히 과거의 일을 떠올리는 행위로서의 기억이 아니라, 또 그 기억들이 매번 생생하게 달라질 때 선후 관계는 무의미해진다. 이는 곧 기억에서 시간성을 지우는 일이고 그럴 때 남는 것은 늘 현재이며, 마치 디제이가 자신의 리스트를 턴테이블에 반복해 돌리듯 기억은 끊임없이 '재구성'될 수밖에 없다.

표제작인 「재구성」이 이를 잘 보여 준다. "공원 벤치에 앉아 비가 내리길 기다리고 있었다"는 소설의 첫 문장은 "누군가를 기다리"는 행위로, "문 닫은 서점"이나 "강가 벤치"로, "너를 기다리"고 있는 것으로 점점 변주, 구체화된다. 결국 '우리'의 이야기가 등장하기까지 지속되는 것은 '기다린다'는 감각이다. 그리고 '나'는 "기억은 없"고 "기억을 가져오는 계기만 있"는 상태를 반복한다. '의사'들은 늘 자신에게 무의미한 처방만을 내리고 기억의 "회복"을 강조하지만 '나'는 떠오르는 모든 것들을 전부 부정해도 "이런 생각의 흐름으로만 이곳에서 며칠을 보"낼 수 있는 것이다. 「원인」의 '나'가 그랬던 것처럼 '-않았다'로 연속되는 기억들은 앞선 진술들을 모두 뒤집으면서 동시에 강한 확신을 주어서 '실재'를 알 수 없게 만든다. 즉 이국의 강변 공원 벤치였던 이 소설의 풍경은 오두막과 구릉, 잔디밭이 있는 공원으로 바뀌고 누군가를 기다리고 있다는 그 분명해 보였던 서술조차 결국 '재구성'될 필요가 있기 때문이다. 인과를 거부하는 서술, 다시쓰기와 복기의 방식 등은 이제 그렇게 낯설지만은 않다. 우리는 서사를 해체하거나 무의미의 의미를 쌓아 올리는 글쓰기의 사례를 적잖이 알고 있다. 민병훈이 독특한 것은 그가 인과라는 시간성을 회의하고 공간성에 집중한다는 점이다. "순간이라기보다 공간으로 파악되는 현실감"이 그것인데, 이는 곧 "그 누군가에 대해 떠올리는 일을, 어떻게든 갖은 방법으로, 계속 지연시키고 싶었"다는 말과 다르지 않다. 공간을 통해 시간을 넘어서려는 고투가 민병훈 소설 전반에 흐르고 그것은 '난망(難忘/難望)'하다. 잊기는 어렵고, 무언가를 기대하기는 더욱 어려운 그 기억들은 "상실"이나 "거부"라기보다 기억의 과잉, 폭발에 가깝다. 동시에 이야기는 발산하는 것처럼 보이지만 사실 수렴된다. 「장화를 신고 걸었

다 비는 오지 않았지만 연꽃 사이를 헤치며」가 대표적
이다.

"못질 소리"가 배면에 흐르는 이 소설에는 민병훈의
인장들로 가득하다. 특히 '수'와의 관계는「재구성」의 프
롤로그로 읽히며 광장의 빅밴드는「정점 관측」을 떠올
리게 하고 트럼펫 연주를 하는 '나'는「원인」의 디제잉
을 떠올리게 하며 곧 살펴볼「서울」과도 밀접해 보인다.
핵심은 이것이다.

> 남았다는 건, 앞으로 기억에 시달리는 일만 남은
> 거라고, 기억에 시달리고 시달려서, 어떤 기억은 또렷
> 해지고, 어떤 기억은 희미해지는, 기억하기 싫은 순간
> 만 기억나고, 기억하고 싶은 것들은 자꾸만 멀어지는,
> 이 기억을 믿어도 되는지, 의심과 의문을 번갈아 떠올
> 리며, 기억에 휘둘릴 거라고.(33쪽)

농약을 마신 '그'(아마도 아버지로 여겨지는)로 인해 생
성된, 또 '수'와 유년의 기억이 자꾸만 현재와 겹쳐지는
'나'의 모습은 일종의 몽유병처럼 형상화된다. 기억과
꿈의 경계가 흐려지는 장면들은 사력을 다해 '엉망으로'
트럼펫을 불어대는 '나'를 연상케 하고 현재형으로 시작
한 과거의 이야기는 과거형으로 서술되는 현재로 끝난
다. 요컨대 기억은 너무도 생생한 꿈이지만 개연성이라
고는 찾을 수 없고, 그것은 곧 '소설'이라는 형식에 적용

된다.

　그래서 「서울」은 사실 가장 먼저 읽어야 할 작품이라고도 할 수 있다. "지난 일에 대해 생각하지 않기로 했다"지만 지난 일들을 계속해서 돌아보는 이 소설은 민병훈의 서사를 이해하는 열쇠가 된다. 「서울-남작」까지 포함하면 이 작품들은 마치 보너스 트랙 혹은 히든 트랙 같은 느낌을 주기도 하는데, "습관 같은 묘사와 의미 없는 서사에 진절머리가 났고 분할된 세계의 격자를 유지하고 싶었"다는 서술은 민병훈의 소설이 어떤 방식으로 구축되어 나가는지를 잘 보여 준다. 그는 그 스스로도 "자꾸만 이런 식으로 흘러가는 장면들에 넌덜머리"를 내면서 이야기를 쌓아 나간다. "나는 쌓인다"라는 말처럼 민병훈의 인물은, 이야기는 쌓일 뿐이다. 쌓이는 일에는 개연성이 들어설 자리가 없다. 어떤 일들은 벌어지고, 어떤 것들은 기억되고, 어떤 것들은 사라지고, 어떤 것들은 끼어든다. 이럴 때 소설은 그저 축적일 뿐이다.

　어쩌면 민병훈의 소설은 그의 표현처럼 '달력 뒤에 쓰는 유서'일지 모르겠다. 시간이 차곡차곡 쌓인 그 뒤편에 기억을 기입해서 죽음을 예비하는 행위, 또 끊임없이 기억의 원천을 찾아 헤매는 작업들. 그렇게 우리는 자연스럽게 각자의 기억에 접속한다. 그 기억들은 대체로 미화되어 있다. 끔찍하고 낯선 경험들은 여전히 남아 있지만 미묘하게 자신을 바꾼, 그 시작과 근원은 겹겹이 은폐되어 있다. 그리고 우리는 그 까마득한 기억을 대체로 포기한다. 적당한 기억에 의존해 자신의 현재를 의탁하고 스스로를 분석하며 미래를 견딘다. 그러나 민병훈의 소설은 기억과의 타협을 거부하고 방황을 수리한다. 강물 위로 흐르는 불빛에서, 가로등 불빛 아래에서, 촛불을 앞에 두고 그는 떠올린다. 아니, 너는 온다. 말 그대로 불현듯.

수록 작품 발표 지면

— 「장화를 신고 걸었다 비는 오지 않았지만 연꽃 사이를 헤치며」
  《㴡》 2018년 하권
— 「재구성」 《릿터》 2019년 12월호
— 「원인」 《문장 웹진》 2019년 4월호
— 「여섯 명의 블루」 《문학들》 2018년 겨울호
— 「서울」 《연희》 2017년호
— 「서울-남작」 《자음과모음》 2017년 여름호
— 「모두진술」 《자음과모음》 2019년 겨울호
— 「버티고(Vertigo)」 《문예중앙》 2015년 봄호
— 「붉은 증기」 《현대문학》 2015년 12월호
— 「정점 관측」 《문장 웹진》 2016년 7월호

재구성

1판 1쇄 찍음 2020년 5월 18일
1판 1쇄 펴냄 2020년 5월 25일

지은이 민병훈
발행인 박근섭, 박상준
펴낸곳 (주)민음사

출판등록 1966. 5. 19. (제16-490호)
서울특별시 강남구 도산대로1길 62(신사동) 강남출판문화센터 5층
대표전화 515-2000 팩시밀리 515-2007
www.minumsa.com
ⓒ 민병훈, 2020. Printed in Seoul, Korea
ISBN 978-89-374-9135-1 03810